INK 文學叢書 094

上海探戈

程乃珊◎著

目　次

前言

我生於一九四六年，雖然近年在香港住了十來年，小時候（三歲到十二歲）也在香港住了十年左右，但即使在這兩段互不連貫的香港生活，也幾乎生活在上海人的圈子裡。在我，這兩段互不連貫的香港生活，恰巧成為一九四九年後的老上海生活文化的補白以及改革開放後的新上海的陪襯，令我更深刻更全面地認識這個我們一家四代都生活其中的城市，並可以將自己抽離在外，細細品味這個遠東第一都會的魅力。

為了令這本書更具魅力，我四下尋覓有關老上海的生活舊相片。歷經「文革」，我家的私人相片本幾盡毀滅，好在香港的親友家尚存有一些舊照片，另外，承蒙我的忘年交——美籍華裔二戰退伍軍人吉米鍾，慷慨借出他許多珍貴的具歷史價值的照片；前淞滬警備司令楊虎將軍的兒媳余墨卿女士也借出她珍藏的「文革」中劫後餘生的照片……

取名為《上海探戈》，是因感到，上海生活節奏頗有點如探戈的節奏，急劇抑揚，明快熾熱，然後越來越快，越來越快……活色生香，細膩又富有風情！上海人自信又堅定地在一連串看似毫無規律的進退中，互相勾纏又精於應付，愛恨交融難分，挑釁和引誘並進，舞出令人目眩的身姿。

探戈始自南美市井平民之中，一度只流行於下三流的舞廳酒館，直至二十世紀初傳入巴黎，才容身於上流社會，並成為公認的社交舞中惟一具備表演性的舞種。我覺得這與「海派文化」身世，頗有異曲同工之處。海派是《上海探戈》中的主旋律，雖然一度歷盡滄桑受盡誤解，它仍如探戈樂曲中被譽為靈魂的響板，在天涯歲月中孤寂又頑強地敲擊著，直到近年被重新解讀……

但願各位能在《上海探戈》中找到自己熟悉的旋律和感性的回憶。

特別感謝《海上剪影》作者鄭祖安先生，還有，攝影家陸杰先生，為本書配拍了許多生動的上海市民生活的照片。

謹此表示衷心的感謝。

「阿飛」正傳

今日滬語中，「阿飛」一詞已淡遁，即若有這需要，也寧可用playboy（有譯成花花公子）來代替，皆因在上海，「阿飛」長期與「流氓」放在一起，壞了名聲。

「阿飛」一詞，比「流感」、「甲肝」等還令上海人聞聲色變，特別有未成年子女的家長，一如今日聽到愛滋病樣。

憑心而論，「阿飛」最初的含意，只是指奇裝異服、多異性朋友、推崇西方生活方式……今天看來，雞毛蒜皮、瑣瑣細細，只是一種生活文化的選擇；早五十幾年阿飛剛剛在上海灘催谷出之時，就是這樣，並無任何道德劣跡甚至刑事罪元素。或許正因為如此，才特別將流氓冠於阿飛之前，加重砝碼，乖乖這下不得了：聚賭毆鬥搶劫強姦等刑事罪全部扯到阿飛們身上，阿飛的名聲，徹底壞了。淪為黑社會小嘍囉似的。

曾與幾位老上海前輩多次探討過「阿飛」的身世，一致認定「阿飛」是上海的土產，也只有上海這個大都會，才可能催谷出文化品味生活態度都較出格的青年——阿飛一族，然後再從上海慢慢延伸到外省各地，包括香港的阿飛。只是已與原生地的上海阿飛，有很大的異化。空間和人物，往往會有很奇異的化學作用。

「阿飛」一語，屬上海洋涇濱，並屬其中資歷極淺的，它的問世，不過只是源自一九四五年二次大戰勝利後。「阿飛」是美式口語化的洋涇濱，是隨著當年大批盟軍美國大兵暫

七十年前，西裝革履也被傳統視為「輕狂」。

紮上海之時，與他們的口香糖、克林奶粉、可口可樂一起湧入上海灘，如ＯＫ、fashion（發噱）、show（秀）、cool（酷）等，阿figure（飛），是無數這樣的美式洋涇濱之一。今日這些美式口語又捲土重來了。

figure原意為「有型，身段好，引人注目（在一簇人之中）……」，舊時上海洋學生及白領人士，喜歡在對白中夾幾句英文：

「某先生（小姐）figure交關好。」（某先生〔小姐〕鋒頭甚健。）

而對一些刻意穿著得引人注目、一門心思想標新立異的朋友，會稱一聲「這位阿figure朋友」，或許帶有一些揶揄，但絕對沒有貶義。其實此時的阿figure，其含意與playboy一樣，只是playboy之說，在四十年代中期已顯太迂腐和隆重。

大戰勝利後，美國以戰勝國之態再挾著兩隻原子彈，在上海青年人心目中，威望極高，美國文化也就在此時，在上海掀起高潮，其衝擊力之大，覆蓋面之廣，大約也是上海開埠以來最厲害的，再加美國文化帶有很大的平民性和流行性，追時髦的上海人自然選擇最摩登的美式英語口語。

其實想深一層，阿figure與playboy，還是很不同的：playboy帶有點貴族氣，比較講究品味；阿飛有很大的平民氣，比較講究追捕流行。我們可以講，賈寶玉屬他那個時代的playboy，而薛蟠，則充其量是個阿飛。

每個時代，總有一批不甘受束、率性出格的都會青年，決意活出彩虹，他們是都會時尚的創造者。

他們在現實的既定框框下，青澀的生命散發著濃烈的焦慮、不安和騷動，以致常被年長一輩指責為「輕狂」、「輕浮」……所以講，將阿figure譯成阿飛，一個「飛」字，十分貼切又傳神達意，在譯音上，也符合美式發音字尾吃進的發音習慣。

一個「飛」，在上海方言中，一度十分流行，直到我們這代年輕時，仍常聽到。

上海人稱吹風上油的男式髮型為「大包頭」，其實最初稱「飛機頭」。

「唷，只頭『飛』得哆來。」

這裡的「飛」，既有有型，也有頭髮被吹起蓬得高高的「飛起」的形態感。同時，也與大戰勝利後飛行員在上海市民中被奉為時尚代表有關。

同樣的，我們在形容一位衣著行為有點出格，即現在所謂的「前衛」時，我們會悄悄私下評述：「迭個人蠻『飛』的。」

這裡有點輕微的揶揄，但並沒有道德上的指責。否則就是：「迭個人蠻『流』的。」流裡流氣，是完全一回事了。

「文革」中上海方言流行過一句「颱型」，其實是老方言，出處還是figure，因為Figure也有颱風之意。

那時會講：「迭個人老有颱型的」或「颱型瞎足」。

形容一件衣服很好看，但又太過時尚，我們這代會講：「這件衣服蠻『飛』的。」

一度，「飛」和「嗲」，都是上海方言中常用到的評價之語，有時可通用，但其中有點微妙的不同。基本上都為褒義。

「這個人蠻『嗲』的，就是打扮有點『飛』。」

這裡的「嗲」全然沒有「嬌滴滴」之意，而是「出眾的，不一般的」，比如：

「這件衣裳老『嗲』的，阿會太『飛』哦？」

可見，在老百姓原意中，「飛」，根本與「流」是兩回事，且某種程度上，「飛」，還有點時髦、摩登的意思在其中，所以，有時可以與「嗲」一起用。「飛」的含意中，有著「嗲」（好）的元素。

（一）

上海的阿飛文化，可以講是美國文化在上海灘的變種，或者，是美國文化與海派文化所誕下的混血兒。

高傲的上海人，從來是看不起美國人的，洋基佬嘛。那種懶洋洋的連詞尾和詞首都懶得吐清楚的美式英語，哪是字正腔圓的牛津英語所能比的？法式西餐中一道萵苣，要經多少切削才最後「水嫩」地出現在餐桌上，要到了洋基佬手裡，他們會端出一棵樹來！

在上海說長不長、說短也不短的租界生涯中，惟有法租界，上海人才會覺得是華麗又精緻的典型代表；上海人心目中，也只有法國貴族，還會以跳舞的步伐走上斷頭台的階梯。即使在公共租界，位居主流的也是英國文化而輪不上美國文化。

好萊塢電影明星，是上海「阿飛文化」的催谷者，小鬍子、大包頭、牛仔裝、外國流行曲，都是隨著好萊塢電影而登陸上海灘的。

然而美國文化以其特占的天時地利優勢，並因其本身的年輕親民之特長，空前地在一代都會青年之前，散發著逼人的魅力。

大戰後的好萊塢電影，充滿和平之後的歡愉和重新享受生活的樂趣；《出水芙蓉》是一個鮮明的例子，經過淒苦的八年抗戰，上海青年如飢似渴地從好萊塢片中重識時尚、摩登和時髦；而美國大兵的短暫駐紮，感性地將美國生活方式帶入上海。

抗戰勝利後的上海，簡直是美國兵的天下和樂園。今國際飯店、花園飯店、南京西路原海外聯誼俱樂部……但凡上海灘最華麗、最高尚的地段，都暫駐著被譽為大戰英雄的美國大兵。這批在戰火中僥倖活著回來的大兵，一下子來到東方巴黎上海，大大開了眼界。

他們揮著綠油油的美金招搖過市、恣意享受。可口可樂、爆玉米花和糖納子（甜甜圈）這些典型的美國生活方式，由著這批美軍現身說法，在大上海成為新的時尚。

為吸引這批美國大兵消費，上海夜總會和酒吧，拚命演奏當時流行的好萊塢插曲，助長了上海流行美國流行曲的風氣，美國人也充分發揮了他們挑戰傳統、追求新奇的個性，為戰後上海，製造著時尚。

美軍厚厚長長的羊毛大衣，在相對溫暖潮濕的上海，顯得有點拖泥帶水，這批老爺兵紛紛找來上海裁縫，將其改為三夸特中大衣。上海裁縫除了可以賺到幾塊美金工錢，還可平白收進一段上好羊毛料子，篤定可做幾雙鞋面布，何樂而不為？一時，這種美其名為「艾森豪威爾裝」的中大衣成了男裝時髦，在上海就此流行到「文革」開始，當然名稱變了。解放了，上海男人縱使吃了豹子膽，也不敢穿「艾森豪威爾裝」。

另外，作為麥克阿瑟將軍標誌之一的雷朋太陽鏡，也被美國大兵戴得成街成市，作為美軍指定軍服裝備的雷朋眼鏡，連地攤上都有擺賣。時至今日，雷朋太陽鏡，仍為一簇識貨的上海老克勒們，視為經典，價錢不菲，其款式型格，與四十年代的一樣，一點沒有變革。

一時，上海灘的時髦青年，紛紛以美軍裝束作為偶像。

牛仔裝應該也就是那時在好萊塢電影中顯身，不過，牛仔褲在四十年代上海，從來沒有流行過。

上海人見多識廣，什麼時髦沒見過？惟獨對這種屁股包得緊緊的、褲腰直垂胯間的出位打扮，仍拒絕接受。一眾膽大點的青年，頂多做條褲子關照裁縫褲腳管縫小點，配件夏威夷香港衫，所謂「小褲腳管花襯衫」，就是這樣一錘定音。如果嘴裡再咬咬口香糖，還噓里唏里口哨吹吹，那就活脫脫成一個令上海父老連嘆「世風日下」的小阿飛。

上海阿飛，是美國文化和海派文化短暫而灼熱相戀後產下的私生子，說是私生子，是因為上海人對阿飛，從來是側目而視的。再加上美國文化，也從來不是東方巴黎的上海子

瑪麗蓮・夢露被譽為二十世紀最性感的女人，同樣衝擊和革新了上海男人對女人的審美觀。

民所欣賞的。

對上海一簇白領人士和教會大學學生，他們對美國文化中一些主要元素，如較開放地與異性交往，衣著不必過分拘於繁文縟節，還有好萊塢電影與百老匯音樂，是全盤接受的，但他們決不肯穿上小褲腳管花襯衫招搖過市，也不可能會在派對上大跳水手舞（吉魯巴），惟有當時一批在洋行外資做office boy的低等文員，一些缺少管教的高中生，還有工廠裡一些較新派的又有點文化的年輕工人（以往文藝作品中常稱此為黃色工會成員，這是誤傳），他們穿三件套西裝太昂貴也不合適，穿愛國布學生裝又太老土，就花花小錢讓裁縫做身小褲腳管花襯衫，在休息日約會下如《林家鋪子》裡林小姐這樣的小家碧玉，去大光明看場《出水芙蓉》，或者是在「白玫瑰」、「南京理髮店」做美甲小姐的女朋友，去百樂門「蓬嚓嚓」一下，是平衡他們小男人內心最有效的一著。無論如何，這些平民時髦人，才是上海灘一大風景。

上海的小阿飛們，從問世的一刻起，就帶著

濃濃的市井氣，絕不是大上海playboy的對手，無非是一簇無錢無名的年輕人，傾情西方文化，並就此拼貼出自己力所能及的喜歡的時尚，在主流文化前招搖過市，挑戰紳士淑女，那一度令人談虎色變的阿飛起因，其實就是這樣簡單。

這股新興的都市平民時尚，可以講是只吸收到美式文化的硬體和皮毛，因為這些小阿飛英文欠佳，生活背景仍欠缺西方文化元素，不似那種英文扎實、西方美學修養沉穩的白領和教會大學畢業生，他們的都市時尚，已深入到西方文化的軟體——最經典的是當時大學生中流傳頗廣的《世界名曲一〇一首》，還有人手皆一冊的《飄》，再加上來自英美的時尚名牌；GE電器、Dunhill打火機、Parker金筆、ROLEX手錶、網球運動、自助餐式派對……這些全部需用銅鈿堆起來的時尚，令小阿飛們自嘆不及，所以，他們在上海，也沒有什麼市場，也談不上向外省擴散。因此在天津、武漢，甚至北京、瀋陽等大城市，對「阿飛」，是十分陌生，反而playboy，因著上層人物的流動，特別民國政府和偽滿洲國等皆在北方，花花公子文化，在北方還有一定勢力。赫赫有名的如溥儀皇帝到張學良將軍，都可劃入這一範疇。

三四十年代上海青年學生幾乎人手一冊的英文流行金曲，至今仍在上海東方台的「懷舊金曲」播放，牽動著那一代已老去的當年的「小阿飛」們和playboy們的心魂。

（二）

上海解放了，大批南下香港的上海人，同時也帶去了上海的時尚——包括阿飛文化和花花公子文化。

四十年代末的香港遠沒上海繁榮，且貧富懸殊，除了外國人和小部分華人人家族外，香港本域居民仍過著珠江三角洲的傳統生活：上茶樓、聽粵曲、一身唐裝赤腳一雙木拖板夾把黑布傘就可四周走，根本無時尚可言。大批有資產、有學位、有見識的上海人南下，讓香港人接觸了「時尚」。就算當年在馬路上混混的上海小阿飛，在香港也篤定可以指指點點，說三道四。

這批上海人，在香港延續和移植了海派文化，包括阿飛文化和花花公子文化。

大戰後的香港，同樣的道理，戰後美國民生充裕、經濟蓬勃，美國文化在香港勢力越來越大，相比古板、傳統的英式貴族文化，更受年輕人歡迎，主要是，更受那批入讀英文書院的上海有錢人兒女歡迎。

他們狂飲可口可樂，嚼口香糖，吃爆玉米花，看美國電影，哼輕鬆悅耳的美國流行曲，認定去美國留學的人激增。

他們鬥飛車、跳水手舞，男孩子堂而皇之作西部牛仔打扮，女孩子也公然束起馬尾辮，穿起奧黛麗・赫本在《羅馬假期》中的典型「飛女」打扮：一字領襯衫中褲配船形平底鞋……

當時的飛男飛女，等同有錢人家的公子小姐。因為五十年代的香港，一般市民還是貧困的，那時作為傳播大眾文化的收音機並不普及，上電影院看西片的，也要有相應英文水準和文化準備，因此即使是一般小阿飛，也必得具備一定經濟基礎和英語水準。

當一個社會未有明顯的自我社會特徵時，便很容易受外來文化的影響，香港也不例外，一代青年視美國文化為摩登的象徵。因此，作為五十年代香港流行文化的阿飛文化，與上海不同，一開始就帶有強烈的中產色彩。

五十年代末期，一代歌王貓王Elvis Presley，以其野性浪漫的形象闖入流行文化舞台，他年輕、英俊，音質沉鬱而極富感性的風格，狂野又性感的台風，風魔了全球青年，包括香港的。他充滿男性魅力的裝束——華麗的牛仔褲，成為一眾青年模仿的榜樣。

我想，貓王的成功，不單在把搖滾樂從次流音樂推上主流音樂寶座。同時，以他自己的成就，洗脫了社會一向對出位反叛的城市青年的偏見，並承認了此為多元的都會流行文化的一種。

香港是個國際港口，訊息四通八達，對流行的傳播，自然快捷迅速，這令香港的阿figure文化，一冒出就與國際同步。

資本主義社會，處處在尋求商機、製造商機，阿飛文化作為一種流行文化大大得到商人們的催谷和推波助瀾，在商言商，流行文化成為一門可以賺得滿盆滿缽的生意，由此延伸的時裝、音樂、電影，都起到開拓市場的作用，於是，社會對流行文化，大放綠燈。

流行文化可以像日曆一樣，一張一張撕去，正如「飛男飛女」，也慢慢轉為「油脂」、「披頭四」、「嬉皮」、「龐克」、「Hip Hop」……但每一代前衛之士通過虛擬的時尚留下的實體、時裝、流行音樂、電影和小說，則成為都會走過歷史的腳印，令時光留下這些腳印的，就是一度被不屑稱為「阿飛」的城市青年。

香港的阿飛文化，是西方文化、上海海派文化與珠江三角洲的南國之風三角戀愛後，明媒正娶生下的混血兒，因為不是私生子，所以成長得比其兄弟——上海阿飛——要健康結實，且具備國際視野，與世界同步。

世界進入七十年代，香港經濟開始騰飛，教育普及，老百姓生活富裕起來，那是香港百年殖民史的黃金時代。那時工廠時興計件制，一個手腳俐落反應靈活的青年工人，放工後一樣可以打扮得姿姿整整地去餐廳「魚翅撈飯」，歌舞廳聽歌跳舞，西方流行文化此時才真正流入香港市井平民之中。

七十年代，大批負笈海外的早期洋派飛男飛女們，也學成回港，他們大多為專業人士。不屑再與已有濃厚市井氣的流行文化為伍，便另劃圈子，出入蘭桂坊及五星級酒店的咖啡沙龍，有自己追捧的高質數的時尚，以前稱為playboy，現代的稱謂就是雅痞一族！

餘下的經濟尚未獨立的，或者是來自勞工和低層白領的年輕人，面對都會日漸盛行的消費主義，又沒有能力躋身上流社會，又不屑擠入庸庸碌碌的市井一族，他們有很大的挫敗感，便也只有以自己消費能力所及，盡力把自己裝扮起來。

例如，本來只是二次大戰中美軍指定的行軍裝備的全棉圓領白內衣，被以反叛、反社會形象為年輕人偶像的好萊塢明星馬龍・白蘭度和詹姆士・狄恩大膽地當面衫穿上身並在電視電影中亮相時，震撼各界，卻風魔一眾青年。這種價廉、舒服的衣著就是今日全球男女老少至少都會有一件的T恤，在五六十年代的香港，也屬「阿飛」打扮。在上海，更是禁止。

T恤配耐磨耐髒的牛仔褲，一直是被主流社會拒絕的，直到九十年代初，一代ＩＴ新科技人才登上舞台之前，西方和香港許多場所，如五星級酒店，大企業寫字間，仍拒絕這

前國民黨淞滬警備區司令楊虎的兒子楊定國攝於1952年。花格子襯衫加窄身勞動布褲是典型的另類阿飛打扮，難怪他為五六十年代上海灘上層圈子內著名的「阿飛」。其實這位「阿飛」是北京大學英語系畢業。「文革」後，為紡織界培養了大批英語專業人才。

樣的裝束，更不用說在七十年代。惟那批來自低下階層的時尚青年，他們不甘被社會漠視，T恤加牛仔褲在被主流社會視為洪水猛獸之時，滿足了他們狂放反叛的心聲，他們就故意作此打扮，或多或少也是在對社會、對生活作出回應，其實也是一種受周遭環境影響的人生取向。直到七十年代後期，T恤加牛仔褲才從中下階層往上滲透，成為日常生活一部分。此時，龐克文化，那種故意穿著破爛外衣，身掛沉累累的金屬吊件，頭髮刺蝟般豎起的裝束，有意粗言穢語，反叛憤世，視污染如無物……反正挖空心思製造出一個壞孩子形象的「龐克文化」，一下子從英國爆發，席捲全球。

然香港畢竟是華人社會，因此龐克這樣誇張的裝束始終沒有流行，但「龐克」的壞孩子細節，已被注入時尚流行中，如「扮酷」、塗鴉、聚集街頭玩音樂、玩霹靂舞，故意用一種無所事事的形象，來挑戰努力求學、勤力工作以求成功的中產雅痞文化，將壞胚子形象發揮得淋漓盡致。其實這也是一種宣傳手法，以形象博取公眾注意，從而形成香港的「後街文化」。今日，後街文化在世界上，已發展成有特定風格的時裝、樂曲和舞蹈的Hip Hop。相比之下，上海的後街文化，早已日漸式微。

今日後街文化的Hip Hop帶有濃厚的生活氣息和平民氣，他們大都穿著大自己幾個碼的衫褲——起源出於窮人的孩子怕個子長太快穿不下衣服，故意買大幾碼以求經濟；染髮、在耳鼻孔穿環，這也是一種龐克的印記，刻意製造一種粗悍難馴、獨行獨制的現代青年偶像。只是今日熱愛Hip Hop的，也有為數不少的白領人士。

至今每逢周末晚上十時起，香港一群年輕的Hip Hop，都喜歡聚集在尖沙咀文化中心廣場，穿著Hip Hop那種寬腳褲、大T恤，在這裡鬥舞玩音樂。Hip Hop舞脫胎自搖滾霹靂，那是一種挑戰身體極限的，用想像不到的身體部位——肘部、頭頂、單手旋轉等難度極高的舞蹈動作來表現。IT新科技文化衝擊了自持過重、講究優雅包裝的雅痞，令專業人士也開始追求狂放自由、不拘小節，這無形中刺激了Hip Hop的發展。

在九龍有一所專門教Hip Hop街頭舞的私人學校，我曾走訪過該校創辦人High King，一位熱衷推廣Hip Hop文化的藝術家，為了學到Hip Hop文化的真髓，他特地去紐約黑人區生活了三四年，與黑人交朋友，理解他們的生活文化，因所有後街文化，都源自都會的下層。

今日年輕一代價值觀已開始改變，隨著講究簡約、力求自然本色的新生代流行文化的興起，Hip Hop那種強調個性開放的文化，也吸引著雅痞一族的專業人士，比如，在High

King那裡學跳Hip Hop舞的，就有不少是專業人士，其中一位舞蹈教練小D，原是香港大學人事資源管理系的碩士，畢業後卻在這裡做專職教練。

小D的父親是醫生，母親是中學校長，對兒子的選擇儘管有所保留，但今日已是新世紀，再則，他們也深明，今日的「流行」與「出位」，只是一種文化的支脈，與道德並無太大關係。

商家更是看中這股摩登時潮，沿這間Hip Hop學校所在的橫街，專售Hip Hop服飾和配件及CD的商鋪，開得成行成市。

不過話也得說回來，自從五十年代由貓王率起的搖滾樂開始成為都會時尚主流以來，都會的流行文化，一直在多種道德標準上翻筋斗，常常會踩入道德誤區，這就是為什麼傳統保守的人，往往會將流行視為歪門邪道。

在西方，搖滾自誕生以來，便不斷與吸毒扯上關係，一直以來，性交、吸毒和搖滾，三者常被相提並論。

香港有支LMF樂隊，也是Hip Hop的積極推行者，以大唱夾雜許多粗口的歌曲而廣受青年人歡迎，所以又名為「粗口歌樂隊」。在一般人眼中，滿口粗言穢語代表沒有教養，但他們以粗口掛帥的流行曲卻大受歡迎。由香港中華基督教青年會在互聯網上，訪問了四百名二十歲至三十歲的人士發現，七〇%都聽過粗口歌，其中八十七%為十三歲到十八歲的青年。七〇%受訪者認為，粗口歌流行的原因，是因為觸及時弊，挑戰權貴，好過癮！聽粗口歌，或者高聲和唱，在年輕人也是一種反叛心理，以回應成人或主流社會的雙重道德標準。

如果說，四十年代中後期，中國的阿飛文化在上海藉著一股美國風剛剛發芽之時，它們著意的，只是營構自己的審美和建立青年偶像，並無觸犯任何道德禁區，至多令一些老夫子看不過眼罷了；直到這股時尚之風南下香港，由上至下滲入低下中層，並開始與世界流行文化同步之時，就開始出現衝擊道德和法律的，特別已演變成流行文化主流的後街文化，強調不修邊幅，略帶頹廢，言語反叛……很易被人認為是離經叛道。即是如此，香港也將此部分人稱為「邊緣人物」或「另類青年」，而從不用「流氓」這種有刑事烙印的字眼。

自五十年前全球開始大工業化的集團性商業操作以來，當青年人在有意無意、誤踩道德禁區之際，卻無端為商家製造了大量利潤，光看在二十世紀下半世紀全球颳起藍色颱風的牛仔裝，這種初時也被道學家視為低下人士及反叛性專用的服裝，到今日大舉進軍世界流行舞台，產生了以設計師命名的品牌，還有與之相關的音樂、樂器、運動器材……還有相關的電影，就可看到「流行」確是個生財之道。

儘管都會流行文化難免與衝擊道德禁區有關，卻也是一簇敢於反叛、不畏創新的年輕人生命力的反應，為城市的生機和商機，注入無限生命力。

說回到「阿飛」，憶起採訪過的一位香港立法局議員級「老阿飛」，上海人朱幼麟。這位來自哈佛大學的「上海阿飛」，年已五十好幾，其出位和愛冒險，與年齡不符。這位「老阿飛」，集大亨、小開、playboy 和商人於一身。

他確實十分出格，會頭戴鋼盔，戴著大墨鏡，一身便裝，開著他的大哈雷摩托車，直馳到立法局大門口參加立法局會議。

每逢周末，他就會駕著遊艇出海，凡是夠刺激的，他都會玩，所以潛水、飛車，他都會玩。他在五十一歲的「高齡」，還玩「機動滑翔傘」，這是很刺激也很危險的挑戰人體極限的活動。那是可以折起放在背囊裡，可以講是世界上最小的飛行工具，也有約三十公斤重，起飛時要靠跑步——大約要以時速二十公里的速度跑，要跑一段才能乘風起飛，一如飛機起飛一樣。要背著三十公斤的飛行器跑，是相當辛苦的，如果體力不支，跑下去摔倒，就很危險。整個頭顱都有可能給機葉削去。曾經一次在上飛行課時，朱幼麟目睹他的教練，一個不注意，就給削去一隻肩膀。

「一旦起飛之後，就像隻雀鳥樣遨遊碧空，真的像自己在飛。」他曾如此對筆者說。

好一隻老「阿飛」！

他就這樣憑藉著「機動滑翔機」，做過萬里長征，由香港飛到北京；也曾用十分鐘時間，由黃山腳飛上黃山。

曾問過他：「你年紀都不小了，事務也不少，常從事這種挑戰極限的行為，不怕出事嗎？」

他的回答，也是輕飄飄的：「我現在生意也少顧了，基本上，只做立法局成員和玩這兩樣東西。」

「為什麼生意少顧？因為已上了軌道？或已請到得力的助手？」

「我是做地產的，地產要看市道，怎麼做都沒用，市道好就好，市道不好就是不好。老實講，一個人做工、做生意，七〇%是因為機會，只有三〇%才靠自己本事。」

這番話要給老一輩傳統生意人聽到，必要扭他耳朵大喝一聲：「小鬼，輕薄！」

「人生一世，要建立自己個性。鍛鍊和挑戰，是建立個性的好方法。」他說。「當今年輕人，最大的問題是，缺乏個性鍛鍊。」

話是對的，不過，像這位老playboy那樣上天下海地「飛」，倒也「飛不起」。

（三）

日前看《新民晚報》，一幅題為「花甲老翁溜冰絕技」的新聞圖片，刊出一則很海派的上海花邊新聞：一位頭髮花白身形仍顯矯健的男士，面對鏡頭穿著老式的旱冰鞋，在街頭擺出一個春燕展翅的漂亮造型，一頭濃密的白髮，不服老地從帽沿下鑽出來，他的笑容，很性感。哈，一隻老阿飛。衷心祝福他。

都會的流行文化一直與音樂和肢體語言相關，那種隨意所之、自我陶醉的投入，從上海二十年代開始進入市民生活的大小跳舞廳，到今日的載歌載舞，台上台下打成一片的搖滾，無一不反應出這種神髓。

今日我們緬懷上海的流金歲月三十年代，津津樂道地數出往日入夜之後，燈火璀璨的「百樂門」、「米高梅」、「大華」等著名舞廳，不會想到，在七八十年前，「這位仁兄最喜歡泡跳舞廳」，原來，也是一句很重的指責。

解放後，上海沒有了跳舞場，但總有那麼一簇不甘的時髦上海人，他們馬上找到了代用品——溜冰場。

上海人那種追求生活品質的不屈不撓，令人擊節，麻將牌絕跡了，上海人曾拿陸軍棋用手工重新繪過，考究地一樣車出立體的圖案花紋，美中不足的是身骨不夠重，打隻噴噓都會令城牆倒塌曝光。

物資短缺棉布紡織品要憑票供應，熱衷翻行頭換花頭的上海人，移植了Arrow襯衫領子可活絡脫卸便於洗燙的細節，發明了假領頭，當時官名為「節約領」，只需小小一片布

筆者的三位姑姑攝於1947年，當時她們分別為震旦大學、大同大學和聖約翰大學的在校學生。四十年代後期，一些作風前衛的女大學生已敢於棄捨旗袍，換上褲裝，這是上海時裝史上很大膽的革命。那個時代，穿褲裝的女孩子都被視為「飛女」。

料，做成尖領圓領立領，帶花邊的嵌滾條的……反正男女各式，從兩用衫裡羊毛衫裡翻出來，篤定周一到周日天天可以調花頭。

與香港的時尚流行不同，上海的時尚，一度並非都是記載於經籍之內，而只是一種民間創作。一直以來直到改革開放，上海的流行時尚，只是一股暗流，雖再三遭堵截，只如割韭菜，割了又長，長了再割，挖空心思想出這些時尚玩意的，就是那批所謂的「阿飛」。

好多外國人包括當今不少青年，都有種誤解，好像自解放後，十里洋場上海，就沒有了時尚。應當拜謝上海這批男女小開、阿飛和花花公子們，在一層藍海洋開始吞噬著上海灘之時，正是他們，為大上海堅守著僅有的一抹色彩和個性，為上海乃至全國，製造著時尚。

解放後，西方的時尚訊息斷了管道，上海時髦一族惟有從蘇聯及東歐、香港電影中、海外親友的生活照片中，汲取時尚營養，這就是考驗品味的真功夫。與當今新生代時尚相比，當年上海的「飛男飛女」創造的時尚，還勝一籌。

今日新生代有太多的參考資訊：日韓歐美，滿眼滿目的時尚雜誌，指導著他們的一切，反而個性不鮮明，成為時尚雜誌的活動版；其實最好的創意，往往是在限制最多時激發的，沒有框框時，反而無法打破框框，任你天馬行空，卻更難有新的創意。將五六十年代上海那種當時被劃為「阿飛」的流行文化相比，今天的上海都會流行，反而顯得蒼白膚淺，缺乏本土性和主動性、啟發性，當年的阿飛文化，今日更令人緬懷不已。

猶記得五十年代末，一齣東德片《柏林情話》甫上映沒幾天，淮海路、南京西路上，就出現了片中女主角那種燙了再削薄的短髮型。這些留著這種前衛髮型的「飛女」們招搖走過，頻頻引來各種非議和批評，不過沒多久，南京理髮廳和滬光、白玫瑰等上海一流理髮店的價目表上，也公然列出：「柏林情話式」……

當這種「柏林式」髮型流行遍大上海的橫街窄巷，一種新的「派克式」髮型，即梳得像日本女人的髮髻樣高高蓬起、來自羅馬尼亞電影《無名氏畫像》女主角的髮式，又開始在淮海路上出現……直到「文革」中，理髮店的燙髮器全部被貼上封條，上海飛女們照樣可以用電線和毛竹筷，捲出從外國電影或海外親友的照片中看到的時髦髮式。香港片《垃圾千金》中石慧一條如倒扣的白蘭地酒杯樣的半身碎花裙，令上海的時髦女性們不惜花掉全年的布票，如法炮製：白色緊身無領無袖襯衫配這樣一條張得如一把小傘的大花裙子，赤腳（當時無玻璃絲襪在市面供應）一雙船形或黑或白尖頭皮鞋，就算在今日這樣一身穿著去梅龍鎮伊勢丹兜一圈，都屬十分in呢。

上海的男士們也不推板。法國片《勇士的奇遇》中男主角芳芳那身質地飄逸、袖口蓬蓬地垂下在手腕上紮緊的襯衫，配著胯部緊貼的長褲，大有《三劍客》、《基度山恩仇記》之中世紀騎士的古典風範，如果再在肩上背一把吉他騎上部「三飛」蘭苓腳踏車，更有威風地駕著一輛捷克的「佳娃」摩托車，簡直如今日開著「朋馳」和「積架」的playboy一樣，迷死女人呢！

這就是上海人！

解放後，全國需要統一的步伐統一的文化，上海人並不是頑抗硬碰，只是低調又執著地保持著自己的步子，根據上海的氣候民生等客觀條件，在政策允許的極限內，引進西方時尚的細節，而在整體上仍保留了傳統的樣式，所謂明修棧道，暗渡陳倉，如是歪打正著，正好創造了海派的上海流行。

與香港的流行文化在很大程度是西方時尚的複製和翻版有很大不同，就是上海在五六十年代的流行文化，帶有濃郁的上海地域性，有自己的個性。

尤記得六十年代初，上海女人很流行一種中式大襟小腰身的印度綢印花夏裝，下配同質料的小褲腳管西裝褲、一雙尖頭皮鞋，再配一隻大草編包和太陽鏡，是很典型的「奇裝異服」，尤合

1952年上海一位新郎的「伴郎團」，雖已解放，但「資產階級思想」仍頑固地盤旋在上海的私人住宅內。他們這樣的裝扮，在社會上肯定會招來一聲「阿飛」的蔑稱。細看這幾位先生的皮鞋，雙雙精光鋥亮，右面這位先生的黃白香檳皮鞋一度是上海灘最時髦的式樣。

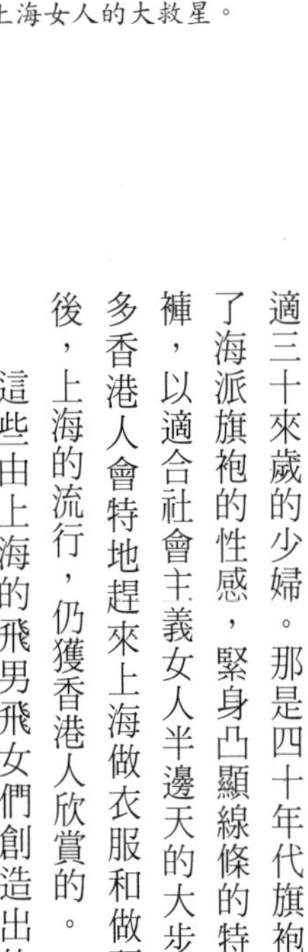

上海石門二路上一個裁縫楊師傅，與YSL和香奈兒等名牌風馬牛不相及的裁縫師傅。但扔一本外國時裝畫報給他，他照樣可以依葫蘆畫瓢，維妙維肖做出符合上海社會所能容忍的時尚，是我們上海女人的大救星。

適三十來歲的少婦。那是四十年代旗袍的改良：上半身保留了海派旗袍的性感，緊身凸顯線條的特點，下半身改為西裝褲，以適合社會主義女人半邊天的大步。在五六十年代，好多香港人會特地趕來上海做衣服和做頭髮，可見即使解放後，上海的流行，仍獲香港人欣賞的。

這些由上海的飛男飛女們創造出的時尚，沒有版權保護，出自民間，它們的T字舞台，就在淮海路南京路上，上海市民的眼睛和嘴巴，就是它們的訊息發布管道。即使在「文化大革命」中，上海的飛男飛女們，一樣捕捉得到時尚的訊息。

阿爾巴尼亞電影是我們當年惟一能看到的白種人電影，一齣《第八個是銅像》中女主角一件黑白花呢長大衣領上一只黑毛線衣領，這小小的細節也被飛女們捉到，在風雪大衣衣領上再翻一道手織毛線領子，又可不讓頭髮玷污大衣領，又暖和。另外，也為沉悶的冬衣添加一種變化花式，一年不到，上海灘各種年齡層次的女性，包括馬列主義老太太，大衣領上，都掛著這樣一道毛線衣領……

連東埔寨前國王西哈努克的夫人莫里克公主，也成為上海阿飛們的模特兒。在那缺乏色彩的年代，惟有莫里克公主的訪問紀錄片，令人們大開了眼界，她一件棗紅的尼龍面料

拷花的大衣，很快又給盜版了。

我們再回到溜冰場。

一如前文講過，都會流行，總是時裝加音樂加身體語言。溜冰場流行於上海四十年代中，原來只是在外國人和教會大學等一些舉止洋派的人士中流行，與跳舞場相比，更屬前衛和小眾。以當時位於今南京西路江寧路、現中信泰富廣場的「新仙林溜冰場」最為典型，溜冰場邊設露天茶座室內酒吧，這種夜花園式的娛樂場所，開放現代，高尚中顯奔放，在當時的上海屬很現代很高尚的娛樂場所。

解放了，舞廳沒有了，時尚一族就想到了溜冰場，「發展體育運動，增強人民體質」，天經地義。

溜冰場，確實和舞廳最貼近，既有富節奏的樂曲和一流貝斯十足的音響設備，又有闊落的舒展身姿的空間，同樣可與異性拉手攬腰翩翩起舞。

直到六十年代初，尤記得「新仙林」入夜時分的輝煌，一簇時髦男女，人約黃昏後，相擁相攜聚在門口，沿馬路的圍牆外，都聽得到溜冰鞋輪子擦著場地的嚓嚓聲，伴著強烈的低音貝斯，那時選放的樂曲，大都是火辣辣的拉丁美洲樂曲——〈亞非拉〉、〈老朋友〉啦！

耐人尋味的是，上海溜冰場也有好幾家，但設在其他區域甚或一些公園內工人文化宮內的溜冰場，與「新仙林」溜冰場，完全不是一回事，雖然一樣有音樂，有完善甚至更新式的設施。

惟有這家坐落在舊時公共租界啟業於解放前的「新仙林」。從一個西化的名字到那粉牆紅頂的歐式建築占著鬧中取靜的南京西路一角，隱隱在社會主義的上海，散發著一種前朝遺風的韻味，沾著點點西方的生活特色，靜靜地形成一種特定的氛圍。在日落之後，猶如灰姑娘的由南瓜變成的馬車，吸引著不甘寂寞的上海人。

一切新的、青春的物事，很快成風成潮。

初時，惟有一班上海灘舊時有錢的小開小姐才涉足的「新仙林」，後來越來越雜，幾角錢一張的溜冰票，吸引外區的飛男飛女們，寧可花幾倍門票的車資轉幾趟車，也要來這裡約會。因為，「新仙林」代表一種身價，一種品味。

此時，原先雅痞一族集中的「新仙林」，真正成了市井飛男飛女們的樂園。playboy們逃難一樣撤離「新仙林」，「新仙林」徹底淪陷，成為飛男飛女們的集中營，那應是在六十年代中期，「文革」前夕。

令人尋味的是，五十年代始高調活躍於上海街頭招搖過市的阿飛們並不是小開小姐，其實多數是工廠裡的小青工和藝徒，如假包換的工人階級。當然，是其中的「落後分子」。

這些青年一月十幾塊幾十來塊甚至可以有四十來塊的工資，沒有家庭負擔，也沒有出身的思想負擔，年輕貪玩什麼都好奇，文化水準只初中畢業甚至小學畢業，工餘除了蕩馬路看櫥窗看看香港電影（他們的水準連看蘇聯東歐電影都看不明），還有什麼消遣？

於是模仿著香港電影中的男主角梳起隻大包頭，小方頭皮鞋擦得鋥亮，花格子襯衫一穿，有事沒事去南京路淮海路沾點洋氣，同時也去招惹路人的注目禮，成為他們指定的假日節目。

上海住房條件差居屋簡陋，個人要改變這個事實談何容易。但將自已身上打扮得人前一亮，到底容易得多。如是，多多少少可以挽回一點自尊吧。於是，工資一出，就想著如何裝身打扮，不惜花費掉全部身家，一如今日仍有青年捨得用兩個月工資買一件

BURBURRY的風衣一樣。

上海人嘴巴之刻薄，也是出名的。一聲「窮阿飛」，充滿不屑和輕視。

窮阿飛們才不理這些呢，照樣窮開心。價廉物美的「新仙林」，是他們的嚮往，每周一次打扮得洋裡洋氣地去威一下，已夠他們接下來六日沉悶機械的生活的回味。然後，又開始一個新的周期。

人一多，難免良莠不齊。「新仙林」的昔日風華，哪禁得起這樣的重磅地毯式的飛男飛女們的輪流轟炸？一時，常傳出有男女爭風吃醋而毆鬥的小道新聞，小偷扒手也開始在其中混水摸魚。六十年代中，「新仙林」終於關閉，改為靜安區少體校。

與香港一樣，都會時尚，一直形成雅痞和市井兩個支流。

一些來自名門望族之後，又有強烈追趕時髦及生活質素的意向，自身文化修養很高，同時又身為專業人士的，他們一般不大會再去溜冰場。他們會帶自己的女朋友去當時工商界人士特別照顧可去的場所：如文化俱樂部，或者花高價去國際飯店、錦江飯店等表示身分的地方，或三三兩兩聚在知心友好家。四十年代型號的「西屋」落地無線電一開，放幾張解放前留下的美國百代唱片公司的好萊塢片插曲：《璇宮豔史》、《時光流失》……將光線調暗一點，室內情調好一點，大家即興起舞，即現在所說的，家庭聚會。不過到了六十年代，當局嚴禁這種家庭聚會，並扣上一頂「黑燈舞會」帽子，一旦遭人告發，後果嚴重，重則可送勞動教養。

所以在上海，上層時尚文化的發展，是謹慎的，低調的，並且，被強硬地注入刑事元素。

1947年充滿活力的一群青年男女，比三十年代的上海青年更顯洋氣和富有青春活力。這是我的三位姑姑和她們當時的男友。三位男士中，只有一位成為我姑夫。他們的穿著打扮舉止，在四十年代上海，屬很酷很前衛的。

筆者一位朋友，一九六四年在上海外國語學院就讀時，就因為和幾個朋友開了次家庭聚會遭人告密，給當場破門而入的派出所里弄幹部活捉，改變了她全部人生——畢業後發配去大西北，因為戴著頂壞分子帽子也成不了家。好容易等退了休再回到上海，已是一個滿頭白髮反應遲鈍舉止老土的老阿姨。「十分鐘的派對害了我一生！」這是她像祥林嫂樣反覆嘮叨的一句話。

上海的時尚流行文化，是在夾縫中天生天養，頑強又堅韌，所謂野火燒不盡，春風吹又生，它們沒有香港的流行文化那樣，先天健康，後天又富有營養滋補。上海的流行文化與世界的時尚是脫節的，我行我素的，因而，帶有濃郁的海派味。

流行文化在上海，一直屬私生子，或正如上海常用的一句話：「小老婆養的。」在眾人鄙視的目光下，上海時尚仍自信自強地走自己的路，為昔日的東方巴黎增添視覺景觀，帶給世界一份不一樣的活牛生的都會感覺。

都會生活本身應該是感性的，只要都會不缺乏追求高品質生活的意願，即使在高壓下，仍會有阿飛（流行文化的推行者）出沒，令都會有可能在日常生活中塑造時尚。一個塑造不出時尚的城市，是不能稱為都會的。最多只能稱為大城市。

上海的阿飛們，因為其客觀背景，與香港的相比，更斯文、更低調、更富有中產雅痞情調。

在貓王之風颱遍全球之時，上海的時尚阿飛們，仍自成一體，一把吉他一只沙鈴，玩著與主流音樂相對抗的、被斥為靡靡之音的自己所喜愛的音樂，那種重金屬充滿反叛的搖滾樂，始終沒有在上海阿飛們中流行過，或者因為作為主流音樂的革命歌曲硬邦邦的旋律，早已震厭了人們的耳膜。上海的阿飛們流行的音樂，以內容言，大抵仍為談情說愛，一種小品式的流行樂；從三四十年代已在上海灘膾炙人口的好萊塢電影插曲或如〈Long long ago〉等的經典名曲，至六十年代的拉丁民歌和印尼民歌。尤記得一曲印尼的〈哎喲媽媽〉，迷倒一代六十年代思想較落後（開放?!）的中學生。

上海人天生具備一種中庸的生活態度，善於將外來因素融入一貫的生活文化中，這就是為什麼在開放後，上海流行文化最先接納的是美國鄉村歌曲、台灣校園歌曲和鄧麗君的流行曲，中國首位搖滾樂手崔健是出在北方而不是有濃厚西方文化底蘊的上海。

在六十年代中至七十年代中的「文革」中，上海一批低下層區域的青少年，由於本身背景缺乏文化底蘊，對前景又缺乏信心（插隊落戶），被成人社會忽略（大人忙於應付大批判大革命，社會缺乏他們的讀物、電影），家裡住房又狹小擁擠，學校又停課處無政府狀態，閒來無事，便三五成群，聚集街頭，尋事挑釁，頗有點後街少年之風。只可惜他們生活在一個封閉的與世隔絕的環境，缺乏文化上的指導；「出格」被濫用得是非不分。當國外後街少年有指定裝束、有自己的樂曲而發展成特定街頭文化之際，上海的後街少年，此時真的像一群遊民，將軍帽軟塌塌的邊硬捏出大蓋帽帽沿，長髮蓋耳，敞著鈕扣，吼著不知所云的原始聲音。就這樣戴著他們自以為是的「時尚」，四出招遊，打架鬧事。

猶記得當年他們三五成簇出發之前，必有這樣一首不入調的、猶如土人出征前的吼叫：「扯路（開步走），走，啥地方？」此句必由一個頭領叫出來，然後是大家齊聲吼：「上海咖啡館大光明！」

因為是後街少年，被都會忽略遺忘的一群，對代表都會心臟區的「上隻角」，如上海咖啡館和大光明電影院，在他們心目中，已是可望不可及的上流社會。平時，儘管嘴巴上表示對此不屑，心裡卻是自慚形穢的，一旦要挑戰它們，那將是一個很大的魅力。事實上，他們嘴上哼著「上海咖啡館大光明」，殺氣騰騰似的，腳步還是在自己的後街窄巷地盤兜圈子，根本絕少涉足那樣地方——口袋裡沒有銅鈿。

他們沒有錢買一把吉他，甚至根本不懂音樂，也沒錢可以做龐克那種誇張但令人眼目一振的打扮，惟有將一貫穿開的舊軍裝在扣鈕扣、袖口的折疊上變著法，以示與眾人不同，竟一度也在中學生中流行開來。

「文革」時的上海後街少年，更多是江湖之氣和草莽之風，所謂文盲加流氓，那是上海的市井流行中最黑暗最不堪回首的一頁。

開放後，Hip Hop 搖滾等現代流行，隨著牛仔褲、喇叭褲和墨鏡，還有瓊瑤小說和鄧麗君的音樂，湧入中華大地，奇怪的是，上海人接受牛仔褲喇叭褲的態度，遠不及在時尚流行上落後上海的珠江三角洲。原因還是如前文所述，上海人天生具備一種洋為滬用，古為滬用的中庸生活之道。

上海人更先天具備雅痞的中產生活文化。

流行需華麗的時尚包裝，憑幾個連墨鏡上的洋文標籤都不捨得撕下的「小透漏」，喇叭褲牛仔褲，如四十年代中期在上海初冒出一樣，成不了時尚主流。

那時淮海路正宗時尚流行一種「小喇叭」，褲料是用有身骨的板絲呢或法蘭絨做，褲管只稍稍一點倒大，配著當時仍大路的兩用衫，自然又別致。可見開放初期，上海的時尚，

大光明電影院，上海繁華的代表，時尚的聚光點。直到七十年代，我教的楊浦區學生尚有這樣一句順口溜：「……岔路——走，啥地方？上海音樂廳大光明。」那時上海的時髦男女，有意無意，總要到「大光明」這民間T字台上來亮亮相。

仍帶有濃郁的本域性和雅痞味道，決不「野豁豁」。

在高爾夫球作為上層時尚一族尚未在中國掀起前，即使解放了，上海仍有自己的中產運動：什麼乒乓、籃球、羽毛球，這種大路花頭經根本不在上海一班playboy眼中。

解放初，上海時髦一族玩的是溜冰，到小阿飛們開始流行溜冰，他們就抽身而出，玩其他洋派的小眾運動。

擊劍和棒球，是當時兩大時髦玩意。

一般比較文藝，上層纖秀的時髦上海男青年，都會參加市擊劍隊業餘訓練班，在六十年代初，男孩子只需亮出是學擊劍的，女孩子們即會聯想到《第十二夜》和《三劍客》中風姿翩翩的騎士。或許是一種文化內在的影響，學擊劍的男士大多英文較好，對十八世紀文藝情有獨鍾。友人S外語學院畢業不服從分配，因為有一把好歌喉，里弄裡就分配他去小學做代課音樂教師，業餘他就去學擊劍，一個月三十幾塊代課工資剛夠付學費，反正老爸是資產，那三十幾塊人工還不經他零花。那時學擊劍的，豈但時髦，還有點貴氣。這位很早就以勞動布讓裁縫自製合體的牛仔式褲的playboy，會用英文大段聲情並茂地背誦狄更斯《雙城記》最後男主角上斷頭台前那段獨白。他今日已六十歲了，仍不乏大批女性青睞，只是「文革」開始至今，他再也不玩擊劍了。「文革」時挨鬥就是因為他要藉習劍「階級報復」。好大一頂帽子！可「文革」後已人到中年，身體發福，玩不了擊劍了。

棒球，一般是運動型的上海時髦青年玩的，六十年代初，上海二醫、師院、華東紡織的棒球隊，十分出名，不是因為球藝好——那時棒球只是小眾運動，沒什麼上下球藝之分，而是因為這些隊員，幾乎個個都是小開少爺，風流時髦。他們的名字，像如今流行曲排行榜上的歌星一樣，在上海時髦人士圈中被傳誦著。

棒球是美式運動，沒有一定文化背景，很難對其有興趣。再講那套裝備也挺昂貴，一根球棒和那隻皮手套，就價錢不菲，能玩得起的，自然是小開們了。

七十年代中期「四人幫」剛剛粉碎，百廢待興，那批當年玩棒球的playboy們，鮮格格地重聚沙場，準備再試寶刀。當時借了威海衛路工人體育場，當年的棒球小將，七十年代都已拖兒帶女了，太太們女朋友們都來捧場。頓時，男女時髦人，擠滿體育場看台成一大奇觀，連民警都大感詫異：「今天怎麼啦？這點老克勒台型介足！」他當然不明白，玩棒球，本身是上海灘最克勒的玩意！

進入七十年代後期，或許這批玩擊劍玩棒球的老克勒真的覺得人到中年，激烈運動白相不動了。那時，上海灘最克勒的運動是——打網球。

霎時，位於老租界區的徐匯網球場和烏北（烏魯木齊北路）網球場，又成時髦人的聚腳點。他們仍是小開們，資產階級落實政策啦，那時拿到十萬二十萬的，在上海人眼中如今天的比爾・蓋茨。

雪白的網球褲配特地從海外買回來的耐吉、愛迪達等名牌網球衫，還有名牌球拍。飯盒裡帶著太太們精心自製的三明治，自家烘焙的奶油蛋糕……打網球在他們，與其說是鍛鍊，不如說是個作秀的大沙龍：誰的配備最「懂經」，誰的太太最「能幹」，誰的財力最「實足」！

七八十年代的網球場，是上海playboy最集中之處。光陰倏忽，playboy們老了，但仍要擺出最帥的姿勢告別時尚舞台。

有人多事做過一個統計，在靜安區烏北網球場門口的自行車寄放處，每十部車中，起碼有三部是蘭苓腳踏車，一部日本摩托車，可見那班玩網球的playboy們的實力。

八十年代一齣栗原小卷的《生死戀》，令上海的網球熱升溫膨脹，許多青年男女開始到網球場來尋找浪漫，那批老playboy自知此處不宜長留，紛紛撤出。再接下來是出國移民潮，老克勒們作鳥散狀。

世界進入九十年代，再不會有人用「阿飛」這個字眼來指責時尚，也不會用「資產階級生活方式」來批評物質享受。高爾夫運動開始進入上海，只是響應的人，微乎其微，且大多為台灣、香港及外省來上海的大腕和上層人士，至今，高爾夫仍不是上海時尚運動的主流。

今日上海人時尚玩什麼？

一下子竟也答不出。

以前上海人的時尚像一股風，打橋牌、跳舞、玩攝影、音響、打網球……

現在……打麻將？打麻將只能算一種市民流行，怎麼也算不上時尚。

或者，今日上海最流行的時尚，是懷舊。

上海的流行文化與香港不同，其實上海的時髦一族一直以來，不盡是盲目崇拜西方，雖然其中受西方文化影響頗深，但主題，還是追逐優雅的合適上海的生活方式。

上海人就這只脾氣，門給關上，就千方百計，比全國哪個省市的人，都飢渴著西方訊息，門打開了，一句「什麼稀奇，阿拉上海老早就……」表現出一臉不屑。今日連美國在上海人心目中也失卻六十年前的光環，上海人推崇的，還是歐陸風情。

流行常會給人錯覺，就是只是短時間的潮流，禁不起時間考驗，熱潮過後便銷聲匿跡。然而想深一層，在這個類似以「下一個的我取代今日的我」的遞進中，永遠是社會文化和年輕心聲的見證。社會的變遷固然左右著流行的路向，但流行也會反過來改變社會的價值觀。

在寫此文為上海阿飛立傳之時，卻生出一點遺憾：海派時尚在今日全球經濟一體化的衝擊下，已顯令人感慨的夕陽之景。當年在缺乏硬體設施下的上海飛男飛女們，尚能創造出精緻的海派時尚，今日我們具備完善的與世界接軌的硬體設施，曾執全國乃至亞洲流行時尚牛耳的海派時尚，卻喪失了主導的優勢。

日前看一齣由陳坤主演的電視劇《像霧像雨又像風》，背景是上海的街頭故事也是以上海為舞台，卻酷似日式時裝劇，或香港肥皂劇。只因為在那一片我們熟悉的上海街景背後，沒有一套上海生活哲學的理據去支持這個故事。

今日上海青年人的時尚流行，也有這樣一個問題，對時尚的追求其實不應只是貪好看，而是內心世界的反映。單單抄抄時尚雜誌，只是一點皮毛！

日前與幾位美國朋友談起：為什麼改革開放短短二十年，已在上海灘引起天翻地覆的變化，令上海灘重顯青春，更添魅力；而同樣在俄國貴族滋生地的聖彼得堡，開放至今日，卻弄得個四不像，仍然恢復不了當年大小托爾斯泰筆下的聖彼得堡的貴氣和雍容。總覺得，聖彼得堡是東歐最具大都會底蘊的城市，然而當上海和平飯店重新響起沉默已有近半個世紀的爵士樂，聖彼得堡的涅瓦河畔，已追不回近百年前那瓶喝剩的紅酒和盤碟上來不及吃完的法國鵝肝！

人生就是個浮光掠影的旅程，五十年前上海那班小阿飛和playboy雖然已曲終人散，但他們的身影還未在時光隧道那頭消失，雖然一百年的時光，是再也追不回了。

聖彼得堡缺乏的，正是那批將時尚承上啟下的阿飛！

上海灘上「老克勒」

上海灘上的老克勒，是現代中國城市群體一個很特殊的圈子，上海先生中最富海派個性的一脈。

克勒，來自英語colour 譯音，原意為色彩，滬語又稱色彩為「花頭」。上海話常用的「花頭經透唻」，「花頭經濃唻」，「花露水足唻」，一個「花」字，在滬語中的解釋很有視覺的體現，卻是作狀語的多，一般用以形容某人的機靈活絡和社交能力強，老克勒的定義，不難悟出。

稱為老克勒，自然年紀不輕，必定為上海的資深公民，各有一段與老上海生活的感性經歷，並經歷過上海幾次著名歷史事件洗禮。因此掐掐算算，怎麼都有七十開外，然一定仍是風流倜儻，時尚追潮得恰如其分，魅力獨特。否則，就只能是老爺叔、糟老頭子或者老冬烘。

由於不是老幹部，因此老克勒的言行舉止，流露著濃厚的前朝遺風。他講的上海話都是現今聽不大到的：穿馬路叫「跳馬路」，報紙叫「申報紙」，照片為「肖照」……他們固執地堅持稱江蘇路為愛丁堡路，中山公園為兆豐公園，花園酒店為法國總會……上海的每一條馬路每一個景點，都留有他們的花樣年華的印記，過往黃金歲月的見證。因此在他們，堅持一張只有他們自己看得懂的上海地圖，是永保那份珍藏的記憶。

話是這麼說，這批上海老克勒卻不迂腐不守舊，靈光活絡絕對拎得清。身為老克勒一如上了老漆，溜光得滑如黃鱔，因此歷次政治運動總能險乎乎地溜過。雖然他們洋派西化，處世卻篤守中國錢幣之道：外圓內方。他們深諳雞蛋撞不過石頭，相信「曲線救國」。一位原紡織廠老闆，今年已八十來歲的老克勒如是說：第一次被工人鬥爭，是三反五反時，那時沒有經驗，嚇得尿濕褲子，後來鬥得多了，漸漸學會在挨鬥時靈魂出竅。啥叫靈魂出竅？就是他們管他們鬥，我管我回憶自己最開心的事：南京路法式西餐館那道焗蛤蜊味道不錯，等一息鬥好後去吃它一頓；三年前一局沙蟹牌局原來失手在這裡，有機會再扳過來……再不，看看那幾個鬥我的女工哪只臉孔最好看，比如看選美。

運動經歷得多，資格也老了，趕時髦的脾氣仍不改。哈同花園變成中蘇友好大廈，他們第一個去拍照留念。浦東金茂凱悅一開張，他們就相約去這家世界最高的酒店飲土耳其咖啡，大劇院一啟用，他們就去趕頭場看《天鵝湖》。

解放後歷次大小運動，他們都是「運動員」，練得一身好筋骨，好運地迎來了今日的好日子。

「做人就是這樣，見人講人話，見鬼講鬼話，啥人碰到運動再從國際飯店，不，今日應講是金茂凱悅往下跳，就是天字第一號戇大。」他們如是說。

長年來他們白天認認真真在單位的政治學習小組上，風趣不沉悶地發了言後——即將報上社論消化後，用小熱昏賣梨膏糖的方式通俗地再重講一遍，因此他們的發言一般頗受歡迎——晚上回家就聽美國之音，翻翻海外親友偷偷帶進來的時尚畫報。因此早在網際網路普及之前，他們的品味衣著見識，遠遠領先上海的小青年。即使在二十一世紀的今日，薑還是老的辣，由可口可樂和麥當勞催谷的新生代上海人，在對時尚的領悟和融會貫通

跑馬雖然屬一種「博彩」休閑，但因其是洋人興起的玩意，故而一切術語、相關專用詞彙，都用英文，因此初時，跑馬並不普及，但精明的上海人很快就會用洋涇濱英文熟諳各種細則，熱衷這種洋博彩。

上，無論是對汽車、手錶、相機這些充滿陽剛的時尚的宏觀認識，還是對跳舞、美食、追女人等軟性時尚細節上，他們肯定不是老克勒們的對手，用句上海俗話，摜幾條上海馬路。

《女人香》中那個雙目失明還要狂飛法拉利，不放過與美人共跳一曲探戈的艾爾帕西諾，倒有幾分上海老克勒的味道，只是他要野多了。上海老克勒沒那份魄力。「好漢不吃眼前虧」是老克勒們的宗旨，「花功」是他們的殺手鐧。所謂「軟硬功夫」。

他們如撲克牌中的「百搭」，左搭右搭都能路路通，搭出最高市值。從舊時里弄幹部大姐到過氣的舊上海名媛，家近頭超市的收銀小姐，到晚上在茂名南路泡吧的上海寶貝們，都可以花得她們眉開眼笑；老克勒們對同性也具吸引力，從弄堂口擺腳踏車攤的安徽小子到外企坐寫字間的小白領，都喜歡閒來聽他「吹吹」，長下見識。

老克勒比專業人士海派，比離休幹部洋派，比暴發戶氣派，他們必受過高等教育或有過一段得意的過往，能講幾句美國口音的流利英文。他們的英文口語一向比上海話要快幾個時代節拍，從而成為上海話的外來語傳送帶：從三十年代的時髦（smart）、摩登（modern）到今日二十一世紀的download（下載）、upgrade（升級），他們都十分懂今，走在一班青年人前面。他們英語不一定專業，但管用，跑到外國不會迷路。

老克勒是三腳貓，萬寶全書缺幾隻角。否則，以他們的聰明活絡，獨專一門成名成家應該不難。可惜他們或因心思花花興趣多多而消耗了精力，或因外圍條件局限未逢伯樂而事業不成，不過稱為老克勒，就有這個胸懷善於自我調侃並不耿耿於懷。

（一）

忘年之交湯米方就是這樣一位典型老克勒。

他戶口簿上身分證上的官名是什麼很少人知，人稱他小方，生疏點的稱他一聲方醫生。其實二〇〇一年他已八十有三，但見他腰背挺直長年一頂長舌棒球帽一身休閒polo裝，沒有肚腩不見地中海，亞曼尼古龍水搽得噴香，長長的鬢腳花白又略帶鬈曲，踩著一輛一九四八年生產的三飛古董蘭苓腳踏車，一出弄堂就不斷有熟人向他打招呼。

「唷，小方，還是這輛老坦克？可以更新啦。」

「更新？這部蘭苓一九四八年跟我到現在，老婆也沒有這麼老，老婆你捨得更新嗎？」

「蘭苓哦，是靈哦？」

「來的時候蠻靈的，現在不靈了。」

講到老婆，其實小方一世沒有該（有）過，據講現在兩岸三地市面上，單身老先生最吃香，特別小方這樣賣相好、又有房子、光棍一條的無瓜無葛的單身漢，在一眾老姑娘或寡居離異女士中，頗為搶手呢。如果電視台的「相約星期六」請到他這樣的嘉賓，一定會突破收視率。

常常有熱心人走來對他講：「湯米，有個五十來歲女人，醫生呀！長相很年輕，看上去只有三十幾歲……做個老來伴啦……」

每逢這時，他就會顯出他的招牌微笑：雙眼在飽滿紅潤的臉龐上彎成新月，隱在兩道深深的鬣蛾（眸子）之中，兩側漾起的三道魚尾紋，斜斜融入兩側留得長長的鬢腳中。所謂桃花眼，就是這樣了，「花」得人東南西北都分不清，暈陀陀了，但他自己心裡卻煞煞清。

「女朋友當然想，不過打了一世光棍，軋女朋友也軋不來了，生疏了。」

話是這麼說，但湯米身邊總也不缺年輕女性，而且年齡有點像近年的香港恆生指數，永遠膠在二十七二十八、三十出頭這個時段。

據說他年輕時就喜歡成熟點的女性，在他十六歲從蘇州老家到上海讀中學時，心目中的女神就是當時已三十掛零的他的表嬸；他那時住在表叔家，表叔是二十年代的哈佛醫科生，上海一代名醫，首批引入西方將X光機器裝在麵包車裡開到貧民區作義務巡迴醫療的上海志願醫生之一。表嬸那陣也不過三十掛零，這是他第一次感性地認識到，什麼是上海女人。

表嬸是他生活品味的啟蒙老師：如何配領帶，喝咖啡時一定要連碟一起托起，攪咖啡要輕輕的，不能像刷馬桶樣攪得嘩嘩聲……

表嬸很漂亮吧？

「不是漂亮，是有味道。她要仍健在，嘩，要快一百歲了。人生，真是好快呀。」

可惜一場「文革」，表嬸的照片一張都沒能留下。

「她的臉架子是方方的，圓中帶方的那種，很新式的……」臉架子也有新式老式？

「有，」講起女人，小方真的有研究，「從前時興鴨蛋形臉配櫻桃小嘴，眉毛細細長長，這種我媽時代的美女，就是老式面孔；新式面孔，就是像凱瑟林・赫本這種，臉孔方方的，偏短短的，眉毛自然，嘴唇飽滿……」

他心目中的美人標準，就是那位表嬸，可惜一如《紅樓夢》中的可卿和《安娜・卡列尼娜》中的安娜，我們只能靜靜地遐想，永遠也見不到其廬山真面目。

珍珠港事件之前，他表叔表嬸一度受聘在越南西貢某法國醫院。據說當年每逢周末，富有巴黎浪漫之風的西貢上層社會，都會舉行各種沙龍活動，如果哪個沙龍請不到沈先生夫婦、特別是沈太太出席，這個沙龍一下就會黯然失色。

表嬸的外祖父曾為前清時上海的道台，她自小患肺病，身體瘦弱，上世紀初的肺病猶如今日的癌症一樣令人談虎色變；表叔是為了她，才立志學醫專攻肺科的。據說，原本表叔已考上廈門航海專科學校並快要畢業了，邂逅表嬸後，毅然重新改造自己的人生藍圖……為了醫好她的肺病，他介紹她去一位白俄那裡學聲樂，豈料她一下子就迷上了，他又鼓勵她去法國專修花腔女高音，自己則拿到哈佛獎學金去深造。就這樣，在熱戀時分，一個去美國一個去了歐洲。他沒有要求她訂了婚再去巴黎，她也沒有要他給自己一個承諾，但在他學成歸國之時，將新娘的婚紗帶了回來……

「我從蘇州來上海，就一直住在他們家。每天踏腳踏車，從表叔的愛丁堡路上的憶庭村家，去就讀的聖芳濟書院。每早出門，表嬸總要叮囑我一句，踏車子當心點。是呀，雖然也稱個少奶奶，但她日日早上六時半就起床，淋浴好煮好咖啡烘好土司，送到丈夫床上……我每天在吃早餐時，就看見她穿著那件鵝黃底黑牡丹花的晨褸，一面哼歌一面為丈夫塗牛油麵包……在外國讀過書的女人，都特別愛乾淨，憶庭村那個家的柚木樓梯把手，她都用白毛巾擦得錚亮！」

小方在還是一個對上海灘充滿種種好奇的十六歲外省青年時，他的上海地圖，就是這樣充滿憧憬、溫馨又洋派；今日他的十六歲地圖已經泛黃，菸圈中，夕陽下，幾許少年心事回想起來，

上海東方台「懷舊金曲」的熱心聽眾內，就有不少上海灘上老克勒，圖中四位先生平均年齡八十歲，個個有來頭有故事。他們有點像英國老貴族，儘管閱盡人間滄桑，仍悠然樂觀享受人生。

老克勒想再自我調侃一番，連他自己都覺得不忍。

「從十六歲到十八歲進聖約翰大學這兩年住在憶庭村表叔嬸家的日子，是我一生中最好的歲月。我至今記得他們內陽台上一張鋪著綠白方格桌布的小桌，我日日早上在這裡吃早餐的。」

恍惚之間，我竟也似乎觸摸到他那美好的日子，講這話時，我和他站在高廈林立的江蘇路街頭，整條馬路都淹沒在一片忙碌的車水馬龍之中，憶庭村已拆了一半，包括小方表叔住過的那幢小樓，「憶庭村」的名字如同一抹淡淡的翠微煙波，連帶那張鋪著綠白方格桌布的小小咖啡桌，像一則典故，永存在他珍藏的那張泛黃的十六歲地圖上。

他堅持入聖約翰學醫，偏愛二十八九歲、三十掛零的女人，原是在憶庭村那短短兩年孕育出來的一縷細水長流的忠貞。

端看他那個時期的照片：穿西裝大衣靠著自行車，如一齣黑白舊電影片，沉鬱得很有味道。

「你暗戀你的表嬸？」

「別講得那樣文藝。我只是欣賞……不，崇拜她！」

老克勒們有自己的圈子和特定活動場所：華山路上的紅寶石、國際飯店、金門飯店、華僑大廈等，一些今日新生代上海人眼睛都不屑翻一翻的上海昔日華都，都可見到這批老克勒。每次做小方女伴的、都是二十八九歲三十出頭的舉止優雅的、一看就知經小方調教過的帶點老派的上海寶貝。她們都是他的過房女兒。

「怎麼又調一隻面孔了？上次那位呢？」

「出嫁了，喏，這是她的結婚照。」

「喲，她越來越漂亮了。舊年聖誕節你帶她來開派對時，還有點土土的，現在，整個人完全不同呢！」

「那當然。我一路在提點她的呀！」

「你賽過在辦淑女培訓班，專門幫人家輸送新娘子。何不好好找一個年紀和自己差不多的，如是老來也有照應的呀。如是萬一你將來老得動不得，如何辦呢？」

「南翔有家養老院，交關靈光，我已和他們熟了，號先掛好……」

話是這麼說，但看他一會飛香港一會飛美國，在跳舞場上瀟灑地帶著舞伴騰騰轉的場景，看來，「老」對八十出頭的小方，還有一段悠長的揮之不盡的快樂時光。

有次他酒後吐真言：「其實，我也想找個年歲成熟點的女人做個伴，但我這種老十三脾氣人家看不順眼，老實講我也不喜歡成日見到一隻老太婆在我眼前晃來晃去。老婆老婆，大家一起相伴偕老，沒有問題，但猛一下冒出一個老的婆娘出來，真的接受不了。反而一班年輕女孩子很喜歡與我在一起，與她們在一起，我也年輕了。」

「小方，你真是快樂賽神仙！」

「我哭的時候你看不見罷了。」他桃花眼又衝你笑一笑。

那日有個美國老朋友的遠房親戚，一個四五十歲的台灣女人，要來上海看中醫，朋友託他接接飛機介紹介紹好醫生，他一一盡心做好，豈料這個台灣女人看中他了，那日約他去人民公園談談心。

「去人民公園！這個台灣女人的品味，真的差勁！我年輕時軋女朋友，也從米不去逛公園的。還人民公園！」

「這不是蠻好嗎？人家死了老公，手裡又有房子銀子，還有美國國籍。好啦，你好比找到一隻勞保單位，問題全部解決。」老友們勸他。

「我是這樣的人嗎？」小方認真生氣了。

從此老友們再也不敢提這個話題。

長年來，小方可以自己與自己相處，自己與自己做朋友，自己陪自己吃飯、逛街，自己與自己睡覺……不容別人參與，皆因為在他嘻嘻哈哈之中，其實在拚死守護著自己最後一個空間，這個空間是不容第二個人入侵的。看看成日小熱昏樣一個樂天派，原來，也有一道生活規律和原則。

小方也是有譜的好人家出身，祖上在蘇州、上海開錢莊的，後來敵不過新興的又有西方管理方式的銀行，才告歇業。

一百零一歲的朱博泉先生，當年上海灘上叱吒風雲的人物，衰老不影響他的男人風度。大上海成為磨練男人智慧和魅力的最好舞台。

父親一代開始已坐吃家產，玩琴棋詩畫。

小方是長房長孫，祖父看不慣上海十里洋場的妖嬈，一直將他留在蘇州老家，直到他一謝世，小方就忙忙投奔上海表叔家了，持著聖約翰醫科的金字招牌，他順順當當地在法租界高尚住宅區南昌大樓開出自己的私人診所，同時奠定了他的病人層次為非富則貴。

小方天生的百搭個性，冷面滑稽又喜歡說說戲話，弄得些老病客嘸啥毛病到時也要牽記他想出點毛病去看看他，看完毛病還不捨得走要聽他再吹吹……他的醫術究竟是否高明就不知，但湯米方內科醫生的名字，在一圈上層老上海和他們的後代中卻是很叫得響的，人們不止會在生病時想到他湯米方，在大年大節派對上，更會想到他。

小方跳舞跳得很好。

一個男人跳舞跳得很好，有啥稀奇？本身是白相相的事。

但一個來自聖約翰的醫生，跳舞跳得很好，就完全是另外一件事了。

「跳舞是一門學問，跳得不好，就變成拉黃包車，哪位小姐有胃口跟你一起拖黃包車！」他說。將只會在舞池中走舞的比喻為「拉黃包車」，也只有上海先生才想得出。

小方學跳舞，倒也真有點當年學醫的刻苦之心。

「我只想，學好跳舞，如是在派對上邀我表嬸跳舞，為她扎足面子。」

初時，以為看看好萊塢片跟著學學跳跳就可以，後來發現畢竟不行，那是野路子跳舞。後經朋友介紹，去一家萬國舞蹈學校專習社交舞。

這家名字威威的萬國舞校，設在今廣西路一條弄堂裡，底下一間客堂和廂房間打通，地皮是重新用柚木鋪過的，蠟打得光亮，靠牆八仙桌邊一台落地手搖留聲機，旁邊一張骨牌凳上一疊百代唱片公司的跳舞舞曲，就是「萬國舞校」的全部家當。不過，這間學校大約是有點名堂，去學舞的有不少上海名人：前國民黨將領顧祝同、楊虎，也有文人邵洵美，明星馮喆。有人自帶舞伴來，但大多數是沒有舞伴。原來男人學舞，不用舞伴的。

如打高爾夫球一樣，跳舞必要備一雙薄底的漆皮跳舞皮鞋，舊時靜安寺路大華電影院對面一家叫「第五街」的皮鞋店，有專售這樣的男式舞鞋，沒有這樣一雙舞鞋，是跨不入

有「寶馬之父」之稱的八十歲台灣先生唐誠，原籍上海，九十年代以來隨寶馬一起搶灘上海。這位上過台灣《中國男人》雜誌封面的老克勒，是社交舞的發燒友，可以講無舞不歡。

「萬國」的門檻的。

上課時，老師就要讓你帶著虛擬的舞伴，踩出各種花步舞步。教師是個個子瘦瘦小小的韓國人。上海東方巴黎名不虛傳，小小韓國，也有人識得去上海找機會，且在上海的心臟地區打下自己的第一塊基石。原來，上海灘一流的正規社交舞導師並不是白俄，也不是美國人英國人，聽小方講，反而是日本人、韓國人和菲律賓人排榜首。

「萬國」畢業後，又師從一位蔡善芳老師習舞。

「學跳舞也要這樣考究？」

「因為，我想真的跳得好一點。」

是為了配得起那位表嬸吧?!

這位蔡善芳老師是正宗上海人，隨身帶一亦為拍檔亦為舞搭子的菲律賓女人。據說她小巧玲瓏黝黑俏麗，兩人拍檔跳吉魯巴（水手舞）時，可以像只陀螺樣被他拋上拋下，配合默契。上海解放後蔡善芳

南下香港，同時帶去海派舞風，在香港開設港九首個無上裝夜總會，據說很是發了一票。

所謂老克勒就是這樣，信手拈來，都是典故，只要輕輕吹吹跳舞經，整部城市的流光歲月，似都在他指縫間淌過。

因為喜歡跳舞，因為跳舞跳得好，湯米方的名字，在滬上上層圈子很叫得響，這也很帶攜了他診所的名氣，一時上海的公館人家圈子，都成為他診所的長期戶頭，而這些公館幫人家，他都可以登堂入室，直進直出。

去得最熟的，是現北京西路銅仁路口，人稱「綠房子」的吳家私宅。這座地處轉彎角的四層洋房由一德國建築師打樣設計，內有私家網球場游泳池，房子內設電梯，是上海灘首家內設電梯的私宅，全樓外牆砌以綠色瓷磚，「綠房子」由此得名。筆者多年前之作《藍屋》，就以此為藍本。這幢綠房子最名馳上海灘的是其底層大廳的彈簧地板，屋主吳先生熱衷吃喝玩樂，在老上海上層圈子人皆知之。他喜歡跳舞，因此特別在底層鋪設彈簧地板。

所謂彈簧地板，其原理與汽車車身鋼板與車輪間裝彈簧隔開一樣原理，地板下都有「擱設」，而這些「擱設」，就裝在一排排粗鋼絲彈簧上，如此地板就有彈性。據講上海舞廳有彈簧地板的並不多，惟舊時法國總會西樓舞廳（今花園飯店），還有南京西路新華電影院隔壁、原美國第四海軍陸戰部隊Fourth Marine Club（今為申花集團所有），百樂門舞廳有此設施。而私人宅第有彈簧地板的跳舞廳，可見屋主對跳舞的熱衷。

跳舞老舉之輩，對地板的要求十分高，上佳的跳舞地板應該是桃木的地板，上蠟也大有講究，蠟要擦得薄、勻，太厚反而黏腳；跳舞有專門的漆皮薄底皮鞋，劣質皮鞋非但跳不出好步，還會刮花地板，遭人恥笑。

上海昔日的奢華揮霍，想來連外國人都要咋舌，難怪上海人慣稱外國人為「洋盤」——西餐中的白盤看看又大又重，其實什麼花頭經都沒有。

那時的小方，是個快樂王子，典型的playboy。跳舞拓展了他的社交圈，反過來又帶旺了他的診所，不久，他第二個診所，又在華山路今小劇場附近開出來。

問他為何春風得意時仍不成家結婚。

「哎唷，你有所不知，討老婆有點像買房子，沒買房子前，好像全上海的房子都屬於你的，你篤定去看房子東揀西挑的；一旦房子買好，好像這些房子已與你不搭界……再去買？哪來這麼多鈔票？而且這變成討小老婆了。討小老婆是全世界最愚蠢的行為，從十八歲養到八十歲，整天晃在你眼前，還會有胃口嗎？」

我們在不覺弄疼自己時，會下意識用手在痛的地方揉揉；我們的心在痛時，自我調侃也是這樣一種緩痛的下意識之作。

女人都以為男人不怕痛。

女人都以為老男人不會再痛。

老克勒是人，會痛，也自然怕痛。

對啦，最後，表嬸有無誇他的舞跳得好？對他的舞藝評價如何？

「住在表叔家時，看他們在家裡開派對跳舞時，自己年紀還太輕，不敢請表嬸跳舞。後來，學得一身好舞步，又有能力可以出入如曼德琳、百樂門、法國總會等高尚舞場時，表叔表嬸已從西貢遷往美國，再也沒有回過上海，因此始終沒有機會與表嬸共舞過。」

小方如果不是生活在上海而是大陸外省市或者早已被生活塑造成另一種人，至少，那層亮錚的克勒會被刨去幾層。

上海解放了，面對一套全新的生活文化，少年得志的湯米方，仍不曉天高地厚。那時私人醫生診所全部撤銷，加入政府管理的聯合診所。小方過往的病人客戶都是上海灘上有名有姓的，一下子要與一眾小市民打交道——與勞動人民感情沒那麼快就建立起來嘛；又不是談戀愛，或者有可能一見鍾情——常有病人投訴他態度生硬，老山東領導批評他，他更不服氣；我堂堂聖約翰醫科生，你這個山溝裡來的軍隊衛生員出身的大老粗算老幾？憑我在上海灘的名字，還怕沒有病人上門沒有飯吃？一氣之下辭職不做了。

單位，從來是中國人的靈魂。

在中國，一度沒有「自由業」這回事。在中國，一個沒有單位沒有公職的人，好比一個沒有靈魂的軀殼。難怪一只上海戶口，被一眾上海人視為第二生命。

一個沒有單位的人如小方，卻可以如此滋滋潤潤地活到八十幾歲，當要拜謝上海這方綠土。上海有過「冒險家樂園」之稱，因此對一切出格不合常規的行為，上海人都下意識地持一種見怪不怪的寬容。

小方朋友多人頭熟，舊時老朋友處去出出診，再加上以前開診所的積蓄，日子照樣過得舒舒服服。早上去王家沙吃湯包蛋皮湯，中午在天鵝閣吃客奶油雞絲焗麵，下午仙樂書場有連票去捧捧名角場，夜裡隔三差五有飯局女朋友軋軋……不過，少了一份固定工資，這日長世久的，慢慢後勁有點吃力了。他將南昌大樓的每月九十元房租的住房調了附近新式里弄房子朝南一大間，除了替舊老友繼續出診，再替老關係的後代補英文。當時上海不少中學施教俄語，上海人與ＡＢＣ天生有情分，不識ＡＢＣ在這只上海上層圈子等於是老土和未開化的代名詞。不過，他從來不取報酬，這就叫海派。

老克勒無論腰纏萬貫還是捉襟見肘，手勢一定是四海的。否則，就沒這個資歷劃入克勒之疇。

在小方，覺得一旦收取了報酬，與朋友的關係就起了微妙變化。何況五六十年代，上海社會開始漸漸變化得令他們這輩自感活絡靈光的上海人陌生和恐慌，此時，更需要有一只絕對安全、可以守護相望的圈子。

「文革」之前，舊時上海公館人家仍很可以關起門過公館派的生活。當時大學畢業生起薪點為五十八元五角，一般如顏料大王奚家、綠房子吳家、地產大王嚴家等一眾原工商業者一季度由國家按政策發放的定息可能就有一二千元，再加五六十年代物價便宜，社會具體消費水準又低，上海資本家只要不亂說亂動，很可以過著世外桃源的生活。他們處世小心，交友謹慎，除一些作風活躍高調的，大多深居簡出，小方的到來，為他們帶入一些社會訊息和市面上的小道新聞——當時報上沒有社會新聞版，電視節目也不是天天開播；諸如哪裡太太毒死親夫、哪裡汽車軋死人、誰家強盜搶，都是口頭傳流的，小方，就成為這樣的消息發布中心；而對公館人家第二代，小方就與他們交流通過「美國之音」聽來的信息和體會，興致高起來，就拉起窗簾，精心向他們授他的絕技——社交舞。

在一九六四年社教運動開始前，逢聖誕節國慶節，上海仍有家庭舞會，通常就在這些舊時公館人家的花園洋房內；後來政府將家庭舞會定劃為「黑燈舞會」，這才散了。

八十一歲的上海退休工程師周先生，與三十歲時的他差別不太大。最近上海電視台的懷舊專欄「時髦外婆」還請他當嘉賓專談跳舞經。今日的上海老克勒，一般都是從前老上海的白領先生，有一段老上海生活的感性經歷。他們進入老年之時，品味見識一點不遜於今日上海小青年，雖然踩著一輛「老坦克」，那自信倨傲的架勢如登上一輛Benz車。再一次印證了：今日的輝煌是一種實力；昨日的輝煌則是一種文化。

小方是三腳貓，從周璇、白光到英格麗・褒曼，梅蘭芳到羅斯福，還有上海公館人家的家譜到姻親關係，他心中都有一本譜，因此去哪都是老朋友，與誰都有話題；他會幫太太們一路綳絨線一路細細分析她們在解放前某晚的一副牌局得失，與她們的先生們，嚴謹地推敲公方廠長的一番訓話從而制定出應答的策略，與小輩們吹乒乓談莊則棟李富榮……

西醫因受化驗X光等設施所限，做私家醫生已漸有諸多限制，意義不大。為了對老友們確有幫助，小方在四十歲上下的年紀再去學中醫，學針灸推拿，他習醫如當年習跳舞一樣認真。上海中西醫向來是有過節的，互不買賬。他反正一向交友廣泛，一代中醫名師如朱小南、陳大年、丁濟南、石筱山等與他本來就有交情，再加他虛心肯學，又有西醫的底子，如是中西結合，倒也很有一套。

有人替他惋惜：「小方呀，如果當初你不賭氣辭職，現在篤定做個主任醫師，退休前做個副院長都無問題。」

他卻自有一套說法：「主任醫師又哪能？院長又如何？百來塊一個月責任重得很，來看主任醫生的都是亨字頭（有身分），出了差錯進提籃橋呢！」

整風反右後他更自慶幸運：「我這隻嘴巴多少愛講話，要是我不出來，在醫院不被扣上右派帽子全中

麥先生是爵士樂的發燒友，偏愛二十年代的懷舊曲，特別一曲〈Smoke gets in your eyes〉（煙霧迷住你的眼），百聽不厭。

國都沒有右派了。」

就這樣沒公職沒收入，他卻一樣活得瀟瀟灑灑；每天早上一杯咖啡兩片麵包，就去公館老友家上班：老爺太太們這裡捏捏那邊扳扳，牛皮吹吹，興致來了打幾圈橋牌下幾局棋，十點來鐘夜點心吃好回家。這樣的日子實實好過又忙又緊張的主任醫師。

不過，一個大男人沒有單位沒有公職總歸有點不大實落。

「小方呀，如是下去總不是一樁事件。當然你以前開診所，對現在幾十元一個月根本不在心上，但公職是面孔上的眉毛，雖然沒有啥用，但擺擺樣子也好的，沒有眉毛到底不像樣。」有老友替他捏一把汗。

「急啥，再等等看。我有技術怕啥！」

「我看是等不到啥的。共產黨的脾氣你還不知？講到做到的。」

「有你們這班老朋友，我篤定蹺腳坐起啦。」他仍笑呵呵，氣定心閒。

傳說法國大革命時，貴族們是邁著舞步登上斷頭台的。

老克勒，就有這樣的老貴族丰采：心裡再七上八下，面子上仍是篤悠悠的。

雖然日常開支已壓到最低，但水電房租，還有他那改不掉的四海大方作風——只要撞到熟人，從理髮錢到三輪車錢，必死搶著付，以維護自己那層已脆弱不已的昔日的派頭。為此，他賣掉了收藏的照相機、手錶、皮沙發，只留下那架三飛蘭苓自行車，「那是我的自備汽車，我的腳，不賣的。」他仍然笑呵呵，瞇著一對花花的桃花眼說。而且哪位昔日大爺大壽少爺小姐大喜，他必送上一份體體面面的大禮。

小方學過推拿，也學會一套高超的軟硬功。

他里弄學習從來不參加——叫他和一班家庭婦女退休老頭一起讀報，殺他頭都不肯。

但他與里弄街道大姐大媽關係搞得很好，哪位大姐腰瘦哪位老阿姨背疼，他知道後必上門送醫，借著一根小小銀針一雙推拿的手，關係搞得四平八穩溜光的滑。

其實里弄街道也先後為他介紹幾次工作，有廠裡做工人、商店做營業員、小學英文代課老師……那班里弄大姐也真有點寵他，有機會總找他，他都一一回絕，理由振振有辭：「讓小青年先，他們要討老婆養家的，我反正老頭子一隻……」

直到後來小小銀針被捧得如孫悟空的金箍棒一樣高時，他被請入街道衛生組任赤腳醫生，工資雖一月只有三十幾塊，但好壞他終有了一對眉毛——單位。

「文革」開始他頗沾沾自喜：幸虧所有私產已賣光用回到自己身上，否則一樣姓了「宋」——送——給抄光。

（三）

小方活潑外向，從來不諱言談女人，對女人深有研究，雖然身邊從不缺乏漂亮女伴，但七老八十，沒有人等他回家！這應該是他內心一個永遠的痛。

他曾有過一段從沒開始的愛情。

她是舊上海一名律師的女兒，是上層上海人圈中出名的美女，當年在北京外國語學院讀書，畢業分配至天津，她自然不會去的。五十年代初上海有錢人還是不少，養一個沒公職的太太根本微不足道。本來她已與一地產大王公子敲定，無風無浪地可以在花園洋房裡生活一輩子；小方的出現，令她的生命重新改寫。她偏被他的風趣、舞姿、大膽和幽默吸引住。此時小方剛剛離開聯合診所，即為沒有靈魂——單位的人。

通常在一段感情中，二話不說就答應為對方豁出去的都是女人，如果要私奔，女人多數就是先紮好行李在火車站等的那一個，男人反而會顧慮多多，臨陣退縮。

頭子活絡長袖善舞的小方，面對沒有單位沒有公職的未來，到底不敢接受愛情。

其實他們從來沒有開始過。

她父親風癱十幾年，經人介紹請小方去做推拿針灸，他們就是這樣相識。

他天天風雨無阻去推拿，再忙，也無論如何要騰出這一小時的空閒。

從第一眼他就喜歡上她。那種喜歡，只是喜歡遠遠觀看她，從沒奢望有任何發展。

她也知道他是為看看她而來的。一個女人被男人看時，不會不知道。

後來大律師去世了，他沒有理由再去。

後來聽說她也遠嫁香港。

大概有十七八年了吧，他突然接到她電話。她的先生嚴重風濕病回上海醫治，想請小方來推拿一下。

就這樣連續七八個月，他又踏上以前走熟的樓梯，為她丈夫推拿。

每次，沒有多餘的話，惟有推好後陪他去浴室洗手，端著揩手毛巾在一邊等他的那幾分鐘空間，是屬於他和她的。即使這樣的空閒，也沒什麼交談，但那份互相關切互相思念的情懷，不說也罷。

光陰倏忽，當年窈窕淑女，今日也已七十七歲，臉目依然姣好輪廓仍娟秀，丈夫去世守寡後近年一直在上海常住。在華僑大廈每周的、他們這只老克勒圈子固定的沙龍上，他們老朋友樣，舞跳跳天談談，他吃吃她老豆腐，她送他幾顆白果吃（吃白眼）。夕陽無限好，可不可以重新開始？

「不必了。既然從來沒開始，也就永遠不會結束！」小方說：「就這樣不是很好？」現在他們一周見二三次面，節假日總在一起過，又常結伴一起旅遊，當然，總與一大班老克勒朋友在一起。

「到了我這樣的年紀，love已越來越不重要，」他如是說，「年輕時的love，就像看長篇電視連續劇，每晚到時就要坐在那裡等，也知這套劇目越看越沒味道，清楚它的弊病，但也不介意，那已成每日生活的一部分，當那套連續劇終於落幕，在滿懷不捨與厭棄的矛盾中，我們總有點離愁；中年了，因為時間無多，看看單本電視好了，在短時間發出火花，盡量很經濟地壓縮在短短的時空中，等著字幕徐徐推出一個『完』字，爽爽氣氣，成就成，不成就拉倒。所以但凡二婚頭的，軋朋友都很爽氣，不似小青年……現在？一星期一次相約星期六最好，不影響日常生活，不傷脾胃，距離拉得遠點，永遠有新鮮感。」

那麼，表嬸，是小方的一套常看的電視連續劇吧？

「不，那是一張漂亮地寫著『不日上映』的海報，但卻從來沒有開映過。」

「是一個遺憾吧？」

「談不上……只是錯過一部好片子罷了。因為，我心目中的表嬸，其實很不真實的，而我在她心目中到底是如何，說穿了也與我無關。只是人有時需要有點回憶。」

結束本文時，小方正忙著又一次旅遊——參加在華盛頓的聖約翰同學會年會。他是義務的導遊和熱心的會務人員，難怪他那輛老蘭苓輪子總是停不下來。

「這是我生命之輪，它一停下來，我保險絲就炸脫了。」小方輕捷地跨上老坦克，向我招招手。

如果說男人中的小白臉是奶油小生，那麼老克勒就是乳酪，乳酪的吸引力有點像中國的臭豆腐，全在其散發出的那股發了酵的臭，臭得一股邪火氣，卻是臭得很刺激很有內涵，甚至有點美妙。這種很複雜的味道不僅需要味蕾來體會，也要敏感的心懷去體驗；奶油只是單一膩味的甜，乳酪，匯聚著各種無法調和的怪味，從而昇華成一股醇香，這其中有種微妙的哲理。

上海老克勒，就有這樣的魅力，又因為如乳酪樣經過一個複雜的發酵過程，因此上海老克勒花功再足，總也帶著一股濃郁的滄桑感。上海女人最懂得欣賞這種味覺人生。

那日陪一位美國朋友，觀看每日清晨就在上海展覽館前翩翩起舞的一簇老年市民，這裡可以講是一個平民沙龍，不屬老克勒們活動的區域，卻發現一位頭髮斑白的老先生，穿一套筆挺的過時尖角領西

成龍的老爸是如假包換的上海浦東人。八十歲的他，很有點海明威筆下《老人與海》的那種倉道和慓悍。他的老克勒風采中更帶幾分市井。

裝，美人扣上還煞有介事地插著一朵紅色康乃馨，抹得雪白的黃白香檳老式皮鞋在粗糙的人行道路面上，帶著年輕的舞伴，踩著三十年代的格蘭米納的旋律，輕捷地旋轉著。背景是晨曦中的錦滄文華，還可看見隱隱約約的老建築平安大樓、華業大樓的輪廓，從而構成一幅獨特的上海都市繪世圖，人說海派，其實就是這樣一人一景，一磚一瓦，將時間和空間糅合而成的一門藝術。

只是這位老先生與周遭的一簇人，衣著氣質明顯格格不入，有點像大漠中一匹離群的老驥，孑然一身，映入視野內的剪影，有一股淒美的情懷。

「為什麼一樣改革開放，俄羅斯的聖彼得堡總也找不回托爾斯泰筆下那種奢華又優渥的貴族之風，而上海短短十年，往昔的豔美炫麗，重又再顯？」美國朋友問。

這個答案上海小學生都會回答。不及筆者滔滔開口，他卻朝那位舞興仍濃的老克勒頷首：「就是因為，上海還有他們。」

閣下意見如何？

洋盤上海開洋葷

洋盤，上海方言通指那些賣相好，卻又不見世面的，壽頭壽腦之輩，很有點被人花言巧語「噱進」的意思。

洋盤出典何在，無認真考慮過。只記得父親曾如此解釋過，一般西餐館（僅指舊時紅房子、德大等一般西餐館，它們的餐具並不講究水準，充其量也只屬外國食堂而已，不如今日的五星級扒房義大利餐廳，講究主題氛圍，餐具也呈藝術化）的盆子，看看老大，又重又笨，雪雪白的什麼花頭經都沒有，不像中國瓷盆碗碟，再簡陋也總有點花樣；還有西餐中一道菜，看看紅紅綠綠滿滿一大盆，其實除了一塊魚或一塊牛排，一點生菜，就啥都沒有了……所謂洋盤，就指這樣，外表花頭經蠻濃的，其實啥都不懂，讓人家一花就噱進——所謂洋盤一只。或又曰「洋盤做進」。

洋盤不同「壽頭」，壽頭是連外相都有點土頭土腦的；洋盤更不同「戇大」，戇大是與智商或分析能力直接有關係的。洋盤很有點「聰明臉孔笨肚腸」的味道，說到底，還是一個見識多少的問題。

上海人，從來很有點自大，豈但對上海以外的外省人，就是外國人，也很有點不以為然。所謂出洋相，就是在看外國人出醜；外國人吃小籠包汁水四濺，外國人吃五香豆吮盡汁味將豆當核吐出。中國人一聲虛留「吃了便飯吧」，外國人真的會坐在八仙桌邊等吃飯

位於茂名路上的法國總會建於1924~1926年。1945年抗戰勝利時，為美軍駐滬時的俱樂部。內有餐廳、舞廳、彈子房等設施，令這班洋大兵樂不思蜀。

……西方哲學講究邏輯，中國哲學注重迂迴，兩者本身就充滿矛盾。而上海作為當年的東方巴黎，可以講是整個遠東區最輝煌、最迷人的城市，奢華絢麗可謂已到了頂峰，連帶她的墮落和邪腐，在一眾文人筆下也帶上一層淒美。

因此，當一個在大都會紐約長大的二十二歲華裔青年說，他在上海經歷了都會文化的洗禮，他的第一只青澀的初戀之果，是結在十里洋場的上海之時，我們一點也不覺驚訝。

這位當年在上海大開洋葷、出盡洋相的青年今年已八十歲了，時光飄逝如一片夾在書裡的老去的玫瑰花瓣，但提起上海，依然是令他怦然心跳的一朵火苗。近年來他幾乎每年都要來一次上海，如果說最初是為了尋覓那遺落在歲月紅塵中的青蘋果，那麼現在，只是單純為了憑弔自己的那張十六歲地圖——儘管他在上海時已有二十一歲，而且已經歷了三年出生入死的大戰烽火，在著名慘烈悲壯的搶灘沖繩戰役中（六十年代一部日本片《戰火中的婦女》，講述的就是這場戰役，雙方死傷慘重），幸運地成為兩萬美軍壯士中倖存生還的八百個僥倖者之一——但他仍堅持，是上海那六個月的時光，令他那被戰爭摧殘得千瘡百孔的心，綻出原該在十六歲就會綻開的生命之花。

吉米鍾，退伍的二戰華裔美國海軍陸戰部隊上士（上海人俗稱三埭頭，以前法國巡捕行的警長，通常左肩上有三道槓），由於二戰勝利大批留在亞洲戰場的美軍取道上海駐留，輪候由美國開來的運輸艦運送回國，因而在上海生活了大半年，從而展開了一段上海故事。

某個地方之所以會在記憶中占個位子，當然不止因為它的物理空間，而主要是感情的化學空間。

吉米鍾的上海故事，或者可以講是一齣上海版的《黃河之戀》，但肯定不是悲悲淒淒的上海版的《蝴蝶夫人》或《西貢小姐》。世易時移，滄海桑田，九十年代初他第一次回到闊別半個世紀之久的上海尋找他那些二十六歲地圖時，街道名也變了。他一度每周末都會去造訪的那幢赭紅磚外牆的房子連帶成條弄堂都消失了，那份「找不著」、「不在了」的感覺沒有減弱他對上海的眷戀，他站在今日已成一片綠化地的舊址不語良久，沒有一絲激動，只是有點茫然地看著暮色蒼茫間相繼亮起的街燈。

「一九四六年八月我登上比得納將軍號離開上海回國時，心情十分難過，我突然很想跳下船去找回阿嬌，按美國戰時新娘法例，我應該即時可以將她帶到美國去。但那年我只有二十二歲，除了在戰爭中撿回一條命外，就只有在紐約華埠嘜街一幢舊三層樓公寓裡一間空晃晃的、無任何家具的房間。那時我還想讀大學，奮鬥一番，而且，也負擔不起一個上海小姐做太太，這對我們唐人街華人，是太奢侈了。」他回憶著。

「這時，一名軍曹踱到我身邊安慰著：『現在你會覺得很難過，但將來，會成為你一份雋永的回憶。』」他說。

他記得也是這位軍曹，在一九四五年冬，當這批劫後餘生的美國大兵們，從清冷蕭條的昆明飛到大上海，被南京路上五光十色的霓虹燈鎮住時，這位軍曹已警告過這批看得目瞪口呆的洋大兵們：「你們來上海，是退伍回國的第一步，你們會在這裡輪候三個月、四個月，甚至半年、七個月……但最終，你們是要回美國的。因此，盡情享受上海吧……但千萬不要來認真的，不要愛上上海，因為，你們不屬於上海！」

看來，這位軍曹的警告，是事出有因的。

吉米鍾很討女孩子喜歡，所到之處，總有女孩子與他留影。他戴的「雷朋」太陽鏡很快成為上海時尚青年的標記。

美國的海軍陸戰部隊，一直在世界上扮演著超越他國軍隊之上的強權角色。美國富強的國力與超強的霸氣奇妙地將陽剛與現代融合在一起，這種神話一樣的魔力，首先征服了各國的女人，特別作為弱國的男人面對強國的同性而喪失自信時，美國海軍陸戰部隊成員憑著一身度身訂做的合體軍裝（美國資源豐富，參戰美軍的鞋、衫、褲都是度身訂做，不是為了美觀，而是為了方便作戰。從科學角度講，不合身的軍裝和軍靴，會成削減戰鬥力的死穴），從而成為正義和陽剛的化身，俘獲了不少弱國女子的芳心。

縱使有過信誓旦旦的愛的諾言，這些遊走四方的大兵，也只當是偶然吹入眼裡的一粒沙，就算喬喬桑的〈晴朗的一天〉飄入他們耳中，他們也無暇再有一絲多餘的回顧。難怪美國大兵和弱國女子的故事，一代一代似總也沒完沒了，從〈晴朗的一天〉唱到〈草帽歌〉，還有《西貢小姐》，香港的蘇絲黃（六十年代香港灣仔一個吧女與美國水兵的愛情故事），直至九十年代世界將跨入新世紀之際，當最後一批駐守菲律賓的美軍撤離時，從新聞紀錄片中，我們仍見到成批成批哭成淚人的菲律賓女人，與她們的愛郎依依惜別……

四十年代中葉大戰勝利後的上海，隨著潮水般一批批從沖繩、昆明、關島等湧來的美國兵，當然也會上演著諸如「上海小姐」那樣的故事。如吉米鍾。

我們這代生於一九四六年到一九四八年的，國際上統稱為大戰嬰兒潮，是世界和平之後來到人間的幸運兒，中國人的名字，很多都可以追溯到他出生時的時代背景，我們這代的名字稱「勝利」、「和平」、「時平」的特別多，想來就是為紀念戰爭結束，世界和平吧。

記得舊時有個小玩伴，是個混血兒，講廣東話，也講一口純粹的上海話，與我們同年，當年不過十二三歲，已比一般與他同年的小男孩高一隻頭，而且已經開始變聲，一頭黑中泛黃的鬈髮，小夥伴們都稱他為「黃毛」，吵架時就毫不客氣地一聲「雜格種」。稱他「黃毛」，他不生氣，但罵他「雜格種」，他會與你打個死活。多數人都打不過他，因此，也極少有人敢太歲頭上動土罵他「雜格種」。

他有個標準的中國名，魏飛他，一個怪怪的名字，而且，他雖長一張外國臉孔，英文卻不太好。

記得那時，他住在新閘路陝西北路轉彎角的一條新式里弄房子的弄堂裡。後來，他好久沒來我們弄堂找朋友玩，就此人間蒸發似的。有人說，他爸爸來找他，把他接走了；也有人說，他因為長著一張外國臉孔，在上海壓力太大，初中畢業自己報名去新疆了，反正新疆人、外國人區別不大……

後來長大一點，聽弄堂裡大人講起，說他是「鹹水妹」和美國一個飛行員養的私生子。並說，新閘路近常德路和陝西北路一帶，有幾條建材十分單薄的所謂新式里弄，是出名的鹹水妹聚居之地。原因很簡單，今新閘路常德路口的上海警備司令部，舊時曾是美軍的駐紮地，鹹水妹聚居這裡，方便這些美國大兵尋花問柳，而且又地處公共租界，地痞黑社會也不敢太亂敲竹槓。

鹹水妹出典，無從考核。據說源自香港，指一班專與外國水手做不道德交易的妓女，想來有點道理，水手與海有關係，海不就是鹹水嗎？上海的鹹水妹，多為廣東籍，或起碼講得一口標準廣東官話，甚至能講幾句洋涇濱英文。這也是適者生存之道，舊時水手，不少是珠江三角洲鄉下漂洋過海的，其他外籍水手，當然不會講中文，洋涇濱英文和廣東白話，肯定是做這行必需的。

鹹水妹之間十分團結，通常幾個人合租一幢房子做生意，大家守望相助。

魏飛他好像沒有媽媽，去過他家的人都講，他只有阿姨和外婆；或者阿姨之中確有一個是他生母，但為著生活和臉面不好相認。也有可能他生母早逝或為了什麼其他原因不能將他帶在身邊，交由一班死黨小姊妹照顧。

他名叫飛他，想來父親是個美軍是無可疑的，拆了爛污就飛走了，留下一個孽種獨自在大千世界沉浮，不過看魏飛他一直衣衫整潔，身體結實，看來幾個阿姨是很疼惜他的。算起來今年他也有五十五六歲了，不知這位美軍不經意間留下的遺孤，後來的命運如何。

作為中國盟軍的美軍，在第二次大戰中，與中國軍隊並肩抗日是事實，不少美軍英魂長眠在中國也是事實。

抗戰勝利了，搶先進入上海的不是國軍，而是鋪天蓋地的美國軍隊。善良的上海市民對與中國人民一起浴血抗日的盟軍是真誠的歡迎。老上海回憶，聽到日本無條件投降的喜訊後不久，空中傳來達達的飛機的馬達聲，上海人首先迎來的抗戰英雄不是國軍，而是開著B-29型的美國空軍，然後，是美國海軍陸戰部隊。國軍去哪？聽講因為戰時中國內地鐵路公路已殘缺不全，靠兩隻腳走的國軍，哪有美國軍隊的運輸機跑得快？

早在1924年，上海已有這樣的古典式外廊型的公寓，一點不遜於紐約的建築。

吉米鍾，就是千千萬萬當年湧入東方巴黎上海的美國兵中的一個。說是大美國來的，有原子彈，有B-29型當時最大型最新式的轟炸機。但這些美國大兵說穿了，大部分都是沒見過世面和花花世界的洋盤，特別那些來自田納西、緬因等偏遠地區的，連紐約、舊金山都沒去過，根本是外國阿鄉。難怪他們在上海駐留的短短三個月、半年，令這批洋盤大大地開了洋葷，樂不思蜀。

美國大兵的駐留上海，雖然發生了像打死三輪車夫臧大咬子這樣的野蠻事，但他們帶來的美國文化對上海的衝擊，因著這批大兵的現身說法，令上海市民對美國生活方式的解讀和認識，推到高潮的高潮。

口香糖、可口可樂、爆玉米花、糖納子、雷朋太陽眼鏡、好萊塢電影和插曲、克林奶粉、駱駝牌香菸、巧克力排（以前上海的巧克力，以獨立精美包裝內有各種夾心餡的歐式巧克力為主，自從大批美軍湧入後，他們的戰時給養配給糧，英文稱ration，因戰爭結束後大量剩餘而湧到上海市場內，成套的ration中有一塊包裝簡陋的純巧克力排，大受上海人歡迎，並因其價廉營養高而大大走俏上海的糖果業，各商家紛紛仿造，就是今日十分普通的一格格一排排的塊形巧克力）在上海市民中的流行和普及，從而成為一種最摩登的生活方式，當歸功於這班鋪天蓋地湧入上海城的美國大兵。全中國也只有上海才有大批美軍駐留。雖然抗戰期間在昆明也駐有美十四航空隊，但因城市的文化氛圍不同，美軍文化對城市的衝擊，不如上海那麼大。

一九四六年到一九四八年，上海青年學生首選的留學國家不再是日本、德國或英國、法國，而是清一色地直赴美國。當年上海青年首選美國留學，除了因為歐洲本身深受戰爭創傷尚未恢復元氣，更毋庸談深造求學，也因為二戰中美國本土沒落過一粒砲彈，經濟繁榮，兩顆原子彈更顯美國國力強壯，令一班青年對美國十分嚮往，而這批軍裝筆挺、來自美國本土的美國大兵，似更直接更具體地將「美國」兩字所包含的一切訊息，散發給上海社會各層子民。

記得在上海東方電台與方舟一起合作主持「懷舊金曲」的香港上海人卻利林說過，他之所以對懷舊英文老歌情有獨鍾，淵源就是當年美國海軍陸戰部隊上海駐地，在上海大美電台專門租了一隻頻道，為他們的駐軍播放美國人喜聞樂見的流行歌曲，上海普通市民當然也能收到，無意中影響了上海的流行歌壇。

卻利林的第一份工，就是在這隻頻道幫忙，專門管理各種唱片。

上海是載運美軍回國退伍的主要口岸，每個月都有兩艘載重達二萬五千噸的巨型運輸艦每次運約五千名美軍回國。而從美國再回到上海時，就會載運大批食物如新鮮牛肉、生菜、水果等作駐滬美軍給養，其中包括大批美國最新、最流行的唱片，令這些離家的軍人藉此一解鄉思。這些唱片就通過空中電波，感性地將美國文化和生活方式輸入上海的千家萬戶。後來這批美軍全部回國了，這隻頻道也取消了，剩下來的唱片，全部送給卻利林。

筆者無意在這裡給當年美軍駐留上海的所作所為，給上海帶來的功過作一評述，但這歷史的一頁對上海文化的影響，肯定是大大的。

吉米鍾，作為千千萬萬個美國海軍陸戰部隊駐留上海的一個上士，在上海這短短八個月的時光，令他終身難忘。

「我也做了大半年上海人。」他說。

（二）

吉米鍾是美國的第二代華僑，比他的老爸幸運的是，在他十二歲那年，父親特地將他送回唐山（老華僑稱自己中國老家）讀書，因為有父親匯款來，他得以在廣州有貴族學校之稱的培正中學就讀，直到中國抗日烽火四起，家人恐戰火禍延將來回不了美國，忙速速令他停學返美。豈料一九四一年太平洋戰爭爆發，美日宣戰，美國政府規定，凡年滿十八歲的男性包括華裔，一律必須在十八歲生日那天到徵兵局登記，入伍參戰。

吉米鍾未參戰前在紐約作打棒球手勢留影。

一九四二年五月，吉米鍾滿十八足歲，高中畢業，即時入伍，被開往亞洲戰場，從此開始為時三年的戎馬生涯。

回憶這段出生入死、大難不死的年月，大部分美國老兵都認為：「我們沒有贏得什麼，只是可以撿了條命活著回家。」惟吉米鍾，仍十分拜謝這段生活。

「首先，我由平民成為軍人。戰爭培養了我毅力和意志，為日後的奮鬥拚搏不輕言放棄，作了精神準備。」今日，他子女成才，個人事業有成，就因為在戰爭中培養出的一股勁作支撐；另外，入伍後，他才開始真正融入白人社會。以前，一直只是在華埠的華人群體中兜兜轉轉，最重要的是因為有了這段軍旅生涯，他才得以有機會在二十二歲的年紀就來到上海，同時展開一場青澀的異國之戀。

一九四五年臨近聖誕之時，他隨大部隊由菲律賓至昆明，再從昆明機場乘搭DC3運輸飛機飛往上海。

上海作為東方巴黎早已人盡皆知，難怪這班美國大兵一登上飛機，就按捺不住興奮：「上海！上海！我們來了！」

在上海大場飛機場下機，因為地處郊區，一時還感受不出大都會的風情，但身為上海美國老爺兵的甜頭，他們已嘗到了。

上海人稱美軍為老爺兵一點也不錯，再加上當時政府對盟軍的曲意奉承和優待，令這批洋盤一到上海就有飄飄然之感。一路上從停機坪到他們暫駐的南京路上的國際飯店，自有穿藍色制服的機場服務員替他們拎行李，再把他們送到大軍用卡車上。回想行軍作戰時，光身上背的行軍裝置就有五十磅重，還有槍林彈雨呢。一來上海就享受到這種貴賓待遇，這批好容易在戰爭中撿回條命的洋丘八，樂得擺擺老爺款。美國老爺兵（也有

當年吉米鍾駐紮的國際飯店雄踞上海的英姿。區區一個大兵，可以在國際飯店這樣的豪華酒店駐紮，是仗著美國強盛國勢，否則憑一個紐約唐人街的窮小子，斷然不敢跨進國際飯店。

舊時上海的霞飛路，似一點沒有留下任何戰爭的痕跡，仍顯優雅恬淡，富有歐陸風情，難怪美國大兵們大為慨嘆：上海，像一點都沒經歷過大戰的砲火。

說少爺兵）的出典，大約也在此。

吉米鍾一行飛到上海的當晚，正是十二月二十日，臨近聖誕節，從暫駐的國際飯店窗口望出，就是五光十色的南京路，但見彩燈四處，燈火璀璨，商店裡飄出美國著名歌星平・克勞斯貝的〈白色聖誕節〉和〈平安夜〉的歌聲，比紐約還要紐約！

上海十里洋場給這批洋丘八的震驚，相信一定不亞於從山溝來的好八連。

「上海，怎麼一點也不像打過八年抗日戰爭的城市？一片昇平繁榮，行人衣著光鮮。」他說，這是吉米鍾來到南京路的第一印象，與好八連的陳喜「南京路上的風都是香的」，頗

有異曲同工之處。

上海的魅力，由此可知。

戰爭結束了，美軍即時穿上嶄新的、熨燙筆挺的軍便裝，開始他們在上海的紅塵俗世之樂。

因為不打仗了，士兵准許留頭髮，即可以梳俗稱的「西裝頭」。端看當時吉米鍾的照片，但見他有一對與西人一樣的長腿和寬寬的肩膀，一身挺刮的精紡卡其軍便裝——這種卡其襯衫後來很快在上海灘上流行起來，成為一種介乎西裝和襯衫間的春秋衫，棕色皮鞋鋥鋥亮，確實十分俊朗。在上海半年，他體重從一百零九磅升到一百四十磅。

雖然生長在紐約，但一來因為一直住在華埠，二來美國華人傳統省儉刻苦，吉米鍾讀書之餘就打工掙錢，什麼聖誕節感恩節，都與他無關。入伍打仗後，更是連今日星期幾都不記得，哪還有心思過聖誕節。所以講，一九四五年勝利後在上海過的第一個聖誕節，是吉米或者應該講是全體美國老爺兵們一個最闊氣、最盡興的聖誕節。他們的的刮刮在上海開了次洋葷。

暫駐國際飯店時，兩人一間房共享一個浴室，區區一個下士或上士就享有這樣高的待遇！

甫到之日，大兵們已急不可待地沖涼刮鬍，換上剛領到的嶄新軍便裝，準備好好開一次洋葷。

慢著，美軍原來也要做政治思想工作的。

首先，組織甫到埠的美軍（同日到的有來自關島和沖繩及呂宋島的陸戰部隊）集中看科教片，教他們要用保險套，不可濫交，還拍出幾個恐怖的性病個例鏡頭以示警戒。二十分鐘的電影放完後，每人領到一只衛生盒，內裡是一盒保險套，還有消炎藥膏和紗布，一本印有性事注意事項的小冊子，這個衛生盒官名為「預防性病藥盒」。

軍曹高高舉著這只盒子，以戰後少聽到的嚴肅命令式口氣說：

「大家聽著，這是上級下令分發給你們，你們找女人一定要注意，不要被傳染上性病，健健康康回家去見你們自己的女人們！」

「知道了！」

洋丘八們心不在焉地敷衍著。

「還有，你們要記住，你們已來到上海，這是你們回國退伍的第一步，然後輪候運輸船送你們大家回家，你們的親人在等著你們，和平後的美好前程在等著你們……好好享受在上海的日子，但不要來認真的，你們是要回去的，你們不屬於上海！」軍曹再跟了一大套話。當時覺得這長官今日怎麼如此婆婆媽媽，後來吉米鍾才體會他這番話有道理。

「反正戰爭已結束了，我惟一希望的是，盡責地將你們送回家園，不要少一個，也不要多一個……」

不少一個還可理解，怎麼「不多一個」？

「所以記得隨身帶這個。」軍曹揚了揚那只「預防性病藥盒」，眾人這才哄堂大笑。

「好，尋快樂去吧！」

眾人呼啦一聲，爭先恐後湧了出去。

這就是美國老爺兵的文化！

（二）

相對白種大兵，華裔大兵因為傳統，也因為向來的節儉，行為比他們要斯文得多。他們一般不去玩女人，將省下的軍餉儲起來，有寄給中國鄉間的父母，也有如吉米鍾這樣儲起來準備將來退伍後讀大學用。

據老上海回憶，當時上海大街小巷確是到處可見挾著上海女人的美國大兵。不過，那時上海人比較傳統，一般好人家的小姐、女大學生是不屑與這些洋丘八為伍，全是一些吧女舞女和鹹水妹才和他們鬼混，據說不少人也著實賺了一票。

一樣的道理，在筆者寫此稿時，一艘美國航空母艦停泊香港，灣仔的吧女流鶯一片興奮，個個糧草備齊，前來接應這單大生意。有經驗的吧女講，只要來一艘兵艦，可夠她們吃一年！

吉米鍾後來對筆者說，當年他之所以能管得住自己，就是因為深明自己對家庭的責任。父母從小對他花了不少精力和心血，他能在戰爭中不少胳膊不少腳地活著回來，已要感恩，如果因為行為不檢染上什麼不光彩的病回家，這不成了大笑話了？打仗倒沒打死，生這不光彩的病倒送掉半條命！

那時不少大兵，常花八十元美金包一個上海舞女，說這樣「乾淨點」。荒唐的是，為了節約伙食費，這些大兵經常將女人帶到駐地和餐廳，反正那種自助餐來了拿起盒子就可取食，美國人派頭大大的，吃不完也全部倒掉，再換上一批新鮮的，盡吃不動氣。更有刮皮的大兵連與女人開房間的錢也要省下來，晚上索性就將女人帶回駐地過夜，當然是買通國際飯店的中國侍應，從後樓梯悄悄將女人放進來。吉米鍾那日就遇上這樣尷尬事，同房一個威斯康辛大兵帶來一個妖嬈的舞女，吉米鍾只好在洗澡間浴缸上搭塊板將就幾夜。同袍之間，這點義氣都有的。

當時吉米鍾還以為，所有的上海女人，都是這樣化濃妝，穿衩開到大腿的旗袍和釘子樣細、嵌水鑽的高跟鞋。

在上海的初幾日，吉米鍾因人生地不熟，又聽不懂阿拉阿拉上海話，國語也不會講，因此也不敢貿貿然出去軋鬧猛，好在美軍軍部或者深知自己大兵的脾氣，盡量安排好他們在上海的那個聖誕節節目，以免他們惹是生非。因此就在他們所駐住的國際飯店，從一樓到四樓已成一個狂歡俱樂部，富有平安夜氣氛。所以即使足不出戶，一樣可愉快地享受一個平安夜，絕無孤單單的感覺。

吉米鍾身為上士，下屬有三十七個。每月上士的軍餉為一百一十元美金，中士為九十元美金，下士為七十元美金，吃、穿、住都有軍部供應，難怪這批洋丘八篤定可在上海揮霍做老爺了。初抵埠，吉米鍾要為他的下屬將美金兌成法幣，他和三個下屬去當時市政府指定部門兌換，只見那位中方官員手一揮，口氣大大地說：「你們先一人調個五六十萬用起來吧！」

吉米鍾嚇了一跳！這五六十萬怎麼花呀？

那位官員笑了：「五六十萬並不多，吃幾餐飯就沒有了。」

辛辛苦苦背回幾麻袋的鈔票，果然用不了幾日又要去兌換。

早有駐地的中國員工偷偷來兜生意了：「外匯調哦？美金調哦？」原來黑市調外匯在上海，市場由來已久。

不過，後來這批美軍在上海時日久了，資格也老了，深知市面上歡迎美金程度比日日貶值的法幣更甚，覺得直接用美金消費更划算，所以講洋盤也會變成洋門檻的。

平安夜前夕，他與幾位華裔同袍——也多是台山僑鄉的同鄉——去位於南京西路上的Fourth Marine（美國第四海軍陸戰部隊）俱樂部玩，走過南京理髮店，發現那裡已在採用連紐約都少見的新式電動推髮剪。吉米鍾從來只在華埠的理髮鋪花二角五個仙理髮，理髮師是個台山老頭，用的是人工推髮剪，又鈍又鏽，頭髮是給半剃半揪下來的，手法又笨拙，他可從來沒奢想過去華埠以外的理髮店開下眼界呢。一看上海這家理髮店，理髮師都戴黑領帶，穿著漿得筆挺的白西裝黑褲子，還有，或者是為了迎接近鄰出入Fourth Marine Club的老爺兵吧，接待男賓的都是穿著淺藍色的可體號衣、身材窈窕的女理髮師。她們淡掃蛾眉，胸前掛著一塊圓形的寫著她們工號的金屬銅牌，穿著平底白皮鞋，感覺上更像女護士。

她們都能講一點簡單英語，接待吉米鍾的更是操一口地道的台山廣東話，令這幾位華裔大兵聽入耳，更有他鄉遇鄉音的親切感，小費也給得多一點。上海商家的精明和善抓商機，果真名不虛傳。

女理髮師不是花瓶，理髮手法輕快俐落，坐椅也舒適可自動調高調低，理個髮兩塊美金，再心甘情願加一元小費——值！

從理髮店出來，儘管外面寒風凜冽，心情卻十分愉快。

聖誕前夕，南京路上滿街都是喜孜孜的美軍，趕集一樣在南京路上看熱鬧，十有七八膀子上吊著個上海女人。喜劇化的是，在大光明門口撞到他們軍曹，也挽著個上海女人，這個鬢髮已灰白的軍曹見到自己下屬一點也不尷尬，吉米鍾一行向他敬禮，他忙忙回了個禮，幽默地說：「免了免了，打仗結束了，大家都快恢復平民身分了，不必太認真……好好享受平安之夜吧。祝你們在上海玩個痛快，然後開開心心回家去！」

上海這個花花世界，令一批又一批經歷過戰火淬礪的二戰英雄，完全無抵抗地倒在五十年前的今日上海寶貝們的外婆懷裡！

吉米鍾忽然發現，他的同袍們那原先長到腳跟的厚實的羊毛呢大衣都不見了，代之的是身長只及大腿中部的收腰短身大衣，看上去又瀟灑又時髦。想不通軍服改過了？

原來，這批愛漂亮的洋丘八，眼看上海冬季不太冷，長大衣又絆腳又拖泥帶水的，不如將其改成艾森豪威爾式的中大衣。吉米鍾一聽有道理，自有同袍老馬識途，將他們彎彎曲曲帶入一條橫馬路的弄堂內，爬上陡直的樓梯，早已有幾個大兵等在那裡。裁縫師傅是個半老頭子，除了ＯＫ外，什麼都不會講，有一個能講幾句洋涇濱英文的漢子負責收貨和收錢。

「Ten minutes and ten dollars!」（等十分鐘付十元工錢。）

他反反覆覆地重複著。

工序採取流水作業，老裁縫負責操刀，兩個學徒模樣的負責翹邊，屋角堆著　大堆剪下來的上好羊毛呢料。上海人俗話：裁縫不落布，賣脫家主婆。現在有這樣大批老爺兵排著隊來送錢送呢料，還十元美金改一件！這個裁縫師傅真叫發洋財了！光落下的那幾截羊毛呢，做成鞋面布的話，夠他們一家三代穿一世呢！

這些美國大兵又洋盤做進。

十元美金，在四十年代的上海也是一筆不小的數目，一個小文員月薪，怕也只有這點呢。

「但大家趕著聖誕節元旦出風頭的，他這是立等可取，十塊美金，不貴！」吉米鍾如此對我說。

美國人重效率、重時效，這是惟一一個可以令他們在這片東方溫柔之鄉盡情狂歡的聖誕節，不趕著這時打扮一下，還待何時？只要錢能辦到的，都不成問題。

吉米鍾和他的華裔同袍耐心等了半個鐘頭，終於也獲得這樣一件「艾森豪威爾」大衣。後來，這種中大衣，就這樣在上海男士間流行開來，上海人稱之為「三夸特大衣」（three quarters），即四分之三長度的大衣。直到今日上海街頭，仍可見這輕便裝的羊毛呢中大衣。

穿好新式時髦大衣，又新理過髮，總要去遛遛逛逛的。他們兜兜轉轉來到大光明，記得那晚正放映一部好萊塢紅星茵安娜•竇萍的片子，是部音樂片，內容講什麼吉米鍾早已不記得，但大光明寬敞的座位，特別先進的音響設置，令他大開了眼界。當大光明場內開映前，響起幾聲提醒觀眾肅靜下來的鐘聲時，那第一下猶如身臨其境的鐘聲，令吉米鍾嚇了一跳，差點從座位上彈了起來。真是劉姥姥進大觀園！

來大光明看電影的上海人，個個衣著光鮮，不少上海太太還穿著皮草，穿皮草看歌劇，在美國是有的，但穿皮草看電影卻很少。

吉米問我為什麼，我也答不出，而且一九四五年十二月我還沒有來到這個世界上。我想，或者是因為上海冬天較短，穿皮草的機會本來就少，再要揀日子穿，就不能物盡其用了。

吉米說他真不相信，中國經過艱苦的八年抗戰，上海人居然還是活得這樣瀟灑，衣著時髦講究，而且精神愉快，談笑風生，不像中國內地其他城市，如昆明、重慶，滿目瘡痍。

「這些都是上海灘的有錢人呀！」

「但炸彈不生眼睛的，歐洲的猶太人夠有錢了，不一樣慘。」

或許上海真是一塊風水寶地，只要有錢，哪怕在無產階級專政下，就算三年困難時期，都可以過得無憂無慮，即使在「文革」中，在最初的紅色風暴平息後，上海有錢人哪怕財產抄盡，只要海外還有匯款，照樣可以上老大昌上海咖啡館享受。上海天生是為中產階層而生的，猶如林黛玉生來只為了與賈寶玉匹配一樣。

大光明電影院裡水汀（暖氣爐）開得暖暖的，有存衣服務，脫下那件花十元美金改來的摩登大衣交給穿著制服的侍應生，他交還你一只有號碼的銅牌，散場後拿銅牌領回大衣，有條不紊。上海的服務水準，堪屬一流。他算見識了一個都會的豪華。

在大光明看電影的上海人，看似很傲慢，至少對他們這幾個穿美軍制服的洋丘八，沒怎樣特別在意，不像他通常在駐地或如理髮店這種地方見到的上海人，看見他們這班洋丘八，總泛起一臉討好的媚笑。

坐在這樣一眾穿著入時、派頭十足的上海人中，吉米鍾第一次非但沒得到盟軍的優越，反而為自己的黃皮膚卻穿上一身筆挺的美軍制服而感到尷尬。

見多識廣、精明的上海人早就看穿，扒下這層盟軍老虎皮，這些洋丘八不過是一些外國鄉下人。老實講，連洋丘八們講的英文，都帶有各種南美、西班牙等土音，那是一種沒有文化的英文，著實不及那些從小在教會學校薰陶出來的上海洋大學生的英文漂亮！

不過，因為美國的「戰時新娘」政策的執行，在一眾上海低下層的思想較開通的小市民中，特別與外國人做服務性行業的那些人中，美國大兵無疑是他們完成「美國夢」的一

當年令吉米鍾大開眼界的蘭心大戲院，今日風采照舊。當年，吉米鍾在這裡看了齣《重慶二十四小時》。

道重要階梯，特別是那些有妹妹或成年女兒的。

阿輝是負責吉米鍾所住的那個樓面的雜役，是個廣東人。吉米鍾很驚異上海哪來這麼多廣東人，他不知道在虹口北四川路，根本有大批廣東人集居的呢。

阿輝對這批洋丘八服侍得體貼入微，常常偷偷將上海姑娘們從後樓梯帶上來——或許他從中抽成的；早上丘八睡懶覺不想去餐廳，他就會托著小圓盤將早餐送進房。

他待吉米鍾特別好，曾經當面誇他，不出去玩女人，又不酗酒。他常常很關心地向他詢問一些有關美國的生活細節，讚美國有機會，有錢賺，口口聲聲說他在上海是做不出頭了，除非有機會去美國。

吉米鍾聽著也懶得向他解釋，美國並無他想的那麼好，上海比紐約要繁華多了。美國或許很富有，但他吉米鍾並不富有。

直到有一次，阿輝給他看一張年輕小姐的照片，講是他女兒。

「……我女兒老實得很，才十七歲。粗細家務都會做，你外出賺錢，需要一個好脾氣又任勞任怨的老婆服侍你的……」

吉米鍾嚇了一跳。他才二十一歲，可從沒想過要結婚。

從此，他看見阿輝就盡量迴避，深怕他舊事再提。

美國政府自然十分瞭解自己的子弟兵的秉性，特別發生美軍強姦北大女學生沈崇事件後，深怕這批血氣方剛、精力充沛的丘八到處招搖生事，損害了盟軍的聲譽。因此，軍部絕不會讓成千上萬的美軍在輪候回國時間，無所事事，享受太多的空閒時光，所以，一眾美軍的生活也安排得滿滿的。

首先，憑一身美軍制服，可免費搭飛機去中國各地旅遊，盡玩不動氣；此外華裔美軍可免費且每月有多九十元津貼，去廣州嶺南大學補習中文；還有駐地文書運行工作等，反正想出各種事情來消磨眾丘八的時間和精力。

美國大兵自己也不會閒著，用盡機會撈外快。走私，是不少早期駐上海美軍的賺錢歪門邪道。在一九四五年剛勝利時，因為中國與世界國際貿易尚未來得及復甦，水陸交通也不可能短時期恢復，特別遠東和美國的航運，因太平洋上還布滿戰時遺下的水雷，而戰時所有的商船都投入戰時服務，不少被日本人的潛水艇擊沉，因此根本無法迅速恢復戰前暢通狀況，據說經營遠東和美國的客運航線，戰後首次復航要在一九四六年六月。因此，花花綠綠的上海人久違了的美國貨，根本沒可能這麼快就可出現在戰後的上海百貨公司貨架上。而上海人，生來又似特別鍾愛這些玩意，特別是上海女人，對蜜絲佛陀的化妝品和剛問世的、薄如蟬翼的令腿部線條畢露的玻璃絲襪，很有種天荒地老的忠誠。

自太平洋戰事爆發後，上海市面的外國貨賣多見少，終於完全絕跡。沒有了洋貨，上海無疑缺少一道十分重要的風景，最主要是上海女人，眼看蜜絲佛陀唇膏用完了，絲襪穿爛了，存貨用光了……對女人來講，還有什麼比這更焦慮、更失落呢？

好在，有美國大兵。

美國大兵不但是游擊隊和解放軍的運輸大隊，還是一眾上海摩登女郎的運輸大隊。

如前文所述，上海是運載美軍回國退伍的主要口岸，每個月有兩艘載重量達數萬噸的巨型運輸艦運千名美軍回國。它們從美國本土開出時當然不是空船，而是載滿大量的白糖、奶粉、水果等軍隊給養。有生意頭腦又膽大的水手會順便捎帶上大包玻璃絲襪或口香糖、圓珠筆、打火機之類，高價賣給上海的美軍，上海美軍再轉賣給上海黃牛，幾經轉手就可獲暴利。吉米猶記得，一九四五年十二月一雙美國玻璃絲襪最後可賣到二兩黃金一雙，買的當然是上海有錢人，猶如改革開放前的上海姑娘不惜花幾個月工資買支香奈兒唇膏一樣。

除了走私奢侈品，不少美國大兵也串通好，將庫存的罐頭、奶粉、蛋粉甚至被單毛毯等偷出來賣。每月兩艘大運輸艦運來的給養根本吃不完，舊的未完新的又來……倉庫存庫根本堆積不下。初時，不少美軍拿來做人情，後來索性半公開半私下搬出來賣，自有上海方面專人接應。這就是當時為什麼連上海弄堂口菸紙店都會堆滿克林奶粉，所謂美軍剩餘物資。

「你們上級不追究嗎？」我曾問過吉米鍾。

「初時也追究，要受軍事法庭審判。後來，也止不住，再講倉庫也實在堆積不下，也就眼開眼閉了。」

原來肅貪反走私，是個世界性的問題。

不過到了一九四六年中，美國舶來品大肆搶灘上海灘，玻璃絲襪可以一打一買，蜜絲佛陀廣告鋪天蓋地，起碼美軍走私已無利可圖，也就不存在這個問題了。

吉米鍾坦白承認，在上海那段日子，雖然洋盤做進，洋財卻也發了不少。

(三)

一九四五年聖誕，發生一件令吉米終身難忘的事，起碼他的心，從此有一部分留在上海了。

大戰勝利時，吉米鍾從印度調防到昆明，或者因為大家都是中國人，又年齡相當，吉米鍾與一班昆明西南聯大的大學生很熟。得知他要調防去上海時，一位西南聯大的化學系學生抄了個上海地址給他，託他代看望一下他家人。因為戰後交通恢復需一段時間，學校又未放暑假，他不一定能即時回上海。另外，又託他帶一支蜜絲佛陀唇膏給他姊姊。

一直作為大後方的昆明，因為有空中航道，因此美國貨充斥市場，各種化妝品、口香糖、白蘭地酒，琳琅滿目，應有俱有；當時不少美國大兵也有從昆明走私這些美國貨去上海賣的。

那家上海人家姓舒，姊姊叫舒馥嬌，吉米鍾愛稱她阿嬌，這是廣東人的愛稱。

受人之託，聖誕節一早，他就打電話去舒宅，接電話的是個女聲，一口漂亮的牛津英文。上海人真厲害，從三輪車伕到寫字樓先生小姐，好像人人都講得幾句英文。

拿著地址向侍役阿輝打聽。

「唷，海格路，有錢人住的地方哦！」

上海有錢人家是如何樣子？吉米倒想去開開眼界。

那是一列門前有個小花園的赭色紅磚砌成的三樓斜頂小洋房，上海租界地典型的上層人士的住宅，因成條弄堂都拆光了，我不敢肯定其具體原址。是阿嬌自己下來開的門。

她是一個嬌小苗條的小姐，吉米鍾一直認為，上海女人的年齡最難猜。因為聽講是那位大學生的姊姊，沒料到竟是小妹妹樣的小姐。

「她穿著件對開襟的薄薄的絲面棉襖，下面一條法蘭絨西裝褲，腳上一雙圍著白兔皮的棗紅色氈鞋，與我看見的上海女人完全不同的。」吉米鍾至今仍覺不可理解，「怎麼一個城市裡的女人，相差這麼遠。」

他這又在講洋盤話了。一是風塵女子，一是大家閨秀，相差十萬八千里了。

她親自替他泡了杯茶，十分詳盡地問了弟弟在西南聯大的生活細節。她本身是著名的天主教會中學啟秀女中的，已考入北京輔仁大學，後來因為時局不穩未去成，只在滬江大學做走讀生。

女人都喜歡奢侈品，即如文靜的阿嬌，也不例外。

當吉米鍾掏出她弟弟特地捎給她的那支蜜絲佛陀唇膏，她即時旋開，對著客廳銀器櫥的玻璃當鏡塗抹，然後回過頭天真地吐出一句上海話：「好哦？」當悟到吉米鍾不懂上海話時，她忍俊不住笑了出來。

「好哦」是吉米鍾在上海大半年惟一學到的一句上海話，今年八十歲的他，仍會講這句「好哦」。

合該他有緣，當晚回到駐地，正好又有同袍來兜銷剛到埠的走私貨，他挑中一只蜜絲佛陀的帶面小鏡的粉盒，外面還配有一隻麂皮的帶拉鏈的皮套子。買下來後又覺得多此一舉，口信已帶到，禮物也轉到，他還有什麼理由再去造訪人家呢？

豈料幾天後，舒小姐打來電話，原來那日吉米鍾來訪時，她父母正好去蘇州未回，他們思兒心切，想再聆聽一下愛兒在昆明西南聯大的近況；二來，也表示對吉米鍾的謝意。所以約他周末去北四川路新亞吃晚飯，選中新亞，必是因為他是廣東人之故吧。

他喜孜孜地帶上粉盒赴約去。

去到北四川路，處處聞到鄉音，方明白，上海北四川路是廣東人的天下，一如五十年代香港的北角有「小上海」之稱一樣。

阿嬌的父親穿一身筆挺的黑西裝，很有點上海有錢人老茄茄的傲氣，小菜叫了一檯子，百分之一百的上海有錢人海派作風。只是他英文不行，講的英文吉米鍾一句也聽不懂，要勞動阿嬌做翻譯傳話。席上還有一位威武的中年國軍軍官，是一位海軍艦長，是舒家的老友，這位海軍艦長畢業自英國海軍學院航海專業，自然也講得一口好英文。解放後，這位艦長從台灣來到紐約，還去找過吉米鍾，原來一位艦長離開軍艦就什麼事都做不成。

吉米鍾先後幫過他多次忙，都幫不到他——大經理無人請，小職員又不肯做，後來吉米鍾幫他在華埠出資開了家上海菜館，他也打理得三心二意，最後鬱鬱不樂，六十歲不到就去世了。人世之不可測，實在令人感慨。

當年那位艦長，可是十分有風采的。

美軍和國軍雖說是盟軍，但在上海街頭相遇時，大家的視線都是透明和空洞的，這其中有很微妙很複雜的心態。偏偏吉米鍾又是個標準黃皮膚黑頭髮中國臉孔，互相間就更添了份莫名的敵意。

這位艦長是吉米第一個也是惟一一個在上海結識的盟軍軍友，或者因為他來自美國西點，也或者因為他是阿嬌家的老友，是他的上海故事的一個聯繫，一個延伸，因而這份始於上海的兩個軍人之間的情誼，直到艦長客死他鄉，吉米鍾還會每年在他的祭日去上他的墳。

當晚在新亞酒店，艦長熱心問吉米鍾，去過上海哪裡玩，得知吉米鍾兜來倒去只是在Fourth Marine Club和設在今花園飯店原法國會所的美軍俱樂部後，大聲說「NO」，並自告奮勇擔任導遊，再叫上阿嬌，親自駕車帶吉米鍾去開洋葷了。他說：「在上海，沒有人這麼早就回家的。」

上了艦長的車，艦長問吉米鍾：「去跳舞嗎？」

吉米鍾忙搖搖手：「我不會跳舞的。」

再說，他聽同袍講過，上海跳舞開銷舞女所費不薄，再講他也不慣與這些濃妝豔抹的舞小姐周旋。

「來上海不白相跳舞廳，好比去紐約不到曼哈頓。」

艦長一踩油門，將車開到一個很有歐洲風味的立在十字路口的、半圓形的咖啡色建築前，門口不見有什麼霓虹燈閃爍，艦長領著他穿過一條敞亮、布置優雅，到處插著鮮花的大通道，這時才聽到隱隱的跳舞樂曲。早有一位戴著領結的菲律賓領班上前招呼，他看似

上海這位軍艦艦長原來也是廣東台山人，英國海軍學院航海專業畢業，是舒馥嬌家好友。上海解放前夕去美國找過吉米鍾，後鬱鬱不得志六十歲不到就去世了。

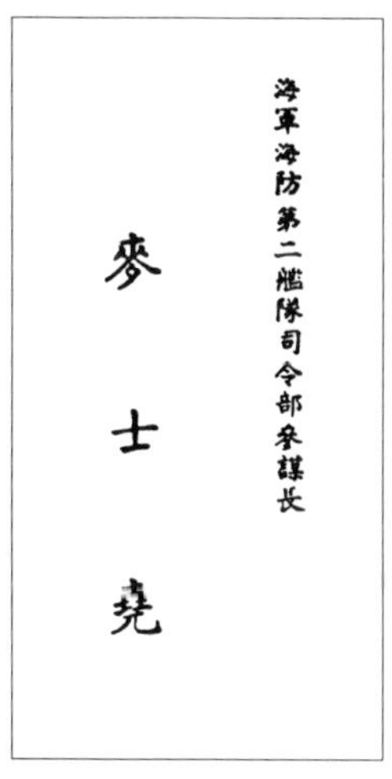

海軍海防第二艦隊司令部參謀長
麥士堯

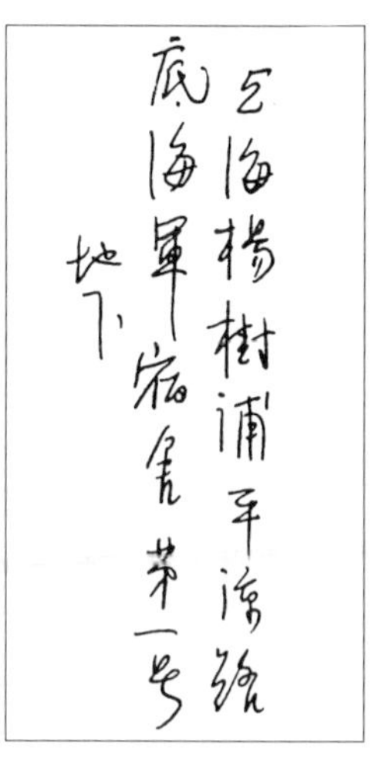

上海楊樹浦平涼路
底海軍宿舍第一號
地下

與艦長和阿嬌很熟。

「是百樂門吧？」吉米鍾記起同袍都說，上海有家極其富麗堂皇的、比紐約夜總會有過之而無不及的舞廳，就叫百樂門。

艦長只是不屑地一笑：「百樂門算什麼？」

走進內裡，但見正中一座小小的用彩色玻璃砌出的鴨蛋形舞池，內裡燈光柔和，布置得頗為雅致，每張小桌子上都閃爍著燭光，插著鮮花，令人有種舒適恬靜的感覺，要不是樂池上傳來「蓬嚓、蓬嚓」的舞曲聲，吉米還真不覺得這是舞廳呢！

最令吉米目瞪口呆的是，那個樂隊只有一個菲律賓人組成，他分別用口、手、腳，奏出一曲層次豐富、樂聲悠悠的跳舞音樂〈I have a dream〉（我有一個夢）。

「這裡是Mandarin Club，是不設舞女的高尚夜總會，這個菲律賓一人樂隊，是Mandarian的金字招牌。」艦長悄聲告訴我。

原來上海夜總會有兩種：有舞女伴舞的和無舞女的，一般名門之後和大家閨秀是不會去有舞女的夜總會，Mandarin Club屬高尚上海人夜生活的蒲點，正經好人家男女談戀愛消遣，一般不會去百樂門這種地方，更會選擇Mandarin Club；又因為那裡一應餐牌及侍應都講英文，自然又有了一定的層次，是上海白領樂於的去處。

聽說一個美國大兵不會跳舞，阿嬌覺得好意外，並自告奮勇擔任他的老師。

這時，樂池走上一位菲律賓歌女。吉米鍾在菲律賓呂宋島作過戰，那時也有一批由菲律賓女學生組成的志願隊，在大後方做衛生員等支持盟軍作戰，那些菲律賓女孩子，怎都不能與在上海打天下的菲律賓女人相比。菲律賓本土的女孩子個個都一臉辛勞、頭髮乾枯，很多生著一臉亞熱帶人都會有的暗瘡；她們不化妝，手腳粗粗大大的，和世界各地受戰火煎熬的婦女一樣，臉容憔悴，營養不良。惟獨這位在上海Mandarin做歌女的菲律賓女人，已經完全海派化了，她穿著件露肩的大紅晚裝，一樣是黑頭髮黑眼睛，但目光卻不像一般上海女人，既不溫嫻，也不像吉米鍾見到的上海舞女那樣煙視媚行，而是有點豪放潑辣，亦正亦邪，舞榭歌壇上少見的一種硬朗和傲慢。

那晚她唱的是美國好萊塢名曲〈夕陽中的紅帆〉。或許畢竟身在上海。這個菲律賓女歌手委婉又帶幾分霸氣的歌喉，與吉米鍾聽慣的莒安娜・竇萍的原汁原味好萊塢腔有點不同，她唱的畢竟是上海十里洋場的洋腔，不同的，或者就是吉米鍾尚不明白的點點吳儂軟語的芳韻吧！

反正就在她的歌聲中、在舞池上，吉米鍾鼓足勇氣從懷中掏出那只粉盒送給阿嬌。

從二十一歲到今日八十歲，吉米鍾的心儀之曲始終是〈夕陽中的紅帆〉，他收藏有各種版本演繹的〈夕陽中的紅帆〉。

秋陽微曛，金葉滿地，五十年後的一個秋日，跟著吉米鍾兜兜轉轉，尋尋覓覓地來到南京西路陝西北路口。哦！就是這裡呀！正所謂踏破鐵鞋無覓處，得來全不花工夫，當年悠揚著華爾滋音樂的Mandarin會所就在我家斜對面，今平安電影院底層。近鄰新建成一幢五星級酒店「錦滄文華」，原來Mandarin又可譯為「文華」，那麼，當年這家高尚會所，中文或可稱為「文華會所」？

平安電影院底層已成為一個十分市井的小商品購物場，充塞著大路廉價的、做工拙劣又花稍的所謂時尚物件。

經歷了半個世紀人事的沖滌，當一切華麗早已徐徐落幕，白髮蒼蒼的吉米鍾，仍清晰地聽到，在時間長廊的那一頭，遙遙傳來〈夕陽中的紅帆〉的歌聲。

反正自那晚起，每逢周末吉米鍾總會去海格路造訪舒家。後來阿嬌的弟弟也從西南聯大回來復學了，再加上艦長那時也不過三十好幾四十不到，正是愛玩愛瘋的時候，還有好幾個舒家的年輕朋友，常常聚在一起開派對，彈琴唱歌。

成批年輕人，都是好萊塢流行曲迷，猶如今日的四大天王歌迷一樣，反正一部新片流行曲一上市，他們就無師自通，上口就會唱，歌詞一字不漏。

在美國長大的吉米鍾，多少沾點美國人脾氣，愛唱愛玩，十分好動。雖然五線譜黃豆芽一個都不識，卻一樣可諳熟地在鋼琴上無譜自彈自唱，頗有爵士樂味道。上海人所謂的「洋琴鬼」，大概就指這樣的彈琴法。

和所有上海洋派的有錢人家小姐一樣，阿嬌豈但講得一口標準英文，也彈得一手好鋼琴，自然也會哼幾句好萊塢流行曲，但絕不肯無譜亂彈琴。當她看到吉米鍾無譜野路子亂彈琴，既佩服又驚異更恐慌：這怎麼可以！

吉米鍾在上海結下的情緣，他珍藏至今的初戀情人舒馥嬌的照片。

她是學院派的，七歲起就在白俄鋼琴老師監視下，用火柴棒放在手背上以保證正確彈琴手勢的勤奮學生，離開琴譜她是斷斷不敢自說自話、亂來一氣的。

「其實她做人，也是這樣，沿著一套父母給她劃定的譜，循規正道：讀書、彈琴，看看電影，最了不得的也只是去Mandarin Club坐坐……」吉米鍾回憶著，並讓我看他珍藏了已有半個多世紀的阿嬌的照片。

照片上的阿嬌應當很漂亮，但不夠嫵媚，換句話，線條太硬。吉米鍾說，她其實是十分活潑可愛的，我肯定相信。只是上海灘雖稱為十里洋場，但在半個多世紀前一位大家閨秀，即使就讀教會大學通熟好萊塢明星，但面對鏡頭或社會克己復禮之餘，連愛恨都不容多暴露，方為好人家小姐的風範。

這樣一位小姐彈琴都不敢離譜，卻敢於在愛情上大大離譜，與一個美國洋丘八展開一場青澀純潔的初戀，這就叫——女人。

人說，認識一個城市的最好途徑就是和這個城市的人談一場戀愛。難怪，上海在吉米鍾記憶中總也揮不去。

反正有一次例行的聚會，艦長有公務走不出，阿嬌的弟弟已有女朋友一心想過兩人世界……到頭來，只有阿嬌和吉米鍾是鐵了心不破壞這個例行的相聚。於是，吉米請阿嬌吃晚飯、看電影，這是他倆第一次約會，晚上十點來鐘送她回家時，兩人依偎在三輪車上。在燈火輝煌的南京路上行駛，這種感覺比紐約坐封閉式的汽車浪漫多了。

雖然吉米一再提醒自己，他說不準哪日就要奉命回國退伍，又窮又沒專業，惟有讀大學，否則前途茫茫，他無論如何負擔不起這樣一位上海小姐做太太的。但每逢周末，總又克制不住打電話約會阿嬌。阿嬌雖說大他兩歲，但或者吉米鍾到底出生入死，經歷過砲火戰爭的洗禮，比他實際年齡要成熟老練得多，阿嬌在他跟前，猶顯小鳥依人。

阿嬌這樣的上海人家，早為她劃定一道譜：貴族女校教育，一張大學文憑壓箱底作嫁妝然後嫁一個外國留學生一世有靠，無憂無慮過一輩子……

情濃愛烈之時，吉米鍾想過留在上海不走了，在上海一流大學苦讀若干年，不相信自己成不了事。但理智終於戰勝感情，他明白如此貿然離隊，後果是不堪設想的。

阿嬌也想過不顧一切。按戰時新娘法例，她可即時跟吉米去美國，但這意味著，她人生的樂譜要重新來過！吉米也不答應，他負不起這個責任。

阿嬌的舅舅是美國麻省理工學院畢業的；阿嬌的弟弟，正準備入讀美國康乃爾大學；阿嬌的爸爸媽媽準備一九四六年九月，乘瑪麗皇后號去遊美國……他們的美國概念與紐約唐人街的美國完全是另一回事。如得知阿嬌將嫁給華埠一個窮小子，舒家永遠不會原諒她。

最後，他們相信中國的「船到橋頭自會直」的哲學，決定只要兩人在一起，就快快樂樂享受，一切一切自有老天會來了結。

離別的一天終於來臨，一九四六年八月十二日，吉米將登船回國了。按規定，他們必須提前兩個禮拜到碼頭區軍營集中報到。

在這最後一個周末的約會，他們相約不准流淚不准嘆息，開開心心珍惜這最後一次約會。

吉米鍾請她在國際飯店十四樓的天花板會開合的雲廳晚餐，然後兩人步行，從國際飯店走到海格路今華山路丁香花園還要下去，阿嬌的家所在。這段路兩人走了兩個半小時，然送君千里，總有一別。

國際飯店十四樓的天花板可以開合的露天餐廳——「雲廳」。當年留下吉米鍾和舒馥嬌的倩影處處，至今，那圓形木質地板仍完美無缺。

阿嬌讓他送到弄堂口，堅持大家就在這裡道別。

她留給他最後一個記憶，是滿臉笑容的。

但吉米鍾在轉身乘上一部三輪車時，已是淚注如雨。因此他一直不敢回頭，怕一回頭，就走不了。

回到紐約唛街，原來的公寓早已住著他人，接下來又是找房子，辦理退伍手續，又辦入大學之事……曾經與阿嬌通過幾封信，考入芝加哥大學時，他還有熊熊的希望之火——芝大是美國十大名校之一，他讀的是化學系，他想好好奮發，一定可以給阿嬌一個富裕的標準的美國中產生活。

一九四七年，阿嬌結婚了，嫁了個銀行主任先生，完全按譜辦事。他們的通信也就中斷了。

一九五一年，吉米鍾結婚了，太太同是台山人，第二代美國華僑，是位護士。

以後的人生，像個上足發條慣性轉動的

輪子，越轉越快；吉米生了兩子一女，大兒子在電視台做廣告策畫主任，二兒子是醫學院教授，女兒是花旗銀行第一副總裁，吉米鍾被推舉為紐約市斯德累頓一九七二年度成功人士，是獲這一榮譽的首位華人。一九八九年太太先他而去，三個孩子也早已先後離家自成家庭，孑然一身的吉米鍾，仍樂觀地堅強地生活著。

中美恢復邦交那年，他試著給海格路阿嬌家舊址寄了封信和全家合影，信被退回。他再試著寄了封信給當年艦長在上海的一個朋友，那時也常到舒家開派對，也杳無音訊。

一九九一年中秋之前，

1946年8月上海大達碼頭，二萬五千噸的巨型美國軍艦運送五千名美軍回國。碼頭上有軍樂隊奏樂。吉米鍾就乘這艘船回美。

他決定再訪上海。

當年離開時，還是個二十二歲小夥子，再回來已是近七十的老翁，畫了個大圓圈，真正所謂天道好還！這個大圓圈中，包含了這樣一個上海故事，雖沒有〈草帽歌〉那樣無奈和失落，卻總也有點悲酸之味吧！

不過，假如人生只是一道直線，那會多乏味呢？

阿嬌大吉米鍾兩歲，肖猴的，八十歲啦！

希望舒馥嬌能讀到我這段文字，希望她仍記得那首〈夕陽中的紅帆〉。

ARROW先生

Arrow是美國名牌襯衫，或者因為美國南部的棉花質優品良，Arrow是用高支紗紡成的細如絲、滑如綢的高級富綢。說美國人不講究穿著，看來也是訛傳。

曾幾何時，擁有一件Arrow襯衫是上海幾代先生們的夢，猶如今天的上海先生渴望擁有一輛名車一樣，穿上Arrow襯衫結上領帶，意味著你已開始進入上海社會金字塔裡的中產階層。Arrow襯衫，可謂是上海歷代白領先生的經典戰衣。

Arrow襯衫，已在上海灘絕跡了半個多世紀，偶爾在香港街頭，還可見到它的廣告，小小的不顯眼地擠在一大堆雜牌廣告中。在講究不對稱、扮酷推崇中性乃至簡約的今日，這隻陳年古董老牌終究敵不過歷史的大浪淘沙，早已被一腳踢出時尚榜外。

在我們的太祖父那個年代的上海先生們（應是十九世紀中葉），多不穿西裝而穿長衫，襯衫多為特地叫到家裡的裁縫師傅縫的「襯裡短衫」，而且那時他們也沒有天天換襯衫（襯裡短衫）的習慣。「襯裡短衫」往往也就是他們的睡衣，睡得領頭皺巴巴的起床套上長衫就去錢莊或店鋪上班去了。

上海老式商號店莊不講究店夥的儀態，哪怕老闆本人，雖外罩筆挺的羊毛嗶嘰長衫，腳穿刷得一塵不染的圓口直貢呢千層底布鞋，白銀水菸筒捧在手，金鏈法郎彈簧掛錶垂在襟間，但湊近一點，他們身上仍會散發出陣陣不愉快的氣味，那就是多日未更換的、夜來

1908年庚子賠款出去的公費留洋生，他們率先剪掉辮子，脫下長衫馬褂，成為上海首批白領先生。

又當睡衣穿的「襯裡短衫」散發出來的。

Arrow襯衫在上海嶄露頭角之時，應該在上海先生們剪掉辮子之時。

相信當第一批在領口和袖口露出雪白一截的Arrow襯衫（當時上海人俗稱「西裝襯衫」以示區別「襯裡短衫」）的上海先生們昂首走在上海的大馬路上，在市面上引起的驚駭恰如七十年代後期，第一批穿上西裝的上海先生走在上海街頭揚起的風波一樣吧！

Arrow先生在上海的出現，帶來的不僅是時尚文化的一種革命，更是價值追求的一種革命。當第一代上海Arrow先生出現之時，對一眾長衫先生，應該是一種挑戰和威脅。事實證明，到了二十年代中期，一度在上海開得成行成市的大小錢莊票號，紛紛不敵金融少壯派銀行業的競爭，如多米諾骨牌一樣紛紛倒下，輸給一班意氣風發，西裝領、袖口露出半寸筆挺雪白一截的年輕先生們。

當時連處於社會底層的那些靠倒馬桶和縫窮為生的小寡婦，都會巴巴地對著少不更事的獨苗苗念叨著：「……小把戲大了好好讀書，將來洋裝筆挺出出入入多神氣？」

近百年前的上海人，已懂得「貴精不貴闊」的西方生活哲理。在一眾小市民心目中，追求嚮往的已不再是穿金戴銀、朱門酒肉的闊佬生活，而是西裝筆挺，自己不用出一分一釐資金打本，卻照樣可以旱澇有收，過得風風光光的寫字間生涯。

筆挺的西裝領、袖處露出硬領Arrow襯衫，無名指再配只細細的白金婚戒，無疑已成為幾代成功上海先生的經典形象，上海灘少年一個永恆的夢。

Arrow的特點是衫長過膝、袖長過腕，領口袖口特別硬扎，就算不漿過也是筆挺的，並可以活絡脫卸以供輪用，袖口為雙層「克付」(double cuff)，會配上副嵌上自己英文姓氏縮寫的袖鈕，質地可有金質或瑪瑙寶石之類，反正物盡其用。西俗襯衫原則上應日日換洗，或者也有嫌麻煩的，就有了這樣的發明——如是西裝外套一上身，自然而然，便會在袖口和領口上，露出約半寸雪白的一截，於是再卑微的小男人，也會無端生出幾分英氣和自信。它的衫長袖長特別設計是有根據的，衫長抵膝，令忙碌的寫字間先生在踮腳往文件框中取放卷宗

譚先生1948年畢業於上海震旦大學。左下角為當時上海英文刊物《周六晚報》剪下的一則漫畫；對白為「父：行了，兒子，不要再這樣呆立在我跟前，該開步走——自己賺錢養活自己了！」大學畢業，是上海男人步入白領階層的第一步，難怪近百年來，一張大學文憑對上海莘莘學子，意義重大。

上海聖約翰大學的標誌——鐘樓，建於1876年，這口鐘為上海資格最老的鐘，由美國波士頓造好運來。這口鐘敲醒了上海一眾青年，放下四書五經，脫下長衫，向白領先生的階層努力。

時，不會出現襯衫下襬從褲腰中牽出來肉帛相見的尷尬狀態；袖長過腕，除了為保護西裝袖口不直接與皮膚相觸以致磨損或發毛，另外，袖特長，令勤力的寫字間先生在做事時，不受袖長的牽制，可收放自如。到底是講究效率的美國人的設計，Arrow襯衫流露的是務實的寫字間作風而不是華而不實的巴黎時尚。

白領白領，其出典相信就是來自那在西裝的領、袖口露出的雪白一截而得名。

外灘沿黃浦江的那五十二幢跨世紀的建築群內，當年就坐滿這樣的蜜蜂一樣忙碌的Arrow先生們。他們將西裝外套搭在椅背上，雙臂用寸把闊的絲質的黑寬緊套箍，將過長的袖子稍稍往上拎起點，在打字機、電話機、案頭上忙得汗涔涔，外國老闆看入眼中，肯定是聲聲OK了。張愛玲的〈鴻鸞禧〉中那個回到家裡就神氣活現、裝腔作勢的「新式科學」的新派爸爸囂伯。還有〈紅玫瑰與白玫瑰〉中的父親早逝一心欲出人頭地又輾轉周旋於情婦和太太中的振保，想來日頭在寫字間，也就是這樣一道風景。所以他們也就更有了在家裡作威作福的理由。

美國人做生意喜歡大來大去，但凡大包裝的貨色價錢就可以有個折扣，Arrow襯衫也如此，如果論「打」出售，價錢可便宜一截。舊時寫字間先生，如果被人發現領口袖口上有道黑鑲邊，那簡直就是奇恥大辱，被貽笑天下。橫豎清一色的白襯衫又沒什麼花款可挑，一買半打一打也不覺得多。難怪以後當上海先生變成人民裝同志後，不少人家裡還存有大疊Arrow襯衫壓箱底。好在是襯衫不是西裝外套，還可來個廢物利用，這就是為什麼解放後的上海街頭仍時時可見在藍布人民裝領、袖口，露出雪白一截的上海先生們。正如他們的不時在革命派和海派中搖擺平衡的思維和生活，看似兩者水火不相容，但最終竟也可以和平共處，相容相融，成為很獨特的一道上海風景。

外灘是海外跨國企業遠東旗艦店集中之處，匯豐銀行，更是大英帝國權勢和力量的象徵。以前晉身這樣的外國銀行，猶如捧上一隻金飯碗，難怪這些建築內的上海Arrow先生們，個個如蜜蜂樣忙碌。

因為紡織材料的高質量，Arrow的質地很牢固，但需細心打理。為了避免泛黃，要用加白肥皂搓洗，絕不可在洗衣板上大力擦。它的矜貴倒不在價格，而在其難打理伺候。Arrow必漿過燙過才可上身，否則皺巴巴的就會顯出一副敗遺相，所謂鳳凰落毛雞不如。

（一）

錢先生曾同我是英語教研組的同事，六十年代中、「文革」前我剛剛進中學任教時，他約四十好幾五十不到，篤實的個子配著飽滿的臉龐，下巴上一隻橫生的長形酒渦，細細觀看仍很有點氣度。

他解放前是四大銀行之一的某銀行的經理級人物，抗戰時在陪都重慶，也曾是叱吒風雲的。解放後人民政府人盡其用，既往不咎，這位金融專才就縮在我們這所位於工廠區的初級中學教英文。銀行保留工資改革後，他拿著與一眾大學生一樣的起點工資六十元左右，卻要養活一大家人，一下子又改不了過往做大經理時的生活習慣，食堂一頓飯紅燒大排荷包蛋都要雙份吃，飯後又喜歡來點甜品，於是手中常會咬一只食堂做的豬油水晶大包。這幾張鈔票顧得了嘴自然顧不了身，皺巴巴的布滿各種不明漬跡的藍布人民裝袖口都發毛了，赫然露出一截灰溜溜污糟糟的Arrow襯衫袖，袖克付敞著，鈕扣都掉了，露出裡面同樣黃污的棉毛衫，棉毛衫上的羅紋口也鬆了，喇叭一樣地敞開著。

那日下午辦公室正好只有我與他空課，看看下午三點來鐘是他習慣的下午茶時光。他從覆著的廣口搪瓷杯裡拿出一只肉饅頭，茶杯裡倒點熱水，開始享受他的下午茶。

肉饅頭湯汁沿著他手掌淌下來，他伸出舌頭去舔，卻顧不上湯汁已滴到他的拖到手腕的襯衫袖克付上，他也不在乎。

大約因為自己在嬰兒時已習慣了剛下班的父親，一雙在西裝袖口下露出雪白一截襯衫的張開的手，我一直對它，有份難解的敏感度。

「你這是Arrow襯衫哦！」我好心地提點他。

霎時如碰到知音，環顧下四周確信沒有他人。他朝我揚揚大拇指，「儂識貨的。我從前件件襯衫都是Arrow的，穿到現在還有存貨。這種襯衫好、牢，哪能汰都不會走

我的父母親攝於1948年杭州。父親是我這輩子最愛的男人，屬標準的Arrow先生。他比祖父隨和、儒雅，但和祖父一樣的lady first——女士第一。父親畢業於中法大學藥學系，後在德商拜耳藥廠做工程師，直到1949年。今日，當上海街頭重新豎起拜耳藥廠的商標時，父親這位前外企白領，已永遠離開了人世。永遠感謝父母親，給了我和哥哥歡樂舒適的家和良好的家庭教育，還有，我對上海的獨特認識。

樣的，熱天透氣好過的確涼。那時阿拉銀行裡，每月有領帶費。啥叫領帶費？就是讓你置裝用的，行裡規定的，件件襯衫要漿過燙過，襯衫一日換一件……」

一塊饅頭屑落進他敞開的喇叭花一樣的棉毛衫裡，只見他伸手往裡掏了半天，將那塊碎屑掏出手來往嘴裡一送，繼續洋洋樂道：

「那時傭人幫我燙襯衫時，地上都鋪好申報紙的，Arrow襯衫很難燙的，你知道的，特別長，怕襯衫拖在地上揩齷齪了……」

他講的何止是一件襯衫，而是他過往的輝煌和威勢。

一連好幾日，我都見到他那皺巴巴的襯衫袖口上油淌淌的一攤，看來他幾日都沒換襯衣，甚至晚上睡覺也不脫下的。那攤他毫不在意的油漬，除了道出他家庭的支絀，更道出長年的不得志，是如何消蝕了這位舊銀行經理的貴氣和志氣！

我們常說的大男人、小男人，事實上，綜覽近百年上海灘苦拚苦搏的先生們，大與小的界定，因時而異，因人而定，猶如外匯牌價的浮動。

錢先生在我們這間年輕教師當道的歷史短短的初級中學，所謂矮子中拔長子，「文革」一開始自然就成為眾矢之的，革命專攻的對象。

最後，他倒在「牛棚」中，是中風。一位工宣隊師傅背著他上黃魚拖車，只見這位舊日經理的雙手，無力地從那兩截污漬漬的、敞著的袖口中垂著，已毫無生命的跡象。我第一次發現，他的露出在那污漬漬的兩截袖口的手，手指頎長白皙，掌部嫩嫩白白的，一對名副其實的大經理的手。

三十年後舊同事相聚，一位同事的兒子，在某外資銀行做事，這是一個今日無數年輕上海先生所嚮往和羨慕的職業，他的頂頭上司錢經理，就是這位老錢經理的小兒子。我們都還記得當年老錢經理被隔離審查時，那個童年時代的今日錢經理來替父親送肥皂、草紙、牙膏，大冷天赤腳一雙破球鞋，手上生滿凍瘡。據講現今五十來歲的他，長得酷似其父。

「……不過他西裝筆挺襯衫雪白，啥像他父親那樣邋裡邋遢的，一副倒楣相。」同事形容著。

上海白領先生們穿越了資本主義上海和社會主義上海兩個時空，在兩種文化的夾縫中吃力地適應著，各有各的故事。

我中學時代的一位老師，也是一位Arrow先生。聽講他畢業於北京的貴族大學——輔仁大學，後在上海綸昌洋行工程部工作，解放後洋人被趕走了洋行關門了，他也就順理成章地成為中學教師。這位Arrow先生，是以一種樂觀、積極的態度跨入解放後的新上海的。

當年他不過四十來歲，甫踏入教室，就將教案往講壇上一放看也不看，即兩手空空憑著一枝粉筆開講。所謂「腹有詩書氣自華」，有時天馬行空，有時詼諧幽默，但一貫的條理清晰，論證嚴謹，講得忘形，會拎起黑板刷代替手帕。

他的人民裝通常總是掖扯得筆挺的，包括袖口那一小截雪白的克付，特別在揚手板書時，那雪白的一截順著他的手勢上下，留下一長串瀟灑富有個性的字體。大有一枝粉筆走天下的倜儻風流之態。

一九六四年四月的最後一堂課上——這以後我們就要開始分文理班迎接高考。下課鈴響了，老師轉向黑板白袖口一揚，在黑板上寫下「Fair way to see!」（道別珍重）幾個漂亮的草體英文，頗有都德的〈最後一課〉的悲情，從而成為我學生時代最難忘的一幕。

今日他已垂垂老矣，且又中風過，那日在上海展覽館前見他拄著拐杖踽踽而行，仍叫得出我的名字。他穿著件卡其茄克衫，袖口裡穿得鼓囊囊的再也不見那雪白的一截，疊疊層層的毛衣袖下，是一雙布滿老人斑的手腕。

（二）

也有不喜歡穿 Arrow 襯衫、西裝的上海先生。

一百零三歲仙逝、跨越三個世紀的上海金融泰斗朱博泉先生，堪屬一代奇才。他十二歲入讀上海西童學校（該校現在仍在舊金山），父親朱曉南曾任浙江蕭山知縣，後調浙江藩署幕府。鑒於清末官場腐敗，他棄官從商，在杭州創辦官商合資的浙江銀行並任第一任董事長，由此可講，朱博泉先生應是上海灘的第二代 Arrow 先生。

十二歲入上海西童學校之時，他是第一個也是惟一的中國學生。他的辮子，就是那時候剪的。西童小學為清一色的男子學校，重視對學童的意志和體能鍛鍊；寒冬臘月照樣西裝短褲羊毛長襪，學校還經常舉辦遠足、露營、球賽等體育活動，以無畏向上的體育精神來薰陶這批莘莘學子。朱老得於一百零三歲的長壽，自言應拜謝那段歲月的鍛鍊。

一九一九年他畢業於上海滬江大學商學系，除專業成績優秀外，還喜愛文學和體育，曾任滬江大學演講隊隊長和網球隊隊長、足球隊中鋒。

大學畢業後，他即赴美國哥倫比亞大學銀行系讀碩士學位，在紐約花旗銀行總行實習了一段時日，即被聘為浙江興業銀行上海分行外匯部經理。一九二七年又當選為該行董事，一九三二年為中央銀行業務局總經理……他曾戲言自己一世是個「打工仔」，從沒有出資做過老闆。但在他三十歲之時，這位「打工仔」已身兼一百零八個職務，涉及金融、教育、娛樂等，朋友戲稱他為「半個上海」，堪稱打工天王。打工天王的收入，當然也是天文數字，他可謂富甲上海灘，今武康路宋慶齡故居，八五醫院內幾幢洋房，都是他物業和住宅。然而畢竟是受過西方白領文化的薰陶，即貴精不貴闊，到了朱博泉這代上海白領先生，雖然富甲全城，都與珠光寶氣、肚滿腸肥、杯盤狼藉的「闊」，無任何關係。

說起來，這位正宗西方文化催谷而成的一代白領菁英，反而是摒棄Arrow襯衫而一年四季都是一領長衫。

「穿長衫吃自助餐最好。而且穿長衫舒服，不像西裝候分克數的，胖一點瘦一點都不行。」他悠然地說。

不過，他之所以一直習慣穿長衫主要在於，早年他在哥倫比亞留學時一身西裝，常被誤認為日本人，一惱之下，他索性穿起國裝——長衫，腳蹬千層底布鞋。然而，他的思

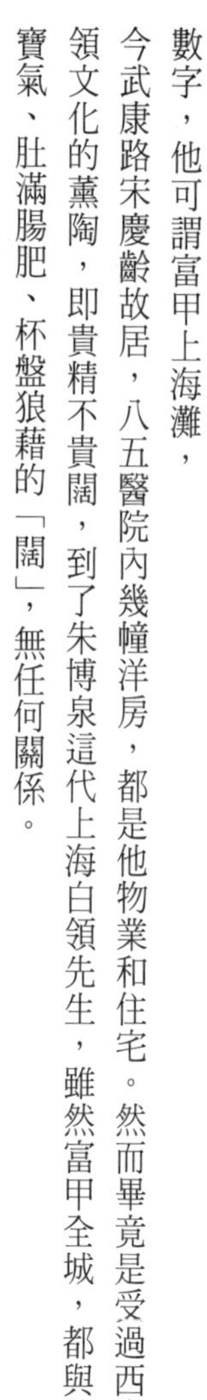

1935年上海街頭已有「BUICK」在行駛。擁有一輛私家車，也是上海Arrow先生的心頭夢。

1945年朱博泉先生四十七歲留影。時任滬江大學校長，上海市亞洲影院集團公司經理。《亞洲電影》（今日的《大眾電影》前身）創辦人之一等一百零八個職位。他一貫習慣穿長衫，他認為，長衫是中國國粹，並可以讓人不把他混同為日本人。

維，完全是西方的。

一九二二年他學成歸來後，發現當時銀行同業間票據清算落後，沒有清算機構，要依賴錢莊辦理。這其實頗諷刺，銀行是新興的金融事業，卻要借助管理落後的錢莊。有紐約花旗銀行票據交換經驗的朱博泉，當即與三位志同道合的銀行界人士，全力籌備上海，應該說中國票據交換所的建立，並於一九三三年一月十日，在今香港路十九號原址，建立起一幢嶄新的大廈，並掛上「上海票據交換所」牌子。

上海票據交換所的成立，雖然比先進的西方國家要遲一百年，但在中國的金融史上，畢竟是最早的一家。據一班上海的老銀行回憶，當年交換場設在底層中央大廳，壁上懸有「金融樞紐」的匾額，每一家交換銀行都有一隻交換台，交換時機一到，鈴聲便響，整個票據交換過程有條不紊，行動整齊迅速。當時不止在中國，在遠東都堪屬十分現代，一時引起南京、北京、重慶等大城市相繼仿效。一九八八年四月二十七日上海票據交換所遷移新址的記者會上，當時已九十一歲的朱老被特別邀請作為嘉賓出席。

這位不穿Arrow襯衫的白領專才在美國留學時，親眼看到西方國家成人教育的普及和興旺，乃至有「博士後」

的教育。回上海後，朱博泉率先在母校滬江大學校長劉湛恩博士支持下，利用其良好社會關係，向銀行界、企業界募集資金，購今圓明園路基督教三自會二樓的全部產權，正式成立滬江夜大學，從而創上海乃至全國成人教育的先河。

然而這樣的一位上海白領先生，卻也有一位如夫人，這似有悖「I do」的愛你一生一世的西方婚禮誓言。

他的姨太太是廣東人，舞女出身，故我們稱之為「廣東阿婆」，且也不是什麼天香國色。既然一樣討小老婆，為什麼又不索性挑一個漂亮點？以他當年的財力名氣，娶個大明星做小老婆應當也是不難的。

他聽了莞爾一笑，娓娓道來：「感情這事交關難講……」

當年廣東阿婆在大光明隔壁的大滬舞廳做舞女，無名氣也無捧場客，長年苦口苦臉地坐冷板凳。

朱博泉堂堂美國留學生，卻原來不會跳舞，也從不涉足跳舞廳，那陣他正好又任亞洲影院公司的董事長，常常去大光明樓上的公司辦公室處理些事務，有朋友就拉他去隔壁的大滬舞廳坐坐，不會跳舞的朱博泉，也就常常坐冷板凳看朋友跳，這才開始注意到還有一個坐冷板凳的可憐兮兮的小舞女，橫豎大家都在坐冷板凳，就請她上來坐檯子，聊聊天，就這樣一回生，二回熟。

一位負責的上海先生，總是竭力為家人撐起一片溫暖的天空。圖為朱博泉夫婦在女兒二十歲生日時合影。

朱博泉夫人長年身體不好，而這位小舞女聰明伶俐，善解人意，而且也想找個好歸宿，反正套用一句小說中常用的話，一切就這樣開始了。

「既然喜歡上一個女人，就要對她負責，也希望她過得安樂點、舒服點。給她一個家，是最好的許諾。我太太是名門閨秀，通情達理，雖然身體不好長年有病，早在訂婚後我就聽說，她有痼疾，是有人勸我退婚的。但在那個時代，一個女孩子被解除婚約，是十分沒臉面的，有可能會就此毀了她一輩子。我不忍這樣做。所以在我去美國留學前，將她迎娶過門，令她安心……」

他將如夫人安頓在愚園路一條僻靜高尚的花園里弄裡，正室和孩子們，則在位於今八五醫院內的洋房內。

不理如何，兩位夫人風裡雨裡，伴他同行，在他倒楣地被壓在社會最低層，棲身棚戶區時，仍對他不離不棄。

七十年代盛夏時分，他住的棚戶內熱如蒸籠還要外加放一只煤球爐，朱夫人酷熱難熬再加病魔纏身，臨終前惟一要求是，四分錢買根棒冰涼一涼！

廣東阿婆歿於九十年代，她好福氣地看到朱博泉時來運轉，非但扶了正，而且還跟隨朱博泉環遊世界，周遊列國，參加各種社交活動。她也走在他之前。

朱博泉可謂上海白領先生中的貴族級，貴的不是對生活物質的追求，而是對質的嚮往。人說惟在艱難年代才真正顯出貴族身先士卒的傲氣。這話有道理。

在最困難時期，因為大家都知道的原因，朱博泉沒有公職，沒有人民的資格，一度在愚園路鎮寧路上，擺一個攤頭修傘為生。舊時學生老友走過看見，怕他尷尬，都要特地繞道而走，他自己卻一點沒有灰頭土臉，一臉坦然。

人們憶起當年他被批鬥時，容顏冷靜，神態漠然，無所謂哀，也無所謂怒，沒有認錯，也沒有反辯……好多年後偶然從書中知道，這種表情在英文，稱「撲克臉」。據說這種英式的「撲克臉」，就是任你咆哮辱罵，我當你透明不存在，內心是極度地看不起你，但臉部卻如張撲克牌，一點表情一點動感都沒有。《桂河大橋》中亞歷・堅尼斯扮演的英軍上校，身為戰俘面對日軍的淫威，表現出那副冷靜木然的腰板硬直的表情，就是標準的英式「撲克臉」。沒有高深道行，沒有沉穩的涵養，是做不出這種表情的。或許「撲克臉」，正是一張地道的貴族戰略臉譜。

改革開放後，朱博泉落實政策獲得兩間朝南的房間。他立時「犧牲」一間朝南房間將其裝上當時尚屬十分矜貴的全套熱水器，密封式淋浴房浴缸同時俱備的浴室，外加一張鋪著大浴巾的躺椅供浴後曬太陽——浴室有十幾平方而且朝南，堪屬五星級了。講究浴室，就是那已溶入血液的西方白領文化的神傳。

他自言重新穿回西裝，還是「文革」結束後。

一九九一年秋天，他已九十三歲高齡出訪台灣路經香港，我受眾長輩之託接他去半島酒店晚餐，他正在對鏡穿裝。

「啥辰光陪我去買幾件襯衫好哦？」他一面使勁將襯衫袖往外拉一面說，「現在的襯衫袖子做得太短，縮在西裝外套裡派頭也沒有。」

「買幾件 Arrow 襯衫好了。」

「現在還有這隻牌子！」他頗覺驚訝，大有江山依舊，人事全非之感慨。

（三）

直到「文革」開始為止，那蛛網般布滿上海弄堂口胭脂店的公用電話牌，其標誌就是紅底一隻黑西裝袖口露出筆挺雪白一截袖衫的手持電話聽筒的男性的手。這樣一隻資產階級味十足的城市公用標誌，竟可無驚無喜，由解放前一直沿用至「文化大革命」，駐足於上海的鬧市小巷，堪為奇蹟。惟一可解釋的理由是，作為上海先生的經典形象，此標誌早已深入民心。

隨著西裝在上海灘的掀起，上海一批精明的商家也開始生產仿 Arrow 的襯衫，其中「Smart」，是較出名的滬產襯衫，價錢自然比 Arrow 要便宜得多。儘管如此，在衣櫃中擁有一打半打 Arrow 襯衫，始終是幾代上海先生追求的一個夢，一如今日的上海先生嚮往一套凡賽斯或亞曼尼的設計。

馮師傅是一位穿西裝襯衫卻又不屬寫字間先生的上海先生。直到七十年代中，他的大名一直在上海灘的時髦太太、小姐圈子裡紅得發紫，滿足著她們對時尚的追趕。

翻著張愛玲的〈鴻鸞禧〉，她寫道：「夥計是個十五六歲的孩子，灰色愛國布長袍，小白臉上永遠是滑笏的微笑，非常之耐煩……一個直條條的水仙花般通靈的孩子，長大之後是怎樣的一個人才，委實難以想像。」

張愛玲寫下這篇小說時是一九四三年，她當然難以想像，二十年、三十年之後，這個小夥計的路。

總覺得馮師傅，就是當年那個小夥計的成年版。馮師傅在上海第 塊牌子的 綠屋夫

前國民黨淞滬警備司令楊虎之子——楊定國的結婚照。即使在1960年，上海灘仍有這樣挺撥的Arrow先生，仍可拍婚紗照，可見上海天生具備小資的風情。

人時裝沙龍」由小學徒做到技師，說不準還替張愛玲量過尺寸呢！

馮師傅的丈人是舊時鴻翔時裝公司的專做皮草大衣的貂皮師傅。馮師傅本是自己丈人的徒弟，但他不甘做丈人那樣一世埋頭縫紉機的老式裁縫，十六歲就入「綠屋夫人」重新學藝做女洋裝、學英文、學攝影……替宋美齡量過尺寸倒是事實，不過是跟師傅上門量尺寸而不是在店鋪中。

一九四七年他曾隨老闆去法國、義大利一行購貨並參觀世界博覽會的時裝館，回來後就此日日西裝筆挺，講一口很充得過去的英文，恭候在店堂裡。據說，那時的時髦太太、小姐有事沒事都喜歡去那裡泡、「與他聊」，說他站在店堂裡，與洋人英文開開，一點都看不出只是個裁縫師傅！

上海的「裁縫師傅」到了馮師傅

這一代，雖還未進化為「服裝設計師」這一層次，但至少已具備了這樣的萌芽。起碼馮師傅們，已不再滿足於他們師傅一代只做來料加工，安於一世面對裁剪台，而追求一種創意與社會的認同尊重。相信一九四七年的歐洲之行，對馮師傅是個很大的衝擊，並令他立志，要在裁縫業上追求一位專業先生的形象，而不是為了將來可以籌錢開一只門面自做小老闆。

上海的太太、小姐們的目光是現實的。所謂大男人還是小男人，一切看天時地利而定。

直到解放後好幾年甚至「文革」中，幾位舊時太太圈的上海女人、老友們閒來無事，講起老話憶到她們舊日的好時光，馮師傅總是她們最重要的配角，哪怕那陣她們已被抄盡家產掃地出門縮在舊日的汽車間或亭子間裡，馮師傅在精神上，仍是矮她們一截的「小男人」。

「呃，裁縫師傅總歸還是裁縫師傅。講他結婚時在光芒照相館拍結婚照片，新娘子那領披紗，照相師傅擺來擺去都擺不樂惠，馮師傅立在一邊實在看得不耐煩，將手裡的禮帽往新娘子手裡一塞，登登走過去拎起新娘子的披紗兩隻角啪啪一抖，呱啦鬆脆，被他擺得服服帖帖，活脫脫個裁縫師傅的腔調！」

不過當著馮師傅的面，這些太太們還是視他為大男人，一位真正的Arrow先生而絕不等同其他的裁縫師傅。

上海解放了，「綠屋」沒有了，但作為它的靈魂的馮師傅還在。舊日「綠屋」的老主顧和她們的後代，根本不屑公私合營後的「朋街」、「鴻翔」和國營的上海時裝公司的大路貨。她們穿的是從海外親友帶入的時裝畫報上複下來的，再經馮師傅再創造過的，有上海特色的時裝。當穿著人民裝、領口和袖口露出雪白一截的馮師傅上門來取料量尺寸時，是被視作上賓接待的。她們捧上的是盛在英國骨瓷杯裡的咖啡，他通常可以直入她們的臥室而不只是候在客廳——因為惟臥室才會有大穿衣鏡。馮師傅的重要，某種程度甚至過於她們的丈夫們。

丈夫下班回家，剛走進客廳，太太已在臥室裡叫道：「等一息進來，馮師傅在量尺寸呢！」

「綠屋夫人」併掉後，馮師傅一度調去工場間任技師，專做出口服裝。但他藉故眼睛不好還時時泡長病假，以節約精力開私工，就被安排在南京路上一家頗有名氣的服裝店立櫃台，擠在一簇洋淘淘、無精打采的營業員之間。唇紅齒白、儀態不俗的馮師傅，很有點鶴立雞群的氣派，如果不是頸脖上習慣地吊著一條皮尺，誰也想不到，他只是個裁縫師傅。

他對客戶殷勤有禮，這是「綠屋夫人」的職業習慣。說起來，營業員的身分有點像雙重間諜——既要為商家推廣拉生意，又要替客戶利益著想，惟馮師傅，是一個勁地站在顧客立場上：

「儂看這票貨色，這種做工，還要這個價鈿！……要給從前我師傅看到，一頓生活吃呢！老實講，你當它啥大好佬？全部拿到鄉下去叫鄉下人做的，再貼上這裡的商標。我做儂我都不買！」

遇到一回生二回熟、他一看就看準屬自己市場定位的顧客，他更會推心置腹地將客人——通常是女客，拉在一邊：

「儂屋裡有縫紉機嗎？我替你尺寸量一量你去隔壁布店買塊料作來，我回去替你裁好有空你彎過來拿一拿，好過這裡買呢！」

不怕不識貨，只怕貨比貨。客人嘗到了甜頭，就一個勁盯住馮師傅；襯衫兩用衫還可以自己縫紉機做做，大衣、羊毛兩用衫、西裝褲，還有中西式棉襖，那可是要見真功夫的。

於是，馮師傅的客人名單中，又增添了新鮮血液和接班人。從舊時公館人家的少奶奶、小姐到今日高幹、高知的夫人、千金，盡視他為大男人。

記得直到七十年代中，他做一件燈芯絨兩用衫的做工是六元，一件長大衣是二十元，在當年屬Arrow級的價錢，但他的客人絡繹不斷，靠口碑和朋友之間相傳。

馮師傅踩著輛嶄新的鳳凰牌自行車，合身的的確涼卡其人民裝，領口袖口露出雪白的一截，腕上閃著鋥亮亮的英納格手錶——當時上海灘僅見到的進口手錶，左方人民裝口袋上一排三枝筆：紅藍筆、圓珠筆和炭筆，是用來記尺寸畫樣子的，就衝著他這副架勢，正牌工程師都沒有他威勢，客人都不好意思與他討價還價。

他常自負地說：「老實講，我只跑花園洋房和公寓房子，那種弄堂房子人家，請我都不去的。」

說起來，他自己住的倒是標準的石庫門弄堂房子，在瑞金路一條很整齊的弄堂，二樓朝南方方正正的，鋪鋪滿滿一堂紅木家具，或許住得比不少他的被抄家掃地出門的老主顧都好。不過畢竟是受過Arrow薰陶的，他深明「爛船還有三擔銅」的道理，只要是舊日老主顧，不理是住汽車間還是灶披間，他是有求必應，人前人後依然「三小姐」、「六少奶」的。她們是他的義務廣告員，因此不理有無生意，他閒時走過必會上門去拜訪一下。至於價錢，他是一分不讓的。

馮師傅有他的理論：一是作禮物送，但不會強賣自己。作禮物難得一次不傷脾胃，但強賣自己，自己心裡不舒服。

「文革」開始全上海割資本主義尾巴割得歡，但他仍照樣在熟客之間周旋賺外快，他和他的客人互相忠誠互相需要，猶如一場經過山盟海誓的曠世之戀。

馮師傅很得Arrow先生的真傳，整個人乾乾淨淨，身上總散發出好聞的淡淡的檀香味。原來他總有意將檀香肥皂與他的Arrow襯衫放在一起。

「外國師傅教我們，我們常要與女客人近距離接觸：試樣子、量尺寸，身上一定不能有香菸等異味，將襯衫和香皂放在一起，是他教我們的……」他說。

他的手很白，指甲修得乾乾淨淨整整齊齊，沒有那種舊式裁縫都喜歡在尾指留一截長指甲的惡習。袖口也是雪白筆挺的。

與客人量尺寸試樣子，總也會有識貨的注意到他的Arrow。

「呃，馮師傅，你這是Arrow。」

「墊箱子的老貨來的。」

每每遇到這樣的對白，就猶如舊戲文裡虎符的出示，大家對上暗號了，自己人了。儘管一個是裁縫一個是客人，一個是領導階級一個是被領導的，但在那段特殊的年月，大有一種同是天涯淪落人，相見何必曾相識之感。

「老貨好！儂倒也講究的，Arrow襯衫穿穿。」

「沒有辦法呀！阿拉Green House，儂曉得的，進進出出的客人都是有頭有臉的，這點裝身的銅鈿，再怎樣也要花的。那時從歐洲回來，一訂就訂了幾打，一直穿到現在……」

「你們在Green House，賺也賺得多的……」

「那倒是的，阿拉拿的都是綠油油的美金，一件外國女人的禮服做好，篤定腳蹺起可吃一個月了……」

好像是在一九七三、一九七四年吧，他突然從店堂的櫃台消失了——那時的專用詞眼為：他出事了。倒不是因為沒有割掉資本主義尾巴，而是給人抓住一條大尾巴——與一個長他好幾歲的老客戶搞腐化給當場穿幫活捉。於是新賬舊賬包括早年去過歐洲幫宋美齡量過尺寸等，都放在一起算。

搞腐化這種罪行，傳起來最快，參與評審的熱心陪審員也最多。

上海人的圈子小小的兜來兜去都搭得上，女方聽講是舊時出名的漂亮的名媛，長他七歲。她嫁給一個美國留學生，一九五一年包了全層衡山飯店的婚禮，在圈子裡也屬一件大事——畢竟是人民政府時代，屬十分奢華的了。那時「綠屋夫人」還未合營併掉，聽講她當年的一襲婚紗，就是馮師傅主理的。不久她先生明升暗降給調到烏魯木齊某廠做技術廠長，也不知她何時與馮師傅開始「發生關係」的。

當場穿幫的是她女兒，即時一把拉住馮師傅去派出所，時髦太太羞愧難當，當晚上吊身亡。

見過那位太太的丈夫的人都說，她丈夫講是美國留學生，但多年外省生活弄得他一點噱頭都沒有，賣相著實不及馮師傅。

從此馮師傅似人間蒸發了，瑞金路上的房子也與人對調搬走了。

關於他的下落，有兩個版本：

一是他通過「黃牛」去了美國，靠著一手絕技發了財，將全家都接了去。

一是他去了美國黑了身分，給老闆關在車衣廠裡日夜做得一身是病。

（四）

從第一代上海白領先生算起，在近百年大時代的洪流中，在血污交纏的熊熊烈火中，白領先生的靈魂不斷遺失、不斷被打磨，歷盡繁華見慣滄桑，結晶成一條雪白乾淨的時光隧道，縱使被遺忘的過去蒼白無語，但歷史就是憑藉它們出聲。它默默顯示著上海人早有一個很現代的成功概念：知識可以致富。遺憾的是中國近百年的動盪，竟也難圓一代白領先生之夢。

不理如何，這些口操洋文西裝筆挺的先生們在上海灘，從未招來民怨和嫉妒，反而被奉為「先生」，即使在「文革」中也被稱為「臭豆腐乾」——聞聞是臭的，吃吃是香的，還是「老九不能走」！他們的舉止儀態一直是眾上海小市民仿效的楷模和樣板，年輕人奮鬥的目標，從而才有了上海人最有異於其他省市人的特點——從前稱為「小資產階級情調」，如是造就成全了幾代上海中產階層。

上海的中產階層，可講是全國最浩蕩、最有實力的一支。文化有兩種，一種是寫在紙上，一種是體現在人的行為中。中產文化，是上海一眾Arrow先生最偉大的行為文化的創舉，雖然這個階層在上海一度夭折，但是它帶起了港、台的中產文化的崛起。

有人形容成年後的移民他方，好像是一棵大樹給連根拔起，移植之後都不知能否種得活，就是活了，也不復枝繁葉茂，只是辛苦掙扎求存罷了。

曾在九龍旺角一幢四層高的戰前舊樓見到一棵樹，它有一米多高，它的根不扎在地下，卻是依附在二樓落水管邊的牆的裂縫中，不沾泥土卻枝葉翠綠，生機茂盛，堪屬奇

前國民黨淞滬警備司令楊虎公子楊定國與太太（原大中華橡膠廠家族的三小姐）與兒子攝於「文革」中。雖然穿上人民裝，我們仍可以看到這一家子在「文革」中仍很「資產階級」，這就是Arrow先生的「餘毒」。男人作為一家之主，對家庭文化影響舉足輕重。

景。

這頗有點似當年南下香港的上海Arrow先生。在香港長年三十度左右的亞熱帶氣溫中，他們仍堅持在領、袖口露出雪白的一截，開始人生征途的第二次衝刺。

郤利林，就是這樣一位南下的上海Arrow先生。

上海東方電台「立體聲之友」的老聽眾，應該都知道郤利林，由他每逢周一主持的「懷舊金曲」，已滿十年了。十年來，他每周一次用他的標準地道的上海話，從香港向他的上海老鄉們，介紹他窮一生的精力研究和收藏的經典懷舊音樂。他告訴我，他的收藏不少於一萬張唱片，如果每張唱片有十支曲，就有十萬支；因此播了十年，一半都未播到。

即使在自己家的客廳裡，郤利・林仍是衣冠楚楚，羊毛開衫裡，是我眼熟的那種老派的袖口蓋過手腕的雪白的襯衫。西裝褲寬寬筆挺地直垂蓋住大半隻皮鞋腳，只露出兩隻擦得鋥亮的三角形鞋尖。

「儂這是Arrow襯衫哦！」

「這種大路名牌，老早過時了，也只有阿拉老頭子才不介意。屋裡有點存貨，就穿穿。」

這位七十多歲的Arrow先生，堪屬上海先生中一個傳奇人物。他早年畢業於現址為上海市西中學的美國西童學校，一口可亂真的美腔英文，應該就是那時奠定的。卻利林的父親，是當年上海首屈一指的老牌廣告公司華商廣告的老闆；卻利林這個如假包換的小開，在早年上海灘，跑馬開飛機玩爵士樂，可講上天入地玩遍大上海了。

他十六歲時學會騎馬，並做過練馬師，迄今仍是香港馬會少有的會齡有六十年的金牌資深老會員，可享全免會費的榮譽。他還持有飛機駕駛執照，抗戰勝利後，做一個飛機師是當時無數上海青年的嚮往，他去大場飛機場私人拜師學開飛機，每個鐘頭收費兩千大洋，好貴呢！他曾想過投考空軍，但後來內戰開始，他不想打中國人，就此作罷。一九七八年他已四十幾歲，開始學習駕駛帆船，他和三個朋友合資兩萬多美金（七十年代這屬一筆巨款）買了一隻帆船，船名為Radio Sunshine（陽光電台），一面出海一面放音樂自怡，以此得名。他們的帆船在游艇會組織的賽事中，得獎無數，直到一九九八年他正式宣布退休。

關於他的故事，應該是另一個篇章了，某個角度看，他或者早已超越了Arrow先生這個層面，卻又總覺得，他在香港奉行的生活方式和文化，是地地道道的上海白領文化在香港的延伸。

他的菲律賓女傭，會炸一手標準的上海春捲和包上海肉粽。卻利林的待客之道，也是舊時上海人家必備點心待客的傳統。

「……喏，阿拉音樂聽聽，點心吃吃，老話講講……這樣交關樂惠！」他搓著雙手，講著一口原汁原腔的上海話。

「香港大半輩子了，你還這樣海派呀！」

「海派？上海人到了香港，可就一點也海派不起來了。五十年前阿拉從上海來香港，除了隨身帶的幾套舊西裝，啥都沒有；沒有路道沒有銅鈿沒有靠山，好得還有辰光——那時三十不到，年紀還輕，一步一腳，全靠自己走出來的。老實講，香港的市面，也全靠阿拉這批上海人打出來的……」

這位昔日上海含著銀匙出世的小開，看似一點無謀生自立本事，來到香港的第一份工，靠的竟是昔日他趕時髦學得的，吹薩克斯風之藝，在一家夜總會奏爵士樂。

「這是一份好工，人工高，又不吃力，只要夜夜西裝筆挺坐在那兒吹自己喜歡的歌；當時香港根本沒有好的樂隊，夜總會上撐市面的，還是舊日在上海夜總會的菲律賓人和上海人。」

後來他日裡已有一份很好的寫字間工，只因為他實在太出色了，樂隊領班不肯放他走，於是他只好日日寫字間下班後，再去夜總會上班。在當年，也屬頗反叛的Arrow先生。那段在夜總會演奏爵士樂的日子，令他對流行金曲有了新的認識和熱愛。一九七八年，他在香港電台建立了自己的節目：「Sunshine Oldies陽光懷舊金曲」，一九九八年，他將「Sunshine Oldies」移到他的網上。

說著，他得意地將我領到他的電腦前。

退休廣告人，爵士樂老玩手卻利林，從小就有playboy之稱。年輕時在上海，他玩爵士樂、跑馬，甚至玩飛機。1945年抗戰勝利後，中國飛行員在青年中成為偶像，當時只有二十幾歲的卻利林，自費學駕駛飛機，學費驚人，一小時學費相當現在一千元。這是卻利林當年在上海大場飛機場留影。

他脫去羊毛開衫，捲起一截白襯衣袖子，有點像愛撫似的，動情地擺弄著他的電腦，香菸叼在他薄薄的唇中斜向下，隨著音樂拍子微微顫動著，縷縷青煙令他微微瞇細著雙眼，顯得有點輕佻，卻又點到為止……音樂悠悠，那截菸灰卻始終沒有掉下來，似在癡癡不捨地等著曲終韻散的那一刻……

電腦裡正播放著那曲〈My Happiness〉（我的幸福），這首我襁褓時代就已聽熟了的舊曲，仍是那樣動聽，薩克斯風音色沉實，纏纏擾擾，欲拒還迎。

「所謂金曲，就是百聽不厭，」卻利林陶醉地欣賞著，「其實每支曲子都在重複某一曲式的旋律，只是不斷加入一些變奏的包裝，如小提琴、鋼琴，甚至

祖父是我心目中永遠的Arrow先生。因為他中西融通，洋派又傳統，幽默又嚴謹，為我們程家奠定了活潑開放、西方化又注重傳統的家庭文化；或許，這就是所謂的海派。祖父從來寵太太、妹妹、女兒、孫女……與當時男尊女卑的主流相比，簡直是一位西化的「女士優先」── lady first的紳士。圖為祖父與姑婆（祖父惟一的妹妹）和祖母攝於1945年抗戰勝利時，時年四十七歲。

混了電子樂器……因此你每次聽都有新意，卻又是不變的你熟知的旋律……重複。但又完全不一樣，重複之中作出一些變化，就像馬車小跑時的四蹄交錯起落，像詩的韻律的變幻……所以有人問我，卻利林，現在都是資訊年代，儂這種老掉牙的老古董樂曲總有一天要沒有人聽！我說篤定，上海東方台的『懷舊金曲』播了十年啦還有得播。你們搞創作的人都害怕重複，其實，重複也是一種藝術形式，因為有了重複，才有了形式和格調，才有經典之說。

所謂重複，其實是對靈感與思維的不斷反思！只有做生意的人，才害怕重複；他們老強調一個新，都像我這樣一台電腦用幾年，一件襯衫穿十幾二十年，他們就沒戲唱了！經濟的遊戲規則是強調新，但文化的遊戲規則，我想還是強調經典！」

卻利林慢條斯理地翻下他捲起的襯衫袖，拉挺袖口克付，扣好鈕扣。

隨著世界進入新經濟時代，都會先生的菁英概念，已由西裝筆挺的一簇轉為Yyup一簇，即為Yuppie（雅痞）、Young（年輕）、Urban（都會化的）和Professional（專業人士）。由矽谷吹來的IT便裝之風，吹掉了西裝領、袖處雪白的一截和領帶，代之是淺色全棉的敞開無領的襯衫和亞麻長褲上下呼應，再配一雙不太深的咖啡色帆船便鞋，頸上繫一條棉質的花頸巾——其實穿便裝遠非單單解下領帶那樣簡單，而是一種昂貴的樸素和精神的搭配。從中我們還是聽到了一個熟悉的主旋律——貴精不貴闊！

將結束本文之際，傳來西方又開始流行三件一套西裝，上班族又回復西裝革履，曼哈頓的銀行家和華爾街的金融專才的筆挺西裝洗洗刷刷又全部出籠了。那在領口袖口露出雪白一截的雖然不一定是Arrow，但城市先生這樣的經典搭配，已成型格，是一首永不會被人遺忘的金曲！

後門

後門，是上海都會風景線中一道很獨特的場景，如果站在摩天樓頂往下眺望，上海舊區的傳統民居弄堂片片赭紅的屋頂盡在視線之下，這或者可以講是，宏觀地看上海；如若你想從細微處來研究上海，那就去上海人家的後門口轉轉。上海人家的後門口，有點如汽車的後視鏡，上海人家過往的歷史蹤跡，都濃縮在這塊小小的倒後鏡中。

但凡人都著重做門面功夫，故而上海後門的裝飾、建築材料，都要比前門低調和簡陋點。上海人家的正室正房都在向陽的南面，朝北帶後門的一面都是浴室、亭子間或樓梯間，是住宅的輔助空間，但後門並不因此被忽視。相反，上海人家許多決策性的決定和重要交易，都是在後門口悄悄完成。後門口的被忽略和不受重視，反而成全了許多有轉折性意義的大事。故而上海人的「開後門」之語，確實可圈可點，比喻貼切生動。

中共一大開到一半，因為發現可疑人士，眾代表從後門撤出安全轉移，令大會得以成功完成，從而令中國歷史翻到嶄新的一頁。

聽一位老地下黨員講述白區戰鬥往事，提到找房子作活動據點，首要條件是，要先去後門察看一下，後門是否通暢，後巷不能是死弄堂。

對上海市民來講，後門與他們的生活，息息相關。隨便在街上抓一個上海人，叫他們講講自家後門的故事，都是一個個上海城市歷史的印跡。

上海第一批航空史上的空姐之一，今年已有八十五歲的鍾老師，一九四五年抗戰勝利時，已在錫正女中任英文教師，時值中航招募民航空姐，要求大學畢業或肄業，英文普通話流暢的二十四歲以下的女性。據云當時在四川路報名處，兩千多名年輕女性排成一條美麗的長龍，不少是從廣州、北京、昆明等地遠道趕來，最後從中篩選出八名小姐，成為中國民航史上首批空中小姐。鍾女士就是其中之一。

鍾小姐屬上海半新不舊的殷實商人出身，又是獨女。家中能供她上大學並成為職業女性，在當時已屬頗開明。但做一名空姐，且不說鍾家小姐為人端茶端水伺候他人讓老父面子上放不下，光那懸天八隻腳成日在天上飛來飛去，都讓家人放不下心。

然鍾小姐受不住藍天的挑戰，儼然給父母留下一封信，一早從後門溜走去中航報到。

問她為啥要走後門？

「後門便當呀！大清早四點鍾，我赤腳拎著雙高跟皮鞋，假癡假呆先到浴間轉了圈，拉一下抽水馬桶，就順著後樓梯一路下來，不必走過父母臥室，一腳來到廚房間，打開後門溜出來，才敢套上高跟皮鞋一溜逃出去……」她回憶著。

上海石庫門為上海最普通的小市民住宅。即使小市民住宅，前門也一點不肯馬虎：黑漆大門貼上紅紅的春聯，討個吉祥。門口堆著腳桶、竹椅等雜物，反而點綴出一幅生動的市井浮世繪。

中國第一代空中小姐鍾女士，滬江大學畢業後在錫正女中任英語教師。1946年適逢中國航空公司登報招聘空姐，當日她就給父親留下一封信，偷偷從後門溜出去北四川路報名，最後以「千人挑一」的驕人成績錄取。

我的一位早年投奔革命的遠房姑姑，據說當年也是留下一封信就此沒有回來過。她也是從後門口溜出去，不巧趕到剛剛起床在後門灶披間洗臉的老娘姨，問她為啥這樣早出門，她講胃痛去藥房買點胃藥。這一來，她連隨身的小皮箱都不敢拿，匆匆忙忙將箱子塞在樓梯下的柴米間裡，後來到底一直沒有拿走這只箱子。她曾任過上海人民廣播電台的領導層職務。

一九四九年元旦過後不久，我舅舅正在後門口與鄰居打羽毛球。那年他正在聖約翰大學化學系上大二，他另一個同學匆匆趕來，告訴他打聽到學校所屬的教會某主教手裡還有幾個美國華盛頓人學的獎學金名額，動員我舅舅與他一起去爭取一下。舅舅一時心血來潮，將球拍往後門口廚房間的骨牌凳上一放，就走了。待黃昏晚飯時回來，一切手續已辦妥。（注：舊時本身是由教會辦的如聖約翰大學等教會大學生去美留學，手續簡便，也沒有考托福之舉，幾乎可以直升美國大學。）

當時時局動盪，機票已很難買到。那日大早，舅舅照例在後門口鍛鍊身體，同學氣喘喘將機票送到，就是當天下午的。舅舅急忙上樓去收拾行裝，正趕上剛買好早餐的娘姨回來。外婆心疼地要他吃了早餐再忙，舅舅就這樣站在後門口的八仙桌邊匆匆咬幾口油條，到底沒有心思，放下吃了半截的油條三步兩步上樓去，兩個小時後舅舅就啟程了。那根吃了半截的油條，我外婆直到去世前提起，還是眼圈發紅。

待舅舅再回到這個後門口，已是五十年之後。當年英姿勃發的大學生已成波音公司一位退休工程師，此時外公外婆已雙雙作古，後門口灶間一溜排著四五只煤氣灶，在這裡閃回的都是一張張陌生面孔。惟獨後門口兩級布著青苔的石台階依舊，後門上方玻璃後那已鏽跡斑斑的如意形鐵鏤圖案依舊，舅舅甚至從斑駁的門框上找出當年他自行車後架擦出的一道劃痕。

歲月荏苒，人事百變，惟這扇後門，默默見證世事桑榆，向曾滋潤過的每一顆故人之心，慈祥地說「再見」！

關於後門的最淒慘故事，莫過於一家關姓人家。

關家住在西區永嘉路那帶中西合璧的新式石庫門弄堂已有好久，關先生早年留學英國習海軍，後在航海學校任教。據說為舊軍隊的海軍學校也上過課，解放初期在中學教英文，肅反時捉了進去，從此再不見他影蹤。

關太太也是中學教師，沉默寡言，一人拖著三個孩子。為節省開支，壓縮租金，將全幢房子一點點退出，後來就只剩下底層一間後間。好在後門口灶披間仍為其獨用，關家將其關出半間作衛生間，如是自成一體，不與他人有任何糾葛。

「文革」結束後，一些早年因歷史問題勞改的，相繼或平反或大赦回來了，惟獨關先生始終沒有回來過。

九十年代關家大兒子外面買了新房子。喬遷之日，關太太抱著張關先生在英國留學時的一身戎裝八寸照片上車。

車駛遠了，鄰里這才悄悄議論著，關先生在七十年代回來過的，當年南窗正對關家後門的汪老伯親眼看到關先生回來的：穿著一件破絮絮的棉大衣，拎著只網線袋。那是一個隆冬之夜，約晚上八點來鐘，那時的上海，晚上八點來鐘已屬深更半夜，弄堂裡空蕩蕩的人影都不見。

出於階級鬥爭弦繃得緊，更因為小市民八卦喜歡管閒賬的天性，汪老伯有心在窗簾後盯住他。只見他在自家那列住宅前門後門兜兜轉轉徘徊了好幾圈，最後在後門口佇立著。後門口灶披間小窗，罩著一層迷濛的水氣，閃著一抹蜜黃的光，窗後晃動著他日思夜想親人的身影。

他徘徊了一陣，瑟縮在陰鬱的牆角，遠遠地牢牢地盯著後門口那抹燈光，正所謂：家難歸，夢難圓。

二十年前，派出所來人叫他去一趟，他已知凶多吉少，當場脫下手上一隻勞力士錶、一枝派克金筆交給太太。此時第三個孩子還在太太肚裡，兩個大孩子和同學在前面客廳開學習小組做功課，為了顧全兩個孩子的尊嚴，他要求派出所從後門帶他走。當他決絕地在身後拉上後門時，他不知道自己還能否再回來。現在，他實實在在地站在自家後門口之時，竟再也沒勇氣跨前一步。望著後門口洩出的那暈燈光，他感到家人已習慣了沒有他的生活，當初失卻他的傷口至少已連膿帶血地結了痂，太太勇敢堅強地撐起這個家。他的出現，如同給這條剛剛駛入港灣的小舟陡增重負，他害怕推門而入時家人會投來的眼光！說到底，風雪夜歸人，歸來的不是英雄而是家裡的恥辱——那時稱「殺、關、管」分子。

所以，他選擇了離開！

我想，當他自家後門口那抹燈光熄滅之時，他的生命之火，大約也就在此時熄滅了！

據說後來，關家在改革開放後去勞改場打聽過關先生的下落，回音是他自刑滿釋放離開後就一直沒有回去過。

當初親眼目睹關先生在後門口徘徊的對面鄰居汪老伯早已作古，誰也不知道，最終，關太太是否知道，關先生已回來過了。

不論如何，當白髮蒼蒼、垂垂老矣的關太太在三個兒子簇擁下，捧著關先生那張八寸的、在英國全身白海軍裝半身像照片離去之時，我相信，關先生早已回到家人身邊。

上海人家的後門，有點像阿裡巴巴的滿蘊寶藏的山洞，只要掌握開啟它的密碼，一聲

上海弄堂後門，是一派生動的富有生命力的都會萬花筒一景。

上海的石庫門房前門，精工細雕的紅磚門牆和對稱華麗的拱形，其實是西方式的。石庫門的概念，其實來自歐洲意大利的創意。所以講，石庫門建築本身就體現了海派廣納百川的胸懷；西洋的裝飾，中式的廳與廂房環抱的格局相結合，並將中國建築的一進、二進，往空中發展，從而形成一上一下、二上二下、三上三下等不同面積的石庫門樓結構。

「芝麻開門」，全部原汁原味的上海民俗民生史，就會鋪天蓋地向你湧來。

有種說法，好像上海人「走後門」，是因為七十二家房客共居一樓，各自割據權霸一方；前樓封樓道，二樓隔掉樓梯間，只有後樓梯封不斷，因此上海人家都走後門。這話不無道理，但其實早在上海人家的住宅淪為七十二家房客前，上海人也是更習慣走後門。因為走後門更自在更方便，前門是西裝，後門是T恤。

說到上海的民宅經典，自然而然就想到石庫門。關於石庫門的話題近年已太多太多，對上海人來講，石庫門不僅僅是代表了上海民宅的經典，更是幾代上海人的精神家園。

石庫門本身，已是中西合璧。正如現今「新天地」一帶的成片石庫門弄堂，設計者是法國人。今日細觀這些弄堂的碩大的木質百葉窗，拱形的窗框，門頂上的精雕磚刻和裝飾，具有強烈的

上海弄堂的前門，已融入很意大利羅馬式的廊柱門框和西方的拱形造型和雕花。或者因為上海人家的前門是一貫的森嚴壁壘，因此雖經七八十年的時光蝕侵，仍能很好地保留下來。

南京西路1522弄，舊時為以外僑為主要住戶的高級花園式住宅。這是後門。就是後門的設計，也可看出十分講究，與全屋的風格十分一致。這種照顧到細節的設計，正是高尚住宅的特點。朝後門一邊的房因朝向不好，均為浴室、傭人房等輔助空間。

西方古典圖案元素在其中，再配上恪守中國傳統的正廳正室兩側東西廂房的布局，傳統的消耗空間的一進、二進、三進房移往高處，發展成為樓房，門窗也保留了中國傳統的格櫺式花窗配上西洋玻璃（考究點的有彩色玻璃）。這種中西建築風格特有的結合和相融相洽，正是海派文化最經典的演繹，從而令石庫門房子在上海成片成片地出現，並迅速淘汰掉上海本土本域的民宅——本地房子，取而代之，成為上海民宅的代表，並且開始影響到蘇、杭、寧一帶。

因為海派的納盡百川的胸懷，令石庫門房子如時裝，不斷吸收流行的時髦，不斷改良改進，三十年代上海租界地的石庫門房子，已注入了如盥洗設施、煤氣、壁櫥、花園等現代西方住宅設施概念。當時上海的中產階層白領菁英，大多住在租界地這樣的新式石庫門房子（又稱花園里弄的），獨家居住一幢。

一般這種洋房式石庫門房子，東西廂房已演變為餐廳和與正客廳呼應的偏廳，以應付同時抵達的兩簇互不相識的客人，客廳樓上朝南正間為主人臥房，東西廂房演變為主人書房和家人起坐間，惟有熟悉的至愛親朋，才有可能直衝二樓起坐間或書房。

即使是獨家住一幢樓的舊時上海中產人家，後門口也是成日洞開的，而且也習慣走後門。

上海人家後門的設計，實在是中國近代建築史一大創舉；建築的實體，可以講是反映當時的技術發展和社會流行的時尚，就像一件外衣；而建築所包含的空間，都是反映文化習俗的。

上海人家的後門設計，都是與灶間連成一體的，然後是後樓扶梯，為節省空間，後樓梯又陡又直，原意那是給下人用的，後樓梯邊是一間小衛生間，也是下人專用的。可以講上海人家的後門後巷設計，從一開始起，就帶有濃厚的階層意識。為什麼後樓梯後門是截不斷的，是因為營造商考慮到：在任何情況下，下人應該召之即來為主人服務，這就造成為什麼上海人家後門抵達全樓客廳各房都是不用穿堂越室就可以通行無阻。

雖然後門的設計帶有濃厚的階層意識，卻也派生出其合乎日常生活運作程序的合理性。

送煤球送米老虎灶送洗澡水來，從後門入方便利捷，不怕弄髒主人家的打蠟地板，與之敷衍招呼的，又是與之平起平坐的主人家女傭，大家腳碰腳。送完貨後順勢在灶間的八仙桌邊一坐，與娘姨吃吃豆腐龍門陣擺一擺，塵埃撲撲的雙腳在灶披間的洋灰地上自然放鬆地架起二郎腿，人與環境相襯相融，就是人最優哉游哉之時。

正巧這時，前面樓下客廳的大吊燈要清洗一下。年輕的娘姨發起嬌嗔：「阿發你來得正好，客廳那只大吊燈老老高，腳踏在大菜台上還搆不著，你人高，幫幫忙。太太知道你下午要送米過來，關照我請你搭搭手幫個忙……」

阿發喜孜孜地起身，習慣成自然地將一雙灰塵撲撲的鞋子脫在灶間與過道交接口，赤腳走過拖得溜光的滑的打蠟地板，進入客廳。

猶如公子小姐遊花園談戀愛，阿發小心翼翼地將一只只電燈泡摘下來遞給守在下面的年輕娘姨，猶如多情公子爬在樹上，採一束盛開的梅花遞給在下面關切地仰望著他的表妹……

一段時日後，小娘姨紅著臉向東家請辭要結婚了，就嫁給弄堂轉角那家米店的小夥計。

「咦，他們是啥時間開始軋朋友的？」長年坐鎮家中的東家太太奇怪了，沒想到姻緣就

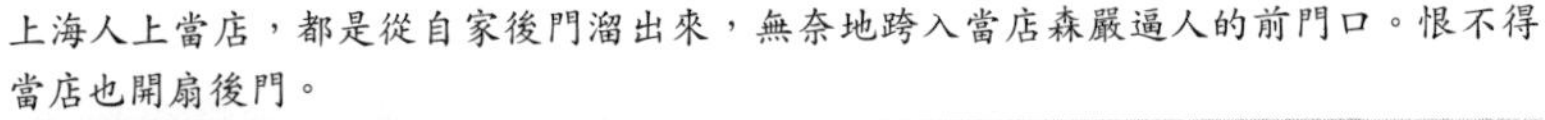
上海人上當店，都是從自家後門溜出來，無奈地跨入當店森嚴逼人的前門口。恨不得當店也開扇後門。

在自家後門口結上的。

老虎灶的老苦力挑著一擔滾滾的開水進後門口了，一面吆喝著：「開水來啦！」

舊時上海人家冬天洗澡，當時洗澡間裝炮杖火爐的不普及，一般都就近在老虎灶叫一擔水兩擔水全家洗澡用。

洗澡間通常設在二樓主臥室內。送水的老夥計穩扎扎地將一擔水從陡窄的後扶梯挑上去，進了二樓就除鞋赤腳進去。

上海人的中產白領意識，可謂已深深滲入各階層市民血液中。各人都深明自己的定位，哪怕老虎灶送水或米店送米的，進入他人居室主動除鞋赤腳，他們覺得是禮貌。就是吃女人豆腐，也只選個小娘姨小大姊，絕不會吃到人家主人家小姐頭上。

他們不會因此覺得屈辱，就是覺得屈辱，也至多回家敲敲兒子頭頂心：好好讀書將來有本事，住洋房，坐汽車。

可以講，上海人家的後門，在層層分

隔嚴密的社會寶塔層中，起著一定的緩衝和溝通的作用。它是親民的。

一些社會底層或從事服務性行業的人，如果要他們從緊閉著的黑漆大門正門口進入，穿過主人家高朋滿座的客廳，他們的自尊心，在兩種強烈反差的層次打磨衝突之中，必輾得千瘡百孔。走後門，他們的內心就會平靜得多。

上海民宅，最充分體現出上海長期以來所認可的獨特道德習慣和行為文化，傳統上的孔子儒家哲學，在上海民宅設置後門這一環上，也可見一斑。

今日上海住宅大部分沒有後門，遇上一些如鞋子不乾淨又不主動除鞋的送水、送貨等服務性人士，反而不好意思請他們除鞋，而一眾衣冠楚楚的客人，卻又主動爭相除鞋，已為都會一大矛盾！

西方人提倡自由平等，但恰恰西方人是最講原則而不講情面的，講科學合理性不講交情。

西方住宅的電梯，送貨和乘客絕對是分開的。有其階層性，更有其合理性，是由合理性才派生出階層性的。

上海舊時的西式公寓，同樣設有後門後樓梯，保姆房和保姆洗手間，一切設施都直通到廚房間為止，然後一門關煞。傭人們也樂得如此，可擁有一片自己的空間。

與上海舊時西式公寓大樓的後門相比，上海弄堂的後門，要親民溫馨得多，起碼沒那樣戒備森嚴，上海公寓大樓的後門，或因是封閉在大樓內不那麼安全，且鄰里之間都各不來往自成一體，故而成日是關閉的。

上海弄堂的後門，因為是開放的連著人來人往的弄堂，隔鄰來借個洋火要張繡花鞋鞋樣，「嗖」一下就可摸過來，因此，終日是敞開的。

後門口幾乎是上海保姆們的客廳，下午兩點來鐘東家午睡的午睡、上學上班的上學上班，中飯的碗洗好鍋刷好，準備夜飯又太早，一窩太太的冰糖白木耳在灶上焐著，四鄰的娘姨就集中在一起，三北鹽炒豆、香瓜子用手帕包著帶過來往八仙桌上一攤，就是一個熱熱鬧鬧的茶話會了。

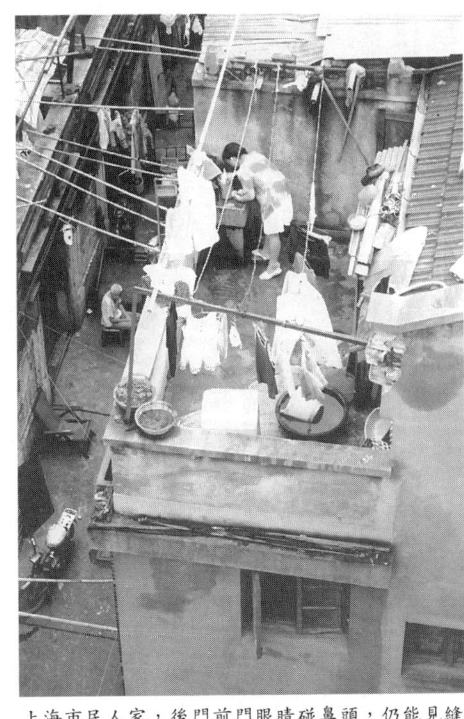
上海市民人家，後門前門眼睛碰鼻頭，仍能見縫插針，充分利用空間，構成一幅太平繪世圖。

猶記得七十年代中美建交後大批華僑回滬探親之時，在外公家後門口灶間一次保姆茶話會上也一石激起千層浪。保姆們談到近頭弄堂一個保姆，老公當年是做大司務的，解放前夕被東家一起帶到台灣去就此杳無音訊，鄉下老婆為生計，只好出來幫傭至今。現在老公尋到她了。原來老公後來去了美國開了餐廳，據講很有幾個錢。

「劉媽總算熬出頭了。老公替她鄉下房子造好，彩電四喇叭都買齊接她回去享福了。」

「聽講她老公老早在台灣又討好一個了。」

「哎呀，這也算了，你還指望她老公替她守節？想得到她還尋到上海來，接她回去享福，已算交關有良心……」

「呃，彩貞，儂老公不是也一早去了台灣了？或者他也會尋過來的……」

「我哪有這等福氣。說來也罪過，當年拿著隻醬油瓶去鎮上拷油，就給抽壯丁抽去了。算起來也要六十出頭了，討是橫豎討好了，也不想他回來了，只要他肯每個月帶點錢給我用用，我一把年紀也不用再出來幫人家做，我也心平了……」

講這話的彩貞阿姨，到底沒有等到她老公來尋到她，一年後患癌症去世了。

鄉下女人獨自一人來上海幫傭，孤身在外也是受盡委屈的，好在在後門還有一方她們自己的空間，她們暫時的一個家。

鄉下老公思妻心切，隔三五個月找個藉口就來上海看看幫傭的家主婆，順便也捎帶幾個錢回去作貼補，種田的總不及上海每月有固定人工好。

前門是斷然不敢去打鈴的，就是摸到後門口，若洞開的後門裡不見熟悉的那個人影，也不敢貿然伸頭進去叫人，只好就在後門口邊不遠抽支菸候著，運氣好的，遇著熟口熟臉的鄰里一聲：「哎呀，阿海你出來啦，鄉下還好嗎？秀珍曉得你來了哦？我幫你去叫她……秀珍，快點出來，阿海出來看你啦……」

運氣不好的，就只好乾等，終於看到弄堂拐角處家主婆挽著只小菜籃，與一眾保姆小姊妹款款走來，猛一眼看到自家老公，心裡一個歡喜，臉子上礙著眾姊妹的面，只是冷冷地：「儂哪能來了！」

在鄉下再逞男子漢，處處不賣賬的老公，一坐入家主婆東家的後門間，一下子就成了小綿羊，照著老婆指令在後門口天井的水斗洗臉洗手，一點都不敢違章亂矩。「肚皮餓嗎？早飯吃過嗎？」一面明知故問，一面已動手開始打蛋炒蛋炒飯了。

「吃……吃過一點。」他搭訕著雙眼卻直盯著那冒著蔥花香的油鍋。

女人在灶頭上靈巧地忙碌著，一面將鄉下眾家一一細問到家，並又不時似嗔似怒地插幾句：「……吃介快做啥，搶羹飯樣……又沒有人同你搶……」

男人捧著只藍邊碗悶頭扒飯，心裡是甜絲絲的，偶爾後門口走過幾個近鄰，也會同他敷衍幾句：「阿海又來了！秀珍弄點啥好吃的給你吃吃？鄉下好嗎？近來雨水多著點哦？……」

雖然坐在人家的灶間裡，因為有自家女人在操作著家務，後門口又常有鄰里走過與他閒聊，阿海覺得比自己鄉下的灶間更有家的感覺。

九點來鐘是後門口最忙的辰光，東家太太也快下來坐鎮了，阿海是識相的，肚皮也吃飽了，起身講去外面馬路兜兜。秀珍一撩衣襟，從貼身襯裡短衫裡摸出幾張鈔票朝老公手裡一塞：

「上海扒手好多，當心點。中飯外面買碗麪吃吃……大世界來了支紹興大班，去看看白相相……」

阿海小心袋好銅鈿，大世界還是不去了，家主婆一人在外，賺幾個銅鈿也不容易。踱去弄堂近頭那家老虎灶去洗個澡——舊時不少老虎灶就地取材，也經營浴室；店堂後用布隔出一角放只木桶，熱騰騰的熱水倒入蒸氣四瀰，暖呼呼地洗個澡也不錯，是專為一些如三輪車伕等貧苦大眾服務——再泡壺茶坐在老虎灶裡吹吹牛皮，下午四點來鐘光景大餅攤買角羌餅就著熱茶吃下，看看已是晚上八九點光景，家主婆忙乎得差不多了，起身走了。

「不再坐一息？」

「不坐了，夜了，回去了！」

上海弄堂後門。看來也屬中上等人家的後門，私家包車停在這裏隨時應主人召用。窗台下，娘姨晾著的搓衣板、腳桶還不及收進去。

回去了？回到那個後門口灶披間去，在靜靜的街頭想到它，也真有點回家的感覺。老遠看見弄堂裡一排排後門已關上，連帶後門外的木柵欄門也閂上了，後門口窗一片烏漆，惟獨一扇後門仍是敞開的，瀉出一片黃澄澄的光，就像那種叫「開口笑」的鄉下茶點，煎得油旺旺的表皮爆裂開，綻出彎彎的一條金黃，像煞一張笑盈盈的嘴巴。家主婆在等他。

灶披間後門一關上，家主婆就將後門口的八仙桌移向一邊，地上鋪鋪滿滿地攤上申報紙，頭頂著後門口腳抵著通穿堂的門，一床厚厚舒舒服服的地鋪就這樣打好了。

家主婆到底在上海做了十來年生活，生活細節開始變得講究令阿海越來越自慚形穢；只見她對著窗檯上一方鏡子，仔仔細細地將脖子、耳後抹洗了一通，空氣中瀰散著香肥皂的氣息。鄉下頭女人，除了做老師的那個女先生會用香肥皂外，就是在街上開南貨店的店王（紹興人稱店主為店王）家主婆，都不見得會用香肥皂。忙乎完了，又見家主婆往臉上厚厚塗上一層香噴噴的什麼油，聞入鼻中，惹得心癢癢的。這種香與他上次來的香，又香得不同點。

「不早了，瞓了。」

家主婆催著他。明早老清早就要起地鋪開後門的。上海人家的開後門，猶如店鋪的下排門板，過時仍後門緊閉，鄰里會以為出了什麼大事。

阿海不吭聲，只是將手伸入家主婆暖暖的散瀰著好聞的香氣的身子裡，上海的水土好養人，家主婆變得越來越水嫩，越來越陌生。

家主婆怕不當心有了孩子丟了這裡這份工，又怕東家不開心有嫌忌（上海人家習俗，不留夫妻雙雙過夜，以為不吉利），故而從不會與他一起過夜，並且只准他留一宿次日就要早早催他走。後門口灶披間此刻再溫馨再舒服，總歸不是自己屋裡。家主婆的襯裡短衫漂亮，是西式敞領的，還嵌著細細窄窄的一道花邊，料作薄薄的隱隱露出胸前深深的兩點……這件衣裳又是他沒見過的。

「是東家小姐穿下來給我的。」

阿海也顧不上這許多！

自從家主婆來上海幫傭，這幾年他們夫妻之間最多就是這樣抱抱摸摸，他們不敢大聲喘氣也不敢有什麼大動作。就這樣，惟有在遠離鄉下老家的一條陌生弄堂的後門裡，他們夫妻千里迢迢在此，才得以相聚。但這種感覺，一點不像夫妻相聚，有點像做不正經事，有點像在偷情，反正總有點邪火氣。

每當後門口外有嚓嚓的腳步聲走過，家主婆就要驚恐地「噓」一聲：有人，有人。樓上有什麼響動，家主婆也會全身像繃住樣突然發硬……「太太要下來了……」

這種邪火氣感覺令阿海那按捺了有好幾個月的激情越發亢奮不可止，家主婆明白自己對他的開放已臨極限，及時抽身而脫。否則，一發而不可收，萬一給東家撞到，那真是件大事。她將老棉襖一套，嚴嚴實實扣上每個鈕扣，對鏡抿齊頭髮，轉身後樓梯上去回自己二樓亭子間去。

做什麼都要付出代價。

家主婆從上海時時帶銅鈿回來，他們付出的就是這個代價。

迷迷朦朦中，灶披間燈又開了，亮晃晃地直刺雙眼。窗口微微泛成灰白，家主婆起身下樓了，一面催著他：

「快點起鋪，我要生爐子了。」

三下兩下收起地鋪，將申報紙整整齊齊疊好，後門就「蓬」一下打開，清新寒冷的早晨驅走一夜間積澱下的氤氳氣，夾著絲絲生煤球爐的煙焦氣。原來六號後門也開了，一只煤球爐剛剛燒旺。

「秀珍，早！」六號裡娘姨張媽笑得好狡黠。

拎著鼓鼓囊囊一網線兜秀珍平時一點點買好攢起來的上海洋貨，腰包裡剛剛袋入秀珍這幾個月的工錢，阿海又覺得自己好運得很……那點代價，又算得了什麼！

順手將後門腰門閂上，至於成扇後門，就此要一直開到天晚啦：一陣送牛奶的、送報紙的、送中藥的、東家小孩上學的，都會像穿龍燈這樣進進出出呢！

挽著小菜籃與老公雙雙走出弄堂，少不得又與一眾娘姨小姊妹寒暄幾句。

「阿海走啦？不多白相幾日呀！」

大家口是心非地敷衍著，都是做娘姨的，難處心裡都明白。東家最忌諱鄉下老公出來，既怕娘姨做事會分心又怕鄉下來人手腳不乾淨偷東西，即使只是局限在後門口，東家仍會覺得不順眼。最好的辦法是盡量減少逗留的辰光，及時在他們發火前從他們的視覺和聽覺範圍內消失。

如是發了一場春夢，短短的迷迷糊糊的還來不及回味，又要走了。上海人家一道後門雖然日夜洞開，卻也鎖住了多少娘姨的青蔥歲月！

人們現今都覺得鄰里關係疏離冷漠，不如舊時，實際上不完全對。一直以來，上海弄堂住宅層次越高，鄰里關係就越冷漠，惟獨在它們住宅背面的後門，卻不存在這種界別。這種在同一住宅樓內相距不過十幾米距離而同時並存的、兩種截然不同的住宅文化，大約也惟上海才有，再次證明了上海寬大的胸懷。

正因為上海前門文化與後門文化的截然不同，便常會出現這樣有趣的情況：前門口兩家的先生對面不相識，至多是只有點頭之交；後門口兩家的太太卻是無話不談，特別兩家的孩子，那就更不用說啦，放學後書包一扔，就開始在後門口跳橡皮筋、踢小皮球、打玻璃彈子……

前門外圍牆內，推開法式落地玻璃窗，小花園景色靜謐，景致優雅，畢竟不是小孩子耍玩之地，惟後門口那塊空地，雖然正對著對過人家的前門圍牆，但場地闊落，與鄰家之間沒有隔離，在後門口叫一聲小夥伴名字，即可以一呼百應，只要留神著不要把小皮球踢進對面人家前門花園圍牆，篤定可以玩個天昏地暗。算著差不多時間各自的爸爸該下班了，「嗖」一下後門口溜進擦把臉定下神，爸爸看入眼的，仍是他的乖乖兒斯文女。

上海人家的後門，滿載著代代老去的孩子的回憶。

每日放學從後門口進去，已見到姆媽或外婆或老保姆忙碌的身影，那個年代，慈母的形象，總是和灶披間重疊在一起，而絕非現代人所想像的「成日圍著鍋台轉」那樣簡單和

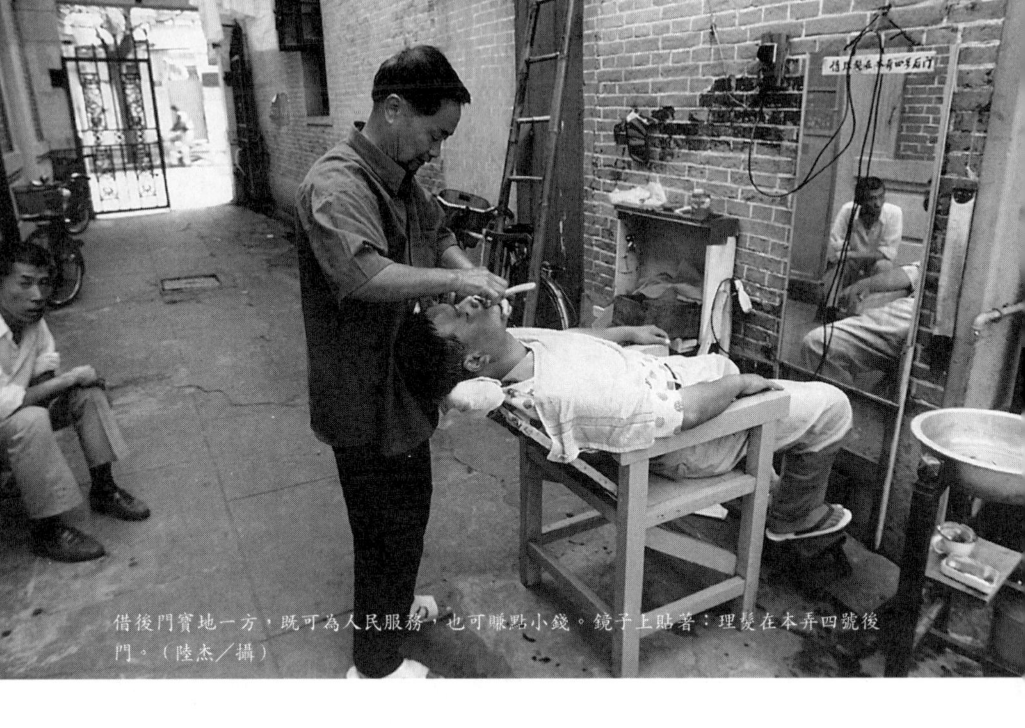

借後門寶地一方，既可為人民服務，也可賺點小錢。鏡子上貼著：理髮在本弄四號後門。（陸杰／攝）

乏味。

下午四點來鐘放學時分，肚皮正有點空空的，正好這是廚房間「花頭」最濃之時：剛剛煮好的桂花糖芋艿或者紅棗赤豆湯，已在候著我們，如果前面客廳正好有客人，那就更是小孩子們的造化，一客生煎饅頭或四只蟹粉湯糰是十拿九穩有得吃的。

碰巧今日廚房忙，點心來不及做，也不會掃興。灶頭上正在氽鮳子魚，金黃香脆的趁著還未澆上汁料，先撈幾條站在爐邊熱灼火燙地，嘗幾條——什麼叫近水樓台先得月嘛！

後門口的黃金時光，就是小孩子們放暑假之時，那時幾乎一放下早飯碗，就開始在後門口玩。

最開心時，是送冰塊的黃魚車來了。

我們少小時，電冰箱尚不普及，一般中上人家，都用一種沒有電源的冰箱，外形如同冰箱，膽裡內壁是軟木，每日放一人塊機製冰入去（好像五角一塊），效果與今日冰箱相差無幾，只是沒有製冷設備。麻煩的是每天要等送冰來。

冰塊有只小茶几那樣闊，用黃魚車送來，上面蓋著蘆席，濕漉漉地一路帶著涼氣，每每駛進弄堂，小孩子們就會興奮地追逐著，爭著去撿散落的碎冰，一旦這些冰塊進入自家冰箱，興奮之情也就不在，然後等著下一次的送冰。

冰塊都是從後門送入——後門的功能再次體現，一路濕漉漉地滴在粗糙的洋灰地上，然後送入裡間的廚房準備間。

上海人家的後門內，空間雖小，且位子朝向永遠欠佳，用材也相對粗糙，但設計心思，一樣巨細無遺，細節上特別周到。

一般中上層弄堂住宅，廚房部分都分裡外套間。外間最近後門口的是設爐灶之處，真正的灶上操作重地。上海人後門口終日洞開，其中一個原因也是為了油煙氣容易從後門口散去不會逆灌。

裡間的準備間，設有搪瓷面料的水斗，並放置菜櫥碗冰箱等，牆南面就是主樓的餐廳，牆上一扇可開合的小窗供傳菜用。不過一般除非宴請，這扇小窗口是很少啟用的，一般家常三餐，不必如此興師動眾。

小小一間準備間，雖然仍屬後門口的範圍但令後門到前門有一個過渡，減少了嘈雜的廚房對客廳

上海後門，是一個公共客廳。大人小孩乃至小狗，各得其所，樂在其中。（陸杰／攝）

餐廳的影響，也幫助提高和保證準備三餐的效率。

準備間一般都通天井，考究的天井分前天井和後天井，分別裝兩只水斗，供洗衣用和拖地洗痰盂等用。水斗水池一律用水門汀（水泥）砌成，與廚房的雪白進口搪瓷質水斗截然不同，以區分煮食用和清潔用兩個區域。這種緊湊、高效、科學的西方空間布局概念，都能充分地在上海中產居民住宅中體現。乃至一般人覺得不入流的後門空間，細節設計都如此到位周到，東方巴黎上海的繁華，可以想像！

後來住宅變成七十二家房客時，小小一間九平方米的廚房準備間，都可以分配給一對新婚夫婦。聰明能幹的上海人，牆紙四周一貼，天花板上裝上吸頂燈牆角安上落地燈，四十八隻腳的捷克式全堂家具一擺，天井上搭隻棚作獨立衛生間廚房間，舊時傳菜用的小木窗釘死外面裝上玻璃門，就是現成一只小小裝飾櫃，裡面可放一瓶XO酒或一套西式茶具。雖然只住著後門口一間灶披間，小日子卻也過得樂樂惠惠精精緻緻，講起來還是上隻角高尚地段。這就是上海人。

舊上海女人中的經典，根本與月份牌上裝腔作勢的女人是兩回事。

上海人家的前門，是屬於父親和客人的；上海人家的後門，是媽媽和近鄰近親的，前門是陽剛十足，後門則陰柔溫和。

說到上海女人，十有八九，是與自

家後門融為一體。說到老上海女人的經典，從來就覺得根本不是那些舊月份牌上裝腔作勢的女人，那是現代人想當然而臆推出來的。

真正老上海女人的經典，是經後門歲月積澱而神，經灶間的油煙錘鍊而精。哪怕是上海中產階層的主婦，也是如此千錘百鍊而成。

她們通常梳著只扎扎實實的髮髻，不施脂粉，但一對眉毛必修得整整齊齊，雪花膏勻得整張臉光潔照人，所謂頭面整齊，就是這樣了。她們家常穿一身寬大的不顯身體曲線的深色旗袍，腳上是一雙玄色繡花鞋子，腋下垂著沉甸甸的一串鑰匙——上海先生們就是這樣，哪怕外面再風流再浪漫，一串鑰匙永遠只交給老婆不會交給外頭女人，胡天黑地到半夜三更，總歸也會悄悄從後門口溜回家向老婆報到交人。

老上海女人約分兩大類：職業女性和家庭婦女。前者可以講與上海的後門文化渾身不搭界；後者，卻可以分為住家婦和主家婦兩種。一般講，住家婦屬十指不沾陽春水的大戶公館人家太太或好吃懶做的女人，她們成日耗在麻將檯上客廳裡戲院裡，從不會涉足後門區，一應交由下人娘姨打理。

主家婦就是，朝九晚五坐鎮在後門口如男人坐寫字間樣；冰箱裡還有多少隔夜剩菜，最近買米送煤球的是什麼時候，上個月黃家送來的那隻火腿還吃剩多少……一一心裡都有一筆細賬，哪怕屋裡已請了三四個保姆，她們仍不理寒冬酷暑，定時出現在後門區。這裡是她們施展的舞台，享受自己權力的機構，給予她們一份扎實的安全感和方位感。

大約百分之九十五的老上海女人，屬這樣的主家婦，不理先生是剛剛擠入中產一族的經理副理，還是仍在苦苦掙扎的小白領小老闆，對後門口都持一份永遠的不離不捨的依戀。上海人稱這樣的女人，通常不是太太女士們，而是「某家姆媽」。

說到上海女人的稱謂，可以講分隔嚴謹細致：小姐與大姊，娘姨與姨娘，太太和愛人……不要說一字不可差，連帶讀音上有小小走樣，都隱隱蘊藏著一層對出身、地位和教養的敏感意識。這些經嚴密分類的層次，上下層之間根本是互不融滲而獨立存在的，如是層層復層層如拿破崙蛋糕，全靠各層之間薄薄的那層奶油黏住，勉強湊搭成一個鬆鬆散散的整體。在諸多林林總總的上海女人稱謂中，惟「某家姆媽」這個稱謂，是和「媽媽」一樣可以超越層次的：一如那黏住層層疊疊千層的奶油，一如老上海不論華廈美樓還是本地房子都有後門一樣的道理。

一聲「某家姆媽」，很市井很世俗，猶如永遠沾滿油鹽柴米，一日三餐之氣的後門間，卻自有種熱絡、親切、長年相知不見外之情在內。

一聲「某伯母」，似乎只限於客廳的交往，而一聲「某家姆媽」，就有一種可以直闖後門，或者走過後門口，常會得到一只剛煮好的香珍珠米（嫩包穀，即玉蜀黍）、一把菜市剛買來的熱騰騰的沙角菱的自家人親情之感。

和一世青春耗在後門間的娘姨不同，上海的「某家姆媽」們同樣將一世時光耗在後門口，卻是樂在其中。因為有了她們，家裡後門口，永遠有種祥和豐足的氛圍瀰散著，特別在準備晚飯時光，但見香氣四溢熱氣騰騰，簡直是喜氣洋洋。

現今稱讚一個完美女人，通常用「入得廚房，出得廳堂」來形容，我們祖母外婆那輩的「某家姆媽」們，其實已經做到了。

她們在後門口出蟹粉、紮粽子，既可以與娘姨談談越劇名伶戚雅仙畢春芳，也可與鄰家的張家姆媽劉家姆媽拉家常——稱到「某家姆媽」都是小孩子叫小夥伴的姆媽，於是，大人也跟著小孩子叫，就這樣叫出來了——後門口就是她們的社交廳堂，是住家與社會溝

上海改造城區，後門歲月離我們越來越遠，但上海人會懷念這段雖然擁擠，仍覺祥和的後門生活。後門，會在上海城市近代史上占重要一筆。（陸杰／攝）

通的窗口，許多他們的丈夫在客廳在寫字間難以啟齒的尷尬事，各位「某家姆媽」們都可以篤悠悠地在後門口化解。必要時，她們也會穿上灰背皮草與丈夫雙雙坐上三輪車應酬走親戚，一樣大方得體。

「某家姆媽」們中，也有丈夫事業有成，出人頭地的，既然仍稱為「某家姆媽」而不是「某夫人」或「某太太」，說明她還是成日坐鎮在後門口。

伯祖母就是很典型的一個「程家姆媽」。

伯祖父程慕頤早年留學日本專攻「細菌學」，有「中國微生物之父」之稱。他創辦了上海首個由中國人開辦的化驗所，魯迅先生的有關自己病的日記中，也多次提到「程慕頤化驗所」。

知識就是財富。他因此發財，

先後在高尚住宅區置業多幢，然出身蠶家的伯祖母，仍日日在後門口與一眾七八個娘姨一同勞動。

一度伯祖父與早年留學的女同學關係密切，曾另置房產與其同居在外，伯祖母也不出聲不抱怨，日日在後門口打理指揮一個有三房子媳包括一位九十歲老太太（我的曾祖母），開個飯要坐鋪鋪滿滿兩隻圓檯面的大家庭。

到伯祖父晚年，倦鳥知歸，他回家住了，伯祖母仍日日坐在後門口「辦公」，直到「文革」開始房子變成七十二家房客，後門口原先寬敞的灶披間被多國部隊割據，她才撤離。不久，她就去世了。

近日，參加一個名為「上海故事」的樓盤小區設計方案競標討論會，一位西安籍的在法國留學歸來的中年建築師，竟然已能敏銳地抓到上海人的「後門」情結，並將其注入到這個「上海故事」的小區樓盤設計中，從而一下子令整個「上海故事」就「上海」起來。我立時投了他一票。最後這個設計方案奪了標，當然不一定是僅因為這個「後門」概念，但我投這一票，確確實實是因為他開了後門！

看到那扇後門靜靜地、低調地、不張揚地守在房子背後，很自然地讓我聯想起兒時浴後，帶著一身裕華藥水肥皂的清香，額頭擦著一抹雪雪白的痱子粉，就開始竄流在各家後門口招呼小朋友出來白相。弄堂裡瀰散著啥人家院子裡梔子花的香味，還有伸出竹籬笆的迎風搖曳的夾竹桃，屋頂上青磚砌成的煙囪邊，棲息著的灰鴿……那才是一種很有質感的老上海的回憶。

白相

上海方言「白相」，自然上海人都明白，內有「玩」的意思，然再想深一層，其內涵遠遠不是「白相相」那樣的簡單，內中很有點虛懷若谷、海納百川無所謂的海派哲學在其中。

從前舊上海有種「白相人」，看似成日紡綢短衫金掛錶悠悠哉哉不務正業；要緊關頭，大到請大亨黃金榮、杜月笙出來講句把話將事情擺擺平，小到某暴發戶做壽辦酒唱堂會，想請個把伶界紅角或當紅電影明星來助興，就要上門三顧茅廬，勞動這班白相人了。不過稱為白相人，總歸還屬小角色，跑跑腿而已。

白相人不同流氓，他們想來要斯文點講道理點，雖然黑白兩道都熟絡，但立出來總歸還是表面上光光鮮鮮的，否則，誰夠膽自己送上門去與他們打交道？

白相人作為上海的老式方言，今日已聽不到，連帶它的附屬派生專用名詞——白相人嫂嫂，亦不復聞。

總覺得上海舊時方言十分形象生動，點到為止，且層次嚴密。一樣是蔑稱女人，今日上海人翻來覆去只有一句「十三點」、「神經病」、「鄉下人」，最多加一句「素質太差」，再不，就是五個字七個字的滬罵脫口而出，傷人傷己。

舊時蔑視某女人腔調粗俗無教養，輕輕一句「這個女人像個白相人嫂嫂」，已是很重的

這種設在上海小街小巷、弄口弄尾的菸紙店，富有驚人的生命力，從上海男人拖長辮子時代，一直開到二十一世紀的今日。這種小雜貨鋪店主夥計會計供銷都只一人，頂多再加個老婆，俗稱「夫妻老婆店」，富有家居溫馨色彩。今日無零錢？沒關係，哪日方便再彎過來。你老婆生好了？兒子還是女兒？喏，集成痱子粉買一罐回去，小毛頭洗澡要用的……鄰里放工回來洗好澡，光著上身來買包白金龍香菸，就勢拆開來吸一支，倚著櫃檯和老闆吹吹牛皮，談論天下大事。一支香菸也抽好了，牛皮也吹得差不多，一聲「有空再來白相」。可見，菸紙店也很好白相呢！

了。「白相人嫂嫂」、「流氓嫂嫂」和「亭子間嫂嫂」，都是舊上海對下三流女人的蔑稱。亭子間嫂嫂的蔑視程度相對最輕，小市民一個的意思，想想看只住著一幢弄堂房子最差的部位——亭子間，其經濟狀況社會地位也是有限的，少不得斤斤計較，與人爭爭水費電費公用部位；白相人嫂嫂一般八面玲瓏，見人講人話，見鬼講鬼話，熱心又多事，閒時夾支香菸手裡捏把瓜子東家前門進西家後門轉的那種，在她們嘴巴裡，袁雪芬的過房娘是她的舅媽的表姊，周璇昨天剛剛與她的一個表嫂一起吃夜飯；流氓嫂嫂就兩樣點了，粗聲大氣毛著喉嚨，臉孔一面紅一面綠，不小心惹犯她就苦了，什麼老鄰居老街坊老主顧，一律沒有面子給的那種女人。

現在回過去想想，舊時白相人的工作，頗有點像現在的公關工作，主要是做協調聯絡，憑藉手裡的一點關係與人方便，與己方便，力圖把一些眼看要弓張弩拔的衝突，化解在飯桌上解決。從社會學角度來看，這其實是化解社會矛盾和冤氣的十分有效的一種方式。只是當時的白相人大多文化水準低，多為與江湖草莽人物為伍，缺乏一種科學的足以固定自己和關係人物地位和號召力的應行管理法，導致敲詐欺騙手法頻生，從而也破壞了白相人的形象。

由此可見，單是一個「白相」，已可以引申出如此複雜的一個社會族群，可見「白相」兩字，實在不簡單，不僅限於「玩」的意思。

從字面看，「白相」兩字，「白」，有種低成本甚至無成本的意思在其中；「相」，含交流、溝通、觀察，更強調視覺的感受。因此，白相，雖然一個「玩」的意思，說得文化一點，是休閒消遣，但用「白相」兩字傳達出這個訊息，就帶有十分傳神的上海式休閒。

舊上海少山少水，除了一條渾濁的黃浦江，自然風景與周邊的蘇杭、南京、無錫，根本不能相比。但上海有的是十里洋場見怪不怪的各道風景，租界地殖民文化與本域文化相糾相結的什錦西洋景，這注定上海人的

在老石庫門房裡嘗西餐，是今日上海一種新白相。

白相，休閒養心在次，看熱鬧開眼界為真。上海人最忌諱的一句罵人話，倒不是罵娘，而是「鄉下人」、「阿屈死」，這對上海人，簡直是奇恥大辱，等同人身攻擊——上海人怎可做「屈死」！因此，上海人的白相，立足於「白」，以最低的開銷，重在一個「相」，觀察市面，領略行情，這造成上海人對任何新鮮事，都會一窩蜂，生怕外面已是沸沸揚揚自己卻木知木覺翎子也不接！

其實，休閒文化，是人類行為中最高層次的一種活動，而上海人的休閒，一度是帶動全國甚至整個東南亞的領頭羊。中華民族的休閒文化，可謂源遠流長，早在七千年前的黃河中下游的彩陶文化，還有近年在青浦朱家角出土的鏤孔透雕的陶十，已顯示了父系氏族社會的休閒文化水平。只是到了近一二百年，上海在西方文化經濟的衝擊下，生活節奏加快，生活指數陡升，那種如《山海經》中記載的〈九歌〉等女樂三萬人，終日鐘鼓鼎鳴的盛大士大夫式的慶典，反而已不合適有「東方巴黎」之稱的上海。

上海居住密度為全國之冠，又因為上海人善於精打細算的個性，上海人的白相，貴精不貴闊，所謂「窮白相」，一個「窮」字，有用盡、盡興的意思，也有最低成本的意思，不排除有「窮開心」意思在其中。

（一）

說到上海人的白相，大約分沙龍式和市民式兩大類，但彼此卻並不是陣營分明，這是上海的最大特點。上海一直較全國相對有西方民主意識，這除了上海的租界文化影響，更

早在三十年代，精明的上海商人已開始用電車身做廣告來促進消費。因此就是蕩蕩馬路，上海人也可收接到各方訊息。

是因為上海生活每一個環節都是帶著濃厚的經濟條件及市場運作法。白相在上海，早已被商人轉化為一種消費方式，一種娛樂市場。在商言商，商人只認錢不認人，鈔票到位，路路可通，鈔票前面人人平等，這對當時仍處封閉落後的其他中國外省市，已是一大進步。從中可清晰地看到，海派文化其實就是遵循著上海市場的需要，不同於既定框框，反應靈活，人人都想參與一場能夠表現自我風格又追得上都市時尚的遊戲，來者英雄不問出處，只要放下入場券的銅鈿，就可盡白相不動氣。

白相南京路，是最典型的上海式白相。上海人又稱「蕩馬路」，後來演變為「數電線木杆」。這主要是因為在極左思潮下，上海市場供應奇缺，上海人再海派，無奈手中缺鈔票又缺供應配給券，馬路嘸啥看頭，只有數電線木頭！

蕩馬路，是上海人最熱衷的休閒白相，而且真正是白之又白，只要你腳勁好，盡白相不動氣。

1914年登陸上海的先施公司，是上海首家附設餐飲娛樂的具西方概念的購物場所，包羅萬象，並打破中國傳統店鋪不講究購物環境、店員也一律是一領灰布長衫的學徒的沉悶老法服務，率先在上海引入女店員以吸引顧客。位於頂樓的先施樂園不時放映歐美電影、歌舞來吸引上海人，是上海普羅大眾心目中的樂園。

上海南京路，有「中華第一街」美譽，是大上海時尚的櫥窗，特別四大百貨公司先施、永安、大新和新新在南京路上爭妍鬥智、費盡心機。不但令十里洋場顯盡浮華炫眼，更在「顧客就是上帝」的服務下，令一眾弄堂房子裡的小市民連同外省市人在這裡，都意識到了自己存在的價值，被一口一聲的「先生」、「小姐」，叫得暈陀陀，是重壓都市生活中小市民最好的安慰。

在南京路上，只要你衣冠整齊——不用時尚摩登、考究名貴，只要乾淨整潔，不論你是誰，都會受到禮待。當然程度有所不同，但至少是笑臉相迎。因此，白相南京路，滿足人性渴望受尊重的天性，再加上南京路上花花綠綠甚有看頭，所謂公平參與，自得其樂，這正是娛樂所需的最基本條件。十里洋場南京路，以其廣闊的空間和斑斕的色彩吸引著上海人有事無事、隔三差五就要去

「大馬路」跑一次，感受一下大都會的氣息，做一次名副其實的上海人。

百貨公司本是西方概念，中國的商鋪哪怕是上海的名店如老介福、老九綸等大商號，也多以獨沾一味為宗旨，甚少有綜合百業。包羅萬象有為經商的目的，四大百貨公司在南京路上的明爭暗鬥，造福了上海人大開眼界，白相得盡心盡意。更重要的是，為了競爭，四大百貨公司的經營範圍早已走出百貨，如一九一四年一馬當先登陸南京路的先施公司，附設東亞飯店、東亞酒樓、先施樂園。位於頂樓的先施樂園，不時放映西歐美國電影、歌舞及中國各地娛樂節目，自然吸引大批上海人去白相相開眼界。

一九一八年與先施對門而立的永安公司，「你有張良計，我有過牆梯」，為免被先施比下去，也要使些新招式。它除了也設旅社酒樓，還有七重天遊樂場之外，它還是全國首間裝有「日光燈」的商店。一時，這種長長燈管的，白熾熾亮澄澄的摩登玩意，引來無數上海人開眼界。至少，公司人氣旺了。

一九二六年第三間百貨公司新新百貨公司在南京路上登台亮相，它的殺手鐧是，上海第一間裝有冷氣的大樓。

一九二六年，冷氣對上海人，還是極其稀奇的，炎炎夏日可以白白享受一個清涼世界，這真是不可思議。於是，又引來一批又一批來白相的上海人。

一九三一年的大新公司，即後來的中百一店，一九三一年正式開業，是四大公司中的小弟弟，但規模一點也不比前三大公司遜色。為了突出自己新形象，它首先推出「電動樓梯」，在三四十年代，這種電動樓梯是極先進的西洋科技，生怕被人罵「屈死」的上海人，自然又爭先恐後來見識這全國、甚至全亞洲第一道的電動樓梯。

都講上海人喜歡一窩蜂，這是有遺傳基因的。死穴就在，怕人家一句話：「……啥？

（右圖）看紹興戲、看滬劇，因為語言接近，故事情節通俗易通，因此在上海仍擁有最多觀眾，也是上海市民階層最享受的一種消閑方式。

（左圖）舊上海當年滬劇公會一份先輩圖。上海人，永遠記得給自己帶來無限歡樂的演員們。

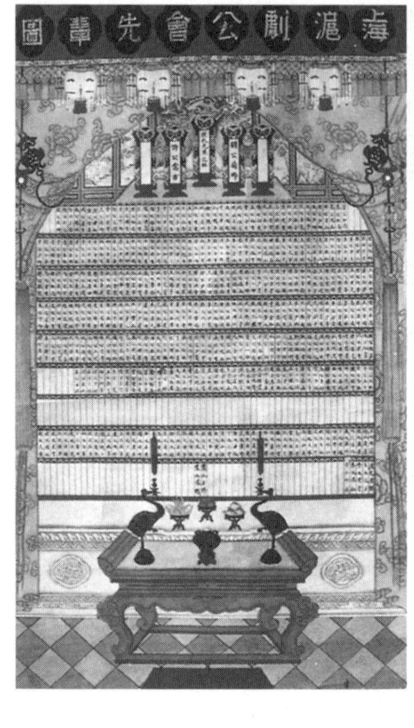

連這個也不知道？真是屈死、阿鄉……！」

時至今日，上海人趕白相金茂、東方明珠、大劇院、恆隆廣場等，也就是這種心理：不一定進去花多少錢，或者最多去金茂凱悅飲一杯橙汁，東方明珠、大劇院裡去兜一圈，恆隆的櫥窗逛一逛，見識一下那嚇人的標價，免得被人一句：「……連這個都不知道？阿屈死！」面子也沒有了！由此證明，白相在上海人，重在見識學習，上海人聰明，想來與這種特定的休閒文化有關。

中國傳統的休閒，是孵茶館聽戲，高雅點的是琴棋詩畫，哪怕遊山玩水，也只是吟詩作畫，都屬封閉室內的；惟上海人的蕩馬路，白相南京路，是全開放式的。確實，四大公司作為南京路的鎮山之寶，間接帶動了上海的時尚文明，引進了不少西方新事物、新管理、新民生，影響了幾代上海人的一生，是上海人人生旅途中不可缺少的一道風景，上海遊子他鄉難忘的一個情結。所以講上海人白相南京路，其意義幾倍於一個「玩」字。

南京路是上海人的精神家園。南京路是上海人心目中的凱旋門，你只要在南京路上能踏入一隻腳，不論擁有一個商鋪還是一家公司，或者一張寫字檯一個位子，哪怕是一個常客（包括白相相不花錢看熱鬧的），你就是一個有頭有面的上海人了。

白相南京路，上海先生更在意其內裡，茶樓餐館、戲院舞廳，上海先生來到南京路，多多少少要用脫幾個銅鈿；而上海女人白相南京路，不論是腋下吊著條花手帕的勾肩搭背的工廠小姊妹淘，還是腋下夾著漆皮皮包身穿皮革目

上世紀三十年代的上海南京路。白相南京路，從來是重壓下的上海小市民最好的慰藉。上海人走在南京路上，有種「與主同行，我必不缺乏」的安全感和滿足感。

中無人的公館太太小姐，卻更在乎外部，就這條人來人往的南京路及沿馬路的花花綠綠的櫥窗。上海女人白相南京路，可真的是「白相」，英文叫 window-shopping，只看不買的多。上海南京路，可以講是為上海女人而設的。

如果說，在三十年代前，白相南京路，尚屬上海人不分層次、老少皆喜的劃一休閒節目的話，其實從三十年代起，白相南京路已開始慢慢地轉化為小市民式消遣活動。

上海人白相，很講究一個「白」字，為了吸引多點人氣，商家也在一個「白」字上大做文章，力求做到，讓客人出最低的消費，達到窮開心的目的。四大公司那種設遊樂場、餐廳的策畫，其實就是針對這種心理。

白相南京路，似已成上海人的定時指定節目，不分層次地位，它的重要性已不在於消費及商品種類，南京路似已成上海人的宗教殿堂，上海人定期定時來禮拜她，因為有了南京路，上海人有種「與主同行，你將一無所缺」的歸屬感和安全感！

雖然稱為「中華第一街」，南京路，舊稱「大馬路」（今限定為南京東路），其實是十分平民的，平民到人人可以享受「白相南京路」之樂。與中國歷來的士大夫菁英文化不同，創出資本主義市場化的西方，其實一直是以平民為主流的，特別是美國，因為沒有那些貴族士大夫的歷史包袱。因此它的市場對象，堅持以普羅通俗為主流。稱為「十里洋場」的南京路，自然有很大的平民性，而平民性，正是海派文化的特點。

在上海這麼一個貧富懸殊生活壓力沉重的都會城市，市民渴望有個舒適輕鬆的空間透口氣，南京路，正提供了這個需要。以前的中國傳統店鋪只提供消費者的購物需要，而南京路上的商家，對顧客心靈的滿足也十分重視，五光十色的櫥窗布置，抒情的背景音樂，貼心的服務，令人忘記日常黯淡擠迫的居住空間，無聊刻板的工作時光……這些都是白相

南京路人的心理嚮往！

南京路是一條紅塵滾滾的欲望大道，也是上海人朝聖的麥加聖地。

然而到了上海三十年代，上海的市場已顯出成熟和多元，特別世紀初負笈歸來的留學生及一批接受西方文化薰陶的教會大學畢業生，他們的消費行為，帶有強烈的個人化傾向，不屑隨大流，與小市民為伍，更強調個性和身分。那種密集式大批量生產產品為主的百貨公司，已不合他們需要。

而南京路不斷往西開拓，一直延至靜安寺。因為開發較東段遲，其建築及商鋪布局，自然更顯現代。著名捷克建築師鄔達克設計的極富現代感的國際飯店和大光明電影院，是南京路西端現代化繁華的標誌。

由鄔達克設計的國際飯店，有亞洲第一高樓之稱，是上海都會走入摩天樓時代的一個標誌。它在南京西路上的矗立，催谷了南京路西端的現代感和白領化，並將上海人的傳統消閒文化，推向一個嶄新的里程。

正如前段所提，到了三十年代，一批精明的商家已發現，過於平民化的百貨公司，已不能滿足一部分上海新興中產一族的需要，這批年輕的、西方觀念十分強烈的消費群雖然數目不多，但他們的消費力萬萬不可忽略。於是，一系列講究購物環境、度身訂做、單件生產的商鋪，逐漸出現在以人民公園為界的南京西路上。而南京西路上慢慢建起的，較南京東路要現代新式多的公寓式住宅，如大華公寓、德義大樓、花園公寓、南洋大樓、平安大樓、重華新村、靜安新村等等，它們的沿街地鋪及遷入的居民，更是催化和加速了南京西路的中產化。

三十年代初希特勒排斥猶太人，一部分選擇了東方巴黎上海再展鴻圖，南京西路上不少店鋪，包括時裝店、咖啡店、精品店，都出自這些歐洲猶太商人之手，難怪瀰散著濃烈的歐陸中產之情；著名的有來喜德式西餐店、凱司令西點店、綠屋夫人時裝店、ＤＤＳ咖啡店、康福皮鞋店、波士登皮包店、Atrs & Craft家具店……都是拒人千里之外，對顧客寧缺勿濫，客路界定在外國人和西化上海人（壽頭壽腦的暴發戶都不接待）。後來珍珠港事件突發，日本人占領上海租界，一應這些外國商鋪的外國老闆都被抓進集中營，這些鋪店大都由外國主子的上海親信繼續主管，他們的參與管理，更令這些店鋪帶有強烈的海派之風。

同樣的原因，在法租界淮海路，一些舊時的白俄、歐洲猶太人，也在這裡開拓了成街的中產品味商鋪。這裡不多嘮叨。

由於經營宗旨的不同，因此造成同一條十里洋場南京路，東段與西段的客流和經營，相差很大，越往西越洋氣，越往東越平民化。甚至連同一家公司，東鴻翔與西鴻翔，大凱司令（南京西路西端）與小凱司令（南京東路尾），價格、貨品和客流，都有很大不同。

為了突出身分象徵，南京西路的商鋪不少。一般上海好人家，是不會去白相大世界，這是得到好多老上海親友證實的。以前的上海青年大學生，都不去大世界白相的，更不要講專業人士寫字間先生。女人白相大世界，更被視為「亭子間嫂嫂」、「白相人嫂嫂」一族。奇怪的是，大世界遊客卻以女性為多。白相大世界，是相當平民化的一項休閒活動，連名伶，都不會在大世界掛牌。

據說當年大世界門票為小洋兩角，就可到內中各劇場觀戲，看雜技變戲法，還有彈子房、京菜館小吃店等，真正好白相。入場券開得低，自然人流雜混，三教九流都有。老闆不理，來的都是客，盡白相不動氣，兩角洋鈿納盡各路上海人來白相，旺丁旺財何不樂而為之？因為市場定位是小市民，大世界的白相節目，也就充滿小市民之氣，如文明戲、獨腳戲，還有紹興大班，據講幾百座的小場子，總是夜夜客滿。另外，大世界還設有各種變相的博彩賭博節目，押注的有聽頭裝香菸、花露水、花洋襪等，很迎合小市民對「外快」的驚喜之情和滿足感。再加不論輸贏，攤主總會贈上門票一張，明朝再來白相過。

白相相會中獎，白相相有外快撈，何不常常去白相相。

上海小市民，三餐溫飽之餘

總覺得從前的上海馬路沒現在這麼多人，連三教九流、蛇龍混雜的大世界門口，似也是冷冷落落的。上海人俗語「賽過白相大世界」，形容熱鬧玩得盡興的意思。可見「大世界」在上海市民中固若金湯的形象。

這張照片攝於十九世紀末二十世紀初。兩個世紀前的城隍廟九曲橋，雖不如今日那樣修得明豔亮麗，但我們仍可感到一種優閒雅致的士大夫之風，很吻合中國園林的本色。

就揣著那幾個小銅鈿出來白相相，誰也不想花了銅鈿買白眼掃，在大世界白相用不著守那麼多規矩，出來白相相嘛，就是要隨隨便便，鬧鬧猛猛；在大世界白相，完全是自由開放的，有食有看、看掌算命、賭小錢，喜歡什麼就駐足欣賞，大嘈大罵，粗口與菸頭痰沫橫飛，似乎很可怕，卻又令人亢奮。大世界是個平民夜總會，令人身在其中，無拘無束。

上海小市民，哪怕你再蔑視他們的行為再看低他們的品味，有一點你不得不承認，相對上海的沙龍休閒，這批上海小市民是娛樂市場一支龐大的消費隊伍，難怪大世界老闆黃楚九有這樣一句名言：南京路上人山人海，只要每人賺到他們一角洋鈿，那就發財了！

對上海小市民，豈但四大公司和大世界要吸引他們去白相，連向來只向文人墨客招手的江南園林，一到上海，也少不得要沾上點紅粉脂香，才能生存下去。

據悉從明代中葉到前清中葉，上海造園林的風氣甚盛，相繼出現了半淞園、張園、愚園、露香園、辛家花園……但上海畢竟是發展最完善的商業大都會，由於地價最貴，生活指數高，到了清末民初，私家園林靠幾個不會經營的遺老遺少，已漸式微。

一八八四年購得張園（俗稱張家花園）的無錫棉紗大王張叔，到底是經商有道，深明光靠石山竹林、亭台樓閣，吸引不了遊客，便率先開放張園，售門票一角一張，並將該園由二十餘畝拓展為七十餘畝，又造了西式廳「安愷第」，遊客可以在此喝茶進餐，跳舞宴客，一改張園舊主那士大夫式的老氣橫秋，很受一般趨新厭故者歡迎。為吸引遊客，園中百戲雜陳，還有老虎、豹、猩猩、孔雀等供人觀賞。後來逢到節假日，門票更售至一元一張。

張園比武，更是張園活動中一個金字招牌。一九〇九年，霍元甲約自命不凡的西洋大力士奧皮音比武，就設在張園。據記載，是日園

（右圖）福州路上的天蟾舞台專演京劇。

（左圖）京劇流傳到上海，落地生根為海派京劇，廣為上海市民喜愛。圖為四大鬚生之一馬連良和李玉茹合演《烏龍院》。

清末民初上海灘的新玩意——看西洋鏡。看客只需花一分洋鈿，一隻眼睛透過箱前裝有凸透鏡的圓孔，就能看到箱內各種已被放大的西洋畫片。由於收費低廉，玩意新鮮，一時頗受小市民歡迎。看西洋鏡，應該是看電影的前身。

內萬頭攢動，群情高昂，只是後來奧皮音不敢來了，逃之夭夭。但為了不令觀眾失望，霍元甲還是親自登台表演了一番武藝，全場呼聲雷動。

張園之名，上海婦孺皆知，就是今日老上海一提「張家花園」，都能憶起當年盛況。

花一角或一元門票，場面可以做得如此之大，當然挺合乎上海人的白相心理，一時其他園主如「半淞園」園主沈志賢，也效仿張園開放營利。為獲利潤，主人在此開設多種娛樂場和店肆，如湖中泛舟，草堂品茗，每壺一角，可飲二至三人，夠便宜。為迎合洋派趕時髦上海人心理，園內除傳統素菜館、中餐廳，還有西餐館，西餐正宗不正宗不得而知，但至少可以動動刀叉開開小洋葷，也算見識一番。據講園內還有彈子房、跑馬場、照相館；秋天有菊展，端午賽龍舟，過年放焰火，人群擁擠，熱鬧非凡。當年只對文人騷客開放的園林已徹底商業化了，否則，就沒有人來白相了！這是上海白相文化一大改革。

只是後來，上海的休閒文化發展多元，這種單一的遊樂場式的白相，已滿足不了一般上海人的需要。再加上此時，不少由近代西方經營方式管理的娛樂場所如夜總會、舞廳、影院、夜花園、九重天屋頂花園等紛紛開業，再加上海急速都會化，地價日漲夜升，還有戰亂，園主們細細一算，如此辛苦經營不如炒下地皮。於是，紛紛出售地皮闢地經商，當年令遊客趨之若鶩的名園，今日已蕩然無存，往日輝煌，只留在今日的路名中：愚園路、張家宅、半淞園路……惟一座豫園，歷經戰亂動盪，仍風采不減。

作為上海碩果僅存之一的園林豫園，之所以仍能屹立不倒，其根本原因在其徹底的平民性。正如俗語所講，小孩子甩甩丟丟，反而易養大。

豫園位於城隍廟內。上海人講白相城隍廟等同白相大世界，只是城隍廟無論從設施到檔次，一度與大世界「脈也不好搭」。如果說大世界還是小市民白相的勝地，那麼城隍廟更是挑夫小販聚集之處；街頭藝人、燒香敬佛的善男信女、地痞流氓、窮苦貧民都糾集在這裡，大約是上海最市井的場所。長期浸潤在其中的豫園，或者正如甩甩扔扔的窮人的孩子，反而富有強盛的生命力。難得的是，置身在這樣市井濃厚的城隍廟中，豫園的原汁原味的老城廂氛圍，反而成了今日她的亮點。當一眾曾不可一世的上海老字號娛樂場所面臨著一個洋又洋不過外國人、土又土得不原汁原味的尷尬嚴酷問題之時，豫園因為它濃厚的老城廂味，反而成了海外遊客最喜歡白相的地方之一。

（二）

上海人會白相，在全國也可數數的了。上海人會白相，窮有窮白相，富有富白相，井水不犯河水，皆大歡喜。

打彈子，即西方人的「撞球」，上海人又言「打綠台」，原是洋人們的高尚休閒活動。一張綠呢雕工精細的橡木彈子台本身有多昂貴，還有黃楊木的球桿，打彈子特定的裝束——西裝背心和雪白筆挺的 Arrow 襯衫——這一切注定打彈子是十分昂貴的休閒活動，一點也不好白相。

上海早期白相打彈子都是洋人，還有少許吃外國人飯的高等華人，一般都在外國的私人會所或俱樂部裡，才有這樣的設施。上海人稱打彈子為打綠台，就是因為那是一張鋪著羊毛綠氈的講究的橡木身大台桌，那是一種身價顯貴的白相物事，自然惟有外國一些私人會所才有這樣的設置。

一些洋派的上海有錢人不服氣，如「綠屋」的上海顏料大王吳同文，在他要求鄔達克設計的公館中，特別指定底層大門進去，就是一間彈子房，專門招呼朋友白相。

上海人天生有「人生而平等」的民主意識，特別隨著西方文化在上海灘已成代表時髦的代名詞，這種打綠台的洋白相物事，誰都想沾沾手見識一下。

精明的商人覺得這是一盤生意，不失時機地在南京路、北京西路等鬧市或時髦人集居之區，開出以小時收費的彈子房，只要花點錢，誰都可進去開開洋葷，白相一下這時髦洋物事。發展到後來，連大世界和半淞園這樣的大眾遊樂場，也開設有彈子房供大眾娛樂。

一時打綠台有如今日的白相保齡球，成為一種時尚的休閒方法。

上海一眾小八臘子一時也不服氣，上海灘上什麼白相都要見識一下嘛，大家白相相呀！

於是，在上海一些窮街窄巷，竟也會露天街邊，赫然擺著一張舊塌塌的、灰塵撲撲的、綠氈都泛色的綠台，恰如一位流落風塵的千金小姐，已被歲月摧殘得面目全非，任一班赤膊赤腳、嘴裡「赤那赤那」的穿木拖板的上海男人，伏身玩個痛快。他們的手法，對遊戲規則的認真，一點也不會輸給那些穿緞子西裝背心的彈子房裡的上海先生。

這就是上海人的窮白相。

正如有正宗有大興（仿製），有原裝有翻版，反正你有你檔次，我有我白相，就像恆隆的名牌專賣店與豫園小商品市場的假名牌，青菜蘿蔔，各有所愛，大家同為大上海子民。

有種叫「康樂球」的遊戲，玩法與打綠台十分相似，康樂球是解放初開始在上海流行的，其玩法和設備，要比打綠台簡便得多，不知是不是綠台的一種勞動人民化的改革？

社交舞，也是上海人白相得翻轉的一種娛樂。

清末民初的上海，社交舞屬十分高尚和正式的上流社會和洋人的沙龍社交，因為跳社交舞需要敏捷的樂

儘管進入新世紀，上海傳統皮影戲仍深受郊縣市民歡迎，仍有人熱衷白相皮影戲。

感，有一定的對西樂的認識。當時上海市民家裡一般收音機、留聲機極少，因此不大有機會接觸西洋音樂。再講社交舞場，講究燈光設施樂隊水準地板質量，除一些外國人出入的高級會所及有錢上海人公館，上海市民莫講白相跳舞，要見識下都難！

可以講，一直以來，舊上海先生的消遣應酬，除打麻將吃吃花酒，聽書看戲，跑跑風月場所外，就別無他選。這種古老的應酬方式，已不能再適應年輕一代留過洋見過世面的新一代上海商家或寫字間先生需求，且這樣的娛樂方式與洋人太格格不入，一定程度上，也阻礙了歐美商人與上海人談生意。到了二十年代，商人又找到了一門生財之道——開設跳舞場。

上海首間跳舞場是何家，筆者還有賴各位讀者指點。但有點是肯定的，當社交舞從私人會所及私人沙龍下凡到民間落地生根之時，她原先的貴氣和傲氣，也如仙女下凡樣消遁了。

成立於一九三三年的百樂門舞廳剛剛開張時，規定男士必須穿禮服。可能老闆很快就發現，過分強調遊戲規則，反而自斷財路，因此後來很快就取消了這道規矩。大門八字開，笑迎天下客。

為了吸引客源，老闆自然也講貴氣，但那是十分豔俗的包裝而已！百樂門是當時全上海僅有的有兩層舞池的舞廳；樓上是五彩電光玻璃舞池，樓下是百米超大型彈簧地板舞池。華燈初上時分，霓虹燈砌出的百樂門輪廓下，車水馬龍，人潮匯流不息，傳出悠揚的爵士樂旋律；為了達求有原汁原味的爵士感覺，老闆郁格非，還重金請了菲律賓樂隊，並且不惜工本專程去美國購訂最新爵士樂譜。據云在百樂門開業之初，不少教會大學的playboy式大學生，就是衝著這支爵士樂隊去百樂門的，可謂當年上海灘爵士樂的發燒友和

建於1933年的上海百樂門舞廳，可謂東南亞夜總會之冠，是上海三十年代流金歲月的經典。初開張時，「百樂門」講究層次，規定男士必穿「踢死兔」禮服，長衫外需套馬褂才能入場，後來老闆發現如此規定將客人擋在門外，自斷財路，故而實行改革：大門八字開，廣迎天下客。

同為中華第一街南京路，東段以氣勢取勝，西段——南京西路則以閒情迷人。以高級住宅公寓為主體建築的南京西路，沿街店鋪也是以這一簇住戶為主，再加上三十年代前後因受希特勒迫害而逃亡到上海的、富有經營經驗的猶太人，紛紛選擇南京西路上的商鋪再展鴻圖，令南京西路充滿濃郁的歐陸風情。圖中的花園公寓（左）和南洋大樓（右）是十分典型的英倫住宅建築。它們沿街商鋪，都是以中產為對象的精品專賣店。著名的令老上海難忘的有藍棠皮鞋店、綠屋、波士頓皮件店、DDC咖啡店……逝水流年，它們的名字，卻一直在老上海心裡占一個位置。

擁躉。後來，老闆覺得請菲人樂隊成本太貴，便改請華人樂隊。同時，為了迎合最大眾的舞客需要，樂隊也有意挑一些小市民諳熟的小曲或國語時代曲（流行曲）作伴舞，無形中為社交舞的普及，推波助浪。但百樂門的身價，到了四十年代，已有點「俗」了。

百樂門是有舞女伴舞的。

在舊上海，但凡有舞女伴舞的舞廳，一般仍算不得沙龍式的舞廳。惟筆者曾在〈洋盤上海開洋葷〉提及過的，位於今平安電影院底層的「曼德林夜總會」，是不設舞女的，客人須自帶舞伴，而且一應餐單侍應招呼都用英文，價錢倒不相差太遠。想來，那就是市井與沙龍那層薄薄的、卻又堅韌的屏障吧！

說到舞女，據講上海籍舞女，多揚州人，或者因為揚州自古煙花地，再者揚州產美女，相對上海十里洋場，家境貧寒又沒有文化的揚州女孩若想攀上枝頭做鳳凰，來上海做舞女，是一條看似最現成也最容易的路。奇怪的是她們都講得一口甜糯的蘇白，於是蘇州的秀嗲加上揚州的媚嬌，令上海舞女，名噪全國。

再看深點，會發現一個令人思索的現象，其實上海舞女中，真正是上海本域的，少之又少。據一九四七年上海舞場一個抽查資料顯示，上海舞女中，人數最多的是省港籍的，當時登記的已有二百零三人，然後是白俄和菲律賓人，而其他上海舞女中，又以揚州籍為多。想來上海城市經濟發展成熟，社會上供女性就職的機會比外省市的多，特別上海多紡織廠、針織廠，需要一批龐大的勞動婦女隊伍；此

南京西路陝西路口，為上世紀三十年代後開闢和延伸的商業大街，與南京東路相比，這裡的住宅設計極富現代感，是上海現代繁華的標誌。此為上海著名的建於三十年代的現代公寓南洋大樓（左）和平安大樓（右）。

外，如女店員、女理髮師、女電話接線生、女侍應……只要有點文化、在上海土生土長有點人事關係的，上海女孩找一份自食其力的工作並不太難，一般不大會走上這條風塵之路。所以上海舞女中本地舞女不多見。

舞女也須跑碼頭。

在舊香港舞場，卻多是上海舞女撐場面的，或許一來因為遠來的和尚好念經；二來做舞女畢竟不光彩，寧可遠走他鄉改名換姓。

上海舞女南下香港還有一個重要原因。一九三七年「七七」事變後，日軍侵占上海，雖租界地尚未禍及，不少上海人為求安全，紛紛南下逃往英屬地香港求機會，其中有大批經營夜總會舞廳的老闆和舞女也就隨之南下了；同時，也帶去了五彩繽紛的上海舞廳文化。

據說香港首家中國人經營的舞廳，是由一姓葉的華僑開設的。原先，場內只有單調白燦的日光燈，沒有絢麗變幻的燈彩，後來受了上海舞廳經營者的啟示，才懂得加強燈光效果。

上海之多省港籍舞女，可能因為香港多外國水手集聚，水手上岸自然要尋歡作樂，因此省港窮苦女孩吃風月場這碗飯的，年代比上海要悠遠。其實早在一九一〇年，香港西環已開出全國首家女子茶室，中國第一批女招待，應是誕生於香港。南國女子受教育機會沒上海女子多，因此較易走上這條路。特別一九四五年二戰勝利，正如〈洋盤上海開洋葷〉一文所講的，大批太平洋戰場的美軍取道上海駐留等戰艦送他們回老家，由於美軍中有不少華裔只會講廣東話不諳國語，香港舞女聞風紛紛北上掘金。她們天生廣東人，在香港地又會講幾句英文，與一班美國兵特別華裔兵同聲同氣，還可以認親認鄉，一時搶了不少上海舞女的生意。後來美軍撤了，她們就留下來了，但走了大主顧美國人，在舞林之國上海，廣東舞女始終排不了第一，除非她已徹頭徹尾滬化了。

一九四七年，上海籍的香港白相人，有「香港杜月笙」之稱的李裁法，在香港北角當時仍屬十分荒蕪的七姊妹區，造了一所足可與上海的高級夜總會媲美的俱樂部，名為「麗池花園」。這裡的設計，用盡了上海灘的銷金窟的奢華和好萊塢片《出水芙蓉》的炫麗，日間是盡顯女人曲線美的游泳池，晚上則燈紅酒綠，成為舞池。這裡的舞池，幾乎清一色是上海南下的舞小姐，對象也幾乎是清一色南下白相或洽談生意的上海大亨。

其實早在一九四五年，一個外國人已率先在香港開設首間有現代化西方氛圍的舞廳，選址特別在香港的南京路中環，取名也特別，為「百樂門」。不過不知為什麼，大約香港人畢竟為中國人，寧可接受不洋不腔、華洋交融的白相遊戲規則，也不吃外國人那套洋規矩。這個外國人開的「百樂門」，空有個百樂門的海派名字而缺乏老上海的餘韻流光，因而也一直不及那個香港上海白相人李裁法的「麗池」名氣響，還是白相不過上海人。

特別到了一九四九年，大批有資金有專業的上海大亨南下香港，上海舞女們，也隨之南下去找她們的老交情、老客戶去，此時香港舞林，一概都是上海人的天下。

當上海人從上海白相到香港時，海派魅力強烈地衝擊了香港傳統的、珠江三角洲餘韻濃厚的休閒業。以前香港的休閒娛樂，呈兩極分化：一面是西人和本地大家族的沙龍式休閒；另一面是，平民性自發的大笪地式娛樂，「大笪地」在廣東話原意，是指大片空地的意思。香港的大笪地休閒，成形之初，只是附近居民吃過晚飯來這裡乘涼、聊天，然後開始人潮越來越多，開始吸引不少小販、江湖賣藝者，隨著都市發展影響，形成有吃有玩的平民遊樂場。與同是平民遊樂場的上海大世界相比，不論規模架構，還是設備活動項目，

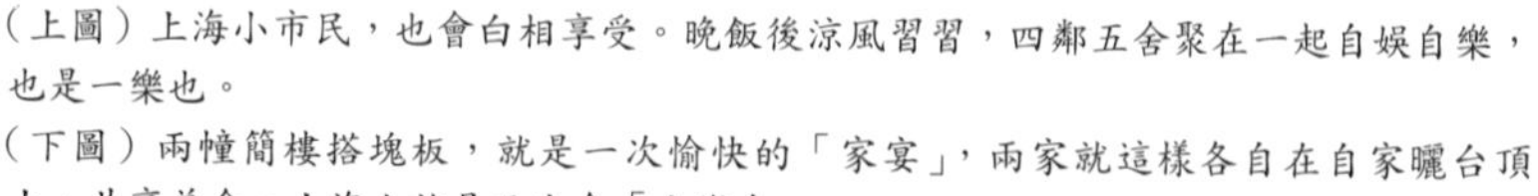
（上圖）上海小市民，也會白相享受。晚飯後涼風習習，四鄰五舍聚在一起自娛自樂，也是一樂也。

（下圖）兩幢簡樓搭塊板，就是一次愉快的「家宴」，兩家就這樣各自在自家曬台頂上，共享美食。上海人就是天生會「小樂惠」。

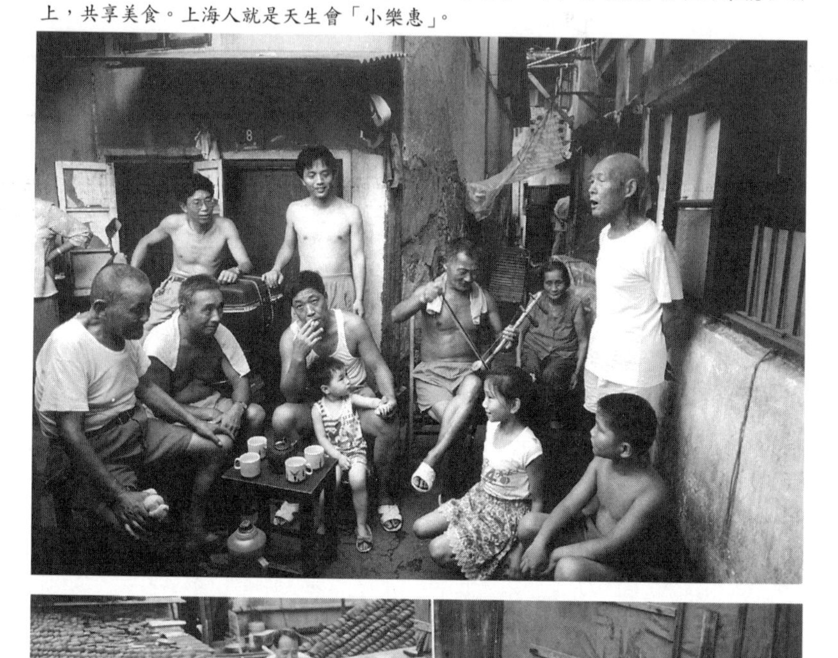

相差好遠呢！上海白相文化的衝擊，令香港人開始模仿，用海派包裝去包裝當地的休閒文化，再注入西洋元素，漸成港式娛樂，如用粵語唱上海流傳開的國語時代曲，用七彩閃光的燈光效果營造紙醉金迷的豪華……可以講，港式的娛樂文化，完全是先由上海人在香港白相開的。

不理如何，滬港兩地的夜總會娛樂文化，在一定程度上，取代了以前單一鬥牌飲酒的古老商業應酬，一定程度上，推動了滬港兩地的對外貿易。由於以前歐美商人與中國人的消遣文化相差太遠，因此往往無法直接與中國人溝通社交，而舞場夜總會的興起，令外國人可以與中國人直接一起白相，應酬談生意。這類地方雖被人稱為「銷金窟」，也有人稱之為「英雄地」，皆因為，各路黑白英雄，都愛在這裡尋找機會。一時，豪客的揮金如土及舞小姐攀上枝頭做鳳凰的神話，時時在創造著都會傳奇，成為上海人飯後茶餘講白相的資料。

一九九九年情人節前，香港報端爆出一段十分感人的花邊新聞。

九龍鬧市油麻地，有點類似以前上海的金陵東路八仙橋一帶，多為小市民喜歡消費娛樂的集中之地，有間經營了已有五十來年的舊式歌舞廳，專做茶舞生意，近年已近式微，全靠一些懷舊熟客幫襯勉強度日。

所謂「跳茶舞」，也是上海人帶去的。即為一般餐廳利用下午二時到晚上六時、晚上九時至凌晨一時這段餐廳淡市，開放給顧客跳舞吃茶點，收費較便宜，見縫插針做生意。

這個時段，一般老人比較有空閒，再加收費又便宜，因此多老人幫襯，所以伴舞樂曲，也都是些懷舊老曲，反過來又更吸引老人參加。為節約成本，薄利多銷，茶舞廳每位只收幾十元的茶點錢，供應茶水和一些花生米小食，另有過氣歌女和半老徐娘伴舞助興。

伴唱的歌女歌譜架上，夾著張張百元紙還有金色的千元紙，是跳茶舞的舞客打賞的，自有人喜歡打腫臉充胖子，做一下闊佬的。這種海派脾氣也流傳到香港。而據講這家不合流的過氣茶舞廳，還真有幾個五六十年代威風過的上海大亨是這裡的常客，雖然今不如昔，仍不甘寂寞，要麼不出手，一出手就是五百一千。

其中有一對上海常客夫婦，從這家茶舞廳開業，就晚晚來跳舞、白相，五十年沒有中斷過。聽講這位先生舊時在上海灘是做廣告生意的，太太是上海舞女，五十年代初是香港上海白相人李裁法的麗池夜總會旗下的紅舞女，兩人就是在麗池相識，然後結婚成家。七十年代那次股票黑潮中，先生幾遭滅頂，遠遠離開多是非的香港上海人圈子，靜靜地過著平民小百姓的生活，惟獨每晚都要伴著太太來這裡白相至半夜。這大約是過往燈紅酒綠的夜生活留下的最後一道，也是再也改變不了的一道餘光。

兩人舞姿了得，什麼「恰恰」、「阿哥哥」，配合默契，花式令人炫目。兩人的探戈舞步，更是精采，聽講這間茶舞廳從經營至今的五十來年，沒有一對舞伴的探戈，跳得過他們。

漸漸的，他們老了，恰恰和水手舞，都跳不動了；後來，連探戈都跳不動了，惟有跳兩步的貼面舞。再後來，太太癱瘓了，丈夫用輪車推著她，仍每晚必到，丈夫再也不跳舞，只是在一邊陪著她。

丈夫仍習慣打賞伴唱的歌女，很有上海大亨的豪氣，只可惜心有餘而力不足，但百元一次是起碼的，遇到逢年過節，就是五百甚至千元。每逢歌女在上面向他們高聲道謝，這對上海夫婦就臉顯春風，得意非凡，似重拾昔日的一呼百應的風光。

五十來年，這家茶舞廳的老闆換了又換，從上海人換到潮州人、福建人、台山人，惟這對上海夫婦老主顧從來沒換過，晚晚必到。〈何日君再來〉是他們指定的曲目。

一九九九年元旦過後，兩老夫婦不來了，這可是反常的，眾人都有了不祥的預兆；直到情人節那晚，只老先生一個人來。他按例還是買了兩張舞票，要了兩份茶點，但老太太不見了，她兩個月前去世了。

那晚，老先生仍為自己點了一首歌：〈何日君再來〉。

從此，老先生又恢復了夜夜來孵茶舞，永遠買兩張舞票，聽〈何日君再來〉。

後來大約幾個月後，老先生也不來了。茶舞廳的伴唱女晚晚一曲〈何日君再來〉，也喚不回他的歸來。

上海話「白相女人」，是道德不容的。但「白相舞女」，卻有點風流而不下流之意，因為舞女本來就是供人家白相相的。好一句「白相相」，滿是漫不經心、洋淘淘輕飄飄之意。再看這對相逝共一舞的上海老年夫婦，從白相到相交，幾十年相擁共舞，熱情又克制地舞過一場複雜跌宕的人生，舞出這樣一段都市傳奇，令人噓唏感

Buick
二十五年來第一車
美與力之結合
新別克汽車
美國通用汽車公司

早在1929年，「別克」汽車已在上海灘登陸。
白相汽車，在上海人早已見怪不怪。

慨！

自從上海人開始白相跳舞廳，白相得出火招來大禍的，成為社會花邊新聞的，多得是。可見凡事要適可而止，白相要白相得有分寸。

三十年代初上海某專營西藥進口的大藥房，有少東家兩兄弟，大小開克勤持業，小小開專門白相舞女，揮金如土，屢屢向大小開要錢去開銷捧舞女，總遭拒絕。一次，大哥就是不肯，小小開急了，沒有鈔票怎樣白相？一時情急，用西瓜刀活活將大小開劈死，一時成了三十年代上海一宗社會大案。可憐那家西藥房大老闆，一個兒子已給劈死，另一個兒子又要殺人抵命，連個香火都續不了。於是便花大錢請律師替小小開保命開脫罪行，又花大錢去賄賂一名司法人員，到頭來，銅鈿花盡，小小開仍難逃一死。結果偌大一間藥房倒閉，老闆活活氣死……白相白相舞女，白相出三條人命，偌大家財化為烏有！

解放後，舞廳關閉，舞女改造教育，上海人仍白相跳舞，只是此時的交誼舞，已成為一種不講情調、只講究肢體活動的、純粹只是體力的一種動作，那大約是延安年代的交誼舞風格吧！一般都是不營利的，單位舉辦的，場地也因陋就簡，不講究，洋灰地上撒一層滑石粉也能將就；服裝更不談，穿得一套藍布人民裝腳蹬大頭皮鞋一樣跳，跳得興起，棉制服一脫露出一截節約領，仍跳得不亦樂乎。不過，此時的跳舞，白相之勁已大大減少，至多只屬一種文藝活動。活動與白相，有很大不同；活動是有組織有限制，白相可以是無拘無束。

最讓上海一班舞迷倒胃口的，是解放初興起的集體舞：一排男一排女，互相無什麼身體部位接觸，好容易望斷秋水盼到一個心儀的異性舞伴輪到自己眼前，音樂一轉，又轉走了，連問下姓名電話的時間都沒有。這樣的白相，除了一部分天真的青年學生，上海人早已敗了胃口！

平心而講，上海人白相，只講究兩個字：「開心」。

舊時，上海弄堂裡小朋友跳橡皮筋唱的一首兒歌，雖然市井氣十足，倒十分反映出上海人一種小樂惠的白相心思：

「……淘米燒夜飯，夜飯吃好了，電燈開開來，麻將拿出來……搓搓小麻將呀呀，來來白相相呀呀……」

寥寥幾句，一派小市民自得其樂的小樂惠生態，呼之欲出。淘米燒夜飯，今日已三餐有著，各自自家屋裡吃好夜飯來，省掉許多虛設客套和待客的麻煩；想來眾麻將搭子也是近頭的，兩隻腳走走過來車鈿也可省掉；白相的是小麻將，來去的最大不過一點小菜銅鈿上下，貪個白相得開開心心……

凡事白相相，點到為止，就是上海人的白相哲學。

（三）

沙龍休閒，是上海的都會文化的靈魂。

salon一詞，源自法文，原是指優雅的富有文化氣息人士聚集的場所，然而到了只講實利與實際的可行性和可操作性的現代，salon已淪落為商家的宣傳口號。

法國文化對人類最大的貢獻，在於她提升了人性的悟覺。人，惟有在自重、自愛、自珍中，才會欣賞到人文的偉大。

法國大革命對世界最大的貢獻之一是——她首創了人類的餐廳文化，將沙龍文化普及到平民之中。

直到法國大革命前，世界上尚沒有講究情調、背景陳設、排場和禮儀的，講究心細如髮的貼身服務的沙龍式餐廳文化；當時市面上只有飯鋪酒店，那種吃飽喝足就走人的單一交易。法國大革命後，貴族們滿門抄斬，他們的家僕廚師流散到社會上；為了謀生，他們開出自己的飯店，為了競爭，他們人無我有，打出當年貴族公館裡沙龍式的進餐排場作賣點，令一般平民（包括新興資產階級）都可見識和享受貴族王公的奢華生活。一時，這種全新概念的沙龍式餐廳文化廣為流行，至今在香港的Amigo，仍保留著這種侍應為清一色中年男性的、穿禮服戴領結、手戴白手套的一對一的法式餐廳服務形式。

法國為美食之都，應該是有淵源的。

上海的沙龍文化對上海乃至中國的影響，與此有點類似。上海的沙龍文化，是外國人帶入的，只屬小部分外國人和高等華人專利，其表現場所為上海灘各外國商會會所及公館人家的私人派對，一般上海人，根本白相不起。

二十世紀初，上海已發展成一個成熟的資本社會。在資本社會，文化資產與經濟資產，應該是可以互通的；但有時並不是樣樣都可以平兌的，如沙龍文化。即為，諳熟沙龍文化的應該是有一點錢的；但有錢的人，並不一定就能參與沙龍文化。

沙龍文化產生於社會象牙塔之中，但她並不因此而顯蒼白或落伍。人們都明白，優良和高尚的文化休閒，可以加強社會公民的文化自豪感。

二十世紀初以來，上海中產專業人士開始漸成氣候，教會辦的大中院校，更將沙龍文化的概念，灌輸給一代一代青年，沙龍文化開始步出私人會所和公館人家的客廳，但在此

（上圖）清末民初的上海四馬路洋場百景，我們已可看到，華洋交雜、中西並存，我行我素。

（下圖）上海四馬路。與世界上所有大都會一樣，紅燈區總是毗鄰著文化街。但見世界書局、唱機公司的招牌挑得高高的。原來，上海人早已開始白相電唱機和唱片了。

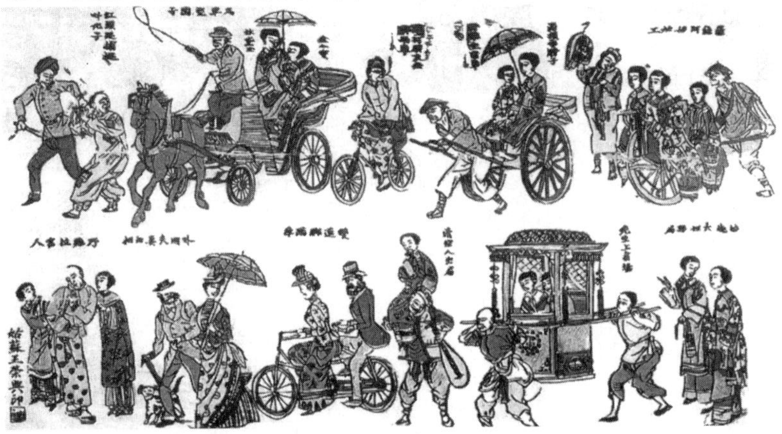

中，仍保持著自身的矜持，凌駕在一般市民之上。然萬物歸根，在合適的氣溫合適的時令，春風化雨，潤物無聲，慢慢地由上自下，滲入上海普羅大眾生活中，滋潤著上海的泥土。這個從沙龍到市井演變的漫長歷程，卻也是一個很令人陶醉的過程，這個複雜的化學分解過程，派出一個新的元素——小資產階級情調。

小資，是上海白相文化中一個特點；小資，為上海娛樂市場製造了無數商機，它大小通吃了橄欖尖兩端肉質最肥厚的部分。

如果說街邊赤膊打綠台是市井，法國總會的有柚木護壁板的彈子房為沙龍，那麼南京路上的彈子房，就屬小資情調；花幾個銅鈿入去，內裡裝潢設備也不錯，可以氣派地白相相，大亨做不起，小資產階級總可以混混數。

上海街頭街尾的裝修講究、情調一流及富有個性的咖啡店酒吧，更是上海小資情調的典型。記憶猶新的舊時位於今襄陽公園對面的「天鵝閣」咖啡室，小小巧巧的，木質天花板和護牆壁富有歐陸風情，老闆夫婦是滬江大學畢業的，西洋音樂的愛好

善於尋找「小資」，製造「小資」的上海人，將這種追求，寄托在咖啡館裡。上海街頭常見的講究情調和個性裝修的咖啡酒吧，是從沙龍到市井的消閒文化演變的漫長歷程中的一道很令人陶醉的風景。

者，聲樂造詣很深。他們將自己的對休閒文化的理解全部表現在對這家小小咖啡館的布置和陳設上，令「天鵝閣」以環境優雅和雅士文人匯集之地而馳名，在上海眾多的咖啡館中獨樹一幟，可惜現已拆除。

上海人之熱衷孵咖啡館，就是這種小資情調在作怪。

一般上海人，住屋局促，再加環境嘈雜人員眾多，想享受片刻寧靜安詳或者好情調，不如花幾個錢去咖啡館了。難怪人說，咖啡館是人生第三個驛站，家和上班地之外的第三空間。上海人早在二十世紀初已有這樣的意識，咖啡店才會在上海開得成行成市。

上海人的小資情調，也反應在一些小文員小知識分子的居家布置；小小一間亭子間，一張竹製書架，一隻街邊攤頭上買的粗製濫翻的維納斯或憤怒的貝多芬像，牛奶瓶裡插一枝紅玫瑰，如果再有隻留聲機放上一張《桑塔露琪亞》，那簡直是如假包換的一級小資情調。

上海人，善於尋找小資，善於製造小資。

「文革」期間上海人最流行的白相，是拍照片，放照片。

鏡頭控制在自家手中，興無滅資是大方向，但飯後茶餘，悄悄白相相小資，也算高壓中透一口氣吧！為了保險，所以連沖洗都自己動手，將棉花胎往窗上一掛，就成現成的暗房。

「文革」中白相照片，上海人都喜歡將鏡頭避開大紅刺眼的口號標語，專揀外灘的沿江老建築，西區的東正教教堂和舊租界的梧桐樹，甚至手執一本阿爾巴尼亞畫報（當時上海灘上僅有的一本白人畫報），這就是在上海人心中頑固地扎下根的小資情調，真正是野火燒不盡，春風吹又生。

小資，是沙龍文化的平民化和簡易化，是都會文明ＡＢＣ，是由市井步入沙龍的初級班。

新興的都會休閒方式電台和電影，更令上海的小資式休閒透過電波和銀幕迅速波及全國各地，漸漸演變成時尚。

三十年代上海開始時興國語時代歌，一部分受傳統戲曲與古典文學影響，如取自《紅樓夢》的〈葬花詞〉；一部分受白話文小調民曲影響，如〈叫我如何不想她〉，〈何日君再來〉。而上海夜生活的興起，需要大量伴舞的易於上口的中文流行曲，於是便有了〈夜上海〉、〈夜來香〉、〈瘋狂的世界〉……電波將這些易記易上口的旋律播得滿街滿巷，從弄堂口菸紙店老闆的女兒，到送信的郵差，都會哼幾句。這種時代歌都是愛情歌，雖然肉麻庸俗，但那種情調婉約、辭藻華麗的「文藝腔」，很滿足一部分自以為小資情調濃厚的小市民共鳴；傳播最快的是電影插曲，這些小曲小調伴著女明星的髮式、衣式，飛入尋常上海人家中，蘊藏著下一波的時尚。

沙龍文化，不斷提升了上海的小資情調的質素。

三十年代上海的南京大戲院門口掛起的《人猿泰山》巨幅電影廣告。電影院門口已見川流不息的人流，一片車水馬龍的繁華之景。

上海休閑文化海納百川的寬廣胸懷，令早在1948年已有遙遠的新疆歌舞團到上海來演出。1948年上海人眼中的新疆，一如千年前的波斯古國那樣神祕。這是今年已有八十歲的譚先生珍藏的當年新疆歌舞團到上海來的廣告剪報和劇照。從「人山人海爭看遠客」這句話，可以想像得到當年上海人對遠方來客的好奇與歡迎。

三十年代起流傳於上海大、中學生間的《世界名曲一〇一首》，是最典型的小資文化。

唱英文歌，一直是上海青年引以為榮的一種消遣，至今仍是這樣，也是典型的小資情調代表。

二十年代起，一些流落上海的白俄，開班教授小提琴、鋼琴等樂器，應該講，也幫助上海，將這種原屬沙龍式的樂器演奏，推入到大眾之中。當年不少上海青年白領或學生，課餘去白相鋼琴、口琴、小提琴等。他們已明白，個人修養，直接影響一個人的風度和氣質。今年八十歲的上海東方台「懷舊金曲」編輯王奕賢老先生，格致公學畢業，在學校裡已迷上西洋樂，一心嚮往有架鋼琴可以白相相，無奈當時鋼琴屬十分貴族的玩意，此夢終難圓。直到他後來工作了，第一次年夜分紅，分得二兩黃金，他即時去買了一隻一百二十貝斯的、有六個變音器的德國名牌手風琴Honner，就此開始他的白相樂隊生涯，逢年過節，就會呼朋引友白相外國音樂，直至今日。

一九二三年一月，美國人奧斯邦在上海設立的中國第一座無線廣播電台開始播音，全上海五百多台收音機都收到了這來自空中的爵士樂電波，從而揭開了爵士樂在上海的第一頁歷史。

爵士樂源自美國的市井之中，是十九世紀末美國的黑人傳統音樂融合一些白人音樂元素，以小型管樂隊的形式即興演奏而逐漸形成。但到了上海，無論如何不能劃入市井文化，當時上海會白相爵士樂的，還是一批教會大學的大學生。據講有個叫吉米金的聖約翰大學畢業生，風流倜儻，能歌善舞，並彈得一手迷人的夏威夷吉他。他就是一個爵士樂發燒友，曾自組一支純粹的中國人爵士樂隊，在百樂門演奏，白相中又賺銅鈿。

只不過，白相爵士樂的，因為非學院科班出身，只是白相相的，因此又被一般上海人稱為「洋琴鬼」。這充分證明，在上海人傳統中，「白相」和「專業」之間，是有一條十分明確的界線。

上海人說「白相股票」、「白相電腦」、「白相音響」，很有種「只顧耕耘，不問收穫」的瀟灑之心在其中。瀟灑，實在是一個都會子民最要緊的處世之道，否則，白相不起！一句「白相」，很有種「戰略上藐視敵人，戰術上重視敵人」的辯證邏輯；一句「白相」，還有點「歪打正著」、「有意栽花花不成，無心插柳柳成蔭」的僥倖之心；一句「白相」，為自己也留下一個很大的餘地和轉彎的空間。

洋洋萬言，總覺得仍無法講清，什麼叫「白相」。反正信手拈來，寫寫白相相，讀者也只是看看白相相。

〔綠屋情緣〕

北京西路銅仁路交界處，門牌號為銅仁路三百三十三號，是一幢嵌著綠色磚面外牆的、環抱著長長一截北京西路和大半條銅仁路（現今已拆掉一截綠色圍牆造起不少摩天高樓）的弧形四層建築。隔著馬路遠遠望去，猶如一抹煙籠翠綠的都市中的蘇堤柳蔭，卻也盡可以與對馬路的英式公寓和貼鄰的摩天樓（早期甚至貼鄰的還是石庫門弄堂，也不覺互相間有什麼視覺的衝突，反而很有海派百搭皆融的個性）融合渾和。

四周與她截然不同的建築風格，非但沒能蓋掩她的清華之氣，更在一簇面目模糊的城市建築中，襯出其幾分自戀的孤寂，猶如在一幅筆觸平庸流俗的書法中，平空飛來自成流麗的一筆。

老上海慣稱其為「綠房子」。

（一）

知道銅仁路三百三十三號門牌的老上海不多，但提起哈同路（今銅仁路）上綠房子，十有八九老上海都知道：貝家女婿吳同文的公館。

鄔達克設計、1938年竣工的位於銅仁路333號的綠屋，被當時英文報《中國日報》譽為「遠東第一豪宅」。

哈同路上多豪宅：哈同花園、永安家族郭氏公館、報業巨頭史量才公館、南洋菸草公司簡家公館……然要豪得如綠房子這般華貴又現代精緻，怕連年輕她一個甲子的上海商城，都要自嘆不如。

難怪一九三八年，這座綠房子竣工之日，總設計師對吳同文說：「我可以向你保證，即使再過五十年，這幢房子的現代感仍是超前的，哪怕再過一百年，我相信她仍不會out（老土之感），我想，她應該可屬經典（classic）之列。」

為保證這有可能入經典之列的綠房子為世上獨一無二的，吳同文連設計圖紙也買斷，鎖在保險箱裡。

一九三九年的上海英文報《中國日報》，曾專門報導這幢綠房子：「……此幢建築，是全遠東區最豪華的住宅之一，為滬上顏料大王D. V. W.（吳同文英文名縮寫）先生的私宅……」

為一睹這幢在一九三八年已被稱為

超現代的遠東第一豪宅，當時燕京大學校長司徒雷登，特地登門造訪綠房子，並應屋主吳同文之邀，在二樓鴨蛋形的大理石餐桌上，共進晚餐並合影留念。不料就此埋下一顆在一九六六年夏天爆炸的、置吳同文於死地的定時炸彈——《毛選》中一篇〈別了，司徒雷登〉，你吳同文卻與他把酒言歡，有照片為證。

一九四八年聖誕前夕，此時蔣家皇朝已岌岌可危，有某國外交官，願以一條萬噸郵船再加五十萬美元現金的代價，買下這幢綠房子做領事館。此時，吳同文的大公子已赴香港，二公子為聖約翰大學畢業，當時正血氣方剛想大展鴻圖，極力慫恿父親賣掉綠房子，拿下這條輪船和五十萬美金現金，南下香港東山再起。

「……聽講，南京快不保，房子這物事，帶又帶不走，藏也藏不掉，萬一有啥風吹草動，還真是只大包袱呢！」二公子極力說服吳同文。

豈料吳同文桌子一拍怒斥兒子：「沒出息的小子，我做父親的還沒死，你倒已來不及要分家產了！我吳同文為人不做虧心事，夜半敲門不吃驚，

綠屋宅內的汽車通道。鄔達克設計的又一創新：汽車從馬路駛入花園後可直接駛入住宅內，免受雨淋日曬，通道外牆全部用意大利進口腐蝕型大理石砌成，有天然鐘乳石觀感，在三十年代屬十分酷的現代審美觀。迎面落地窗通室外花園，通道左面為設有彈簧地板的大廳，右面為彈子房。

（上圖）吳同文大千金肄業於滬上著名女子中學中西女中（今上海市第三女子中學），未及畢業，就嫁給滬上另一富商，地產大王嚴家大少爺。

（下圖）綠屋落成喬遷之日，滬上富商，顏料大王吳同文（左一）在嫁女婚宴派對上。

共產黨能拿我怎樣？就是死，我也要死在綠房子裡！」

不幸此話一言道中。

他五十八歲那年，一九六六年八月，自殺身亡在綠房子裡，伴他一起自殺的，是他的姨太太。

說到吳同文，也是位海上奇人。

他生於端午，偏偏生肖又為蛇。命相中，這樣的命格，屬十分「凶」和「毒」。這裡的凶毒，我想是充滿大起大落、傳奇驚險之意吧？

吳家是海上望族，老宅在黃陂路嵩山路口，那種清末的、張愛玲小說裡常出現的中西結合的老式洋房：「堆花紅磚大柱支著巍峨的拱門，樓上的陽台卻是木鋪的地……」在滬上屬早期的新式洋房，到了三十年代後期，自然屬老式了，難怪吳同文要煞費心思，為自己重新營造一個現代家園。

中國人對土地、對房子，總有一股難捨的眷戀，即使在十里洋場的望族成長的、西化洋派的吳同文，也不例外。房子是中國人的王國，不理華宅美廈，還是巴掌大一間亭子間，圈地為王，在這內裡，一切由我說了算，也是一種心理平衡。

今已拆除的黃陂路嵩山路口的吳家老宅，與不久前剛拆除的貝家百年老宅相鄰，吳、貝兩家都是上海灘上以顏料起家，分別被冠為顏料大王，後來又結成兒女親家。兩親家間，有時也要別別苗頭。

當初吳宅為什麼要與貝宅兩大豪宅為鄰，百年前之事已無從考證。

但一九三八年吳同文的綠房子竣工之後，成為上海灘上首家裝有電梯的私人宅第；貝家不甘落後，即時在今南陽路西康路口，與綠房子隔一條橫馬路，起造新公館，四層樓的

綠屋內的電梯。雖然綠屋樓高只四層，然屋主吳同文為求現代，在樓內安上電梯，為上海灘首家私宅內裝的電梯，且已為全自動電梯。電梯為圓弧形呈三角狀，與全屋弧形外型相呼應。電梯內壁為全柚木，與柚木電梯門呼應。內可容四五人。

豪宅也安起一座電梯，成為滬上第二家私宅內裝電梯的公館人家。不過，南陽路上的貝公館與銅仁路上的吳公館，無論是設計創意還是內部布局，相差甚遠，關鍵全在設計師的質數，這裡暫且按下不提。

大戶人家也有不稱心之憾事。吳太祖和太夫人，早先住在城裡（南市），小刀會之時斷糧封城，老兩口活活給餓死！後來第二代經商顏料發家致富，偏偏一門四千金，獨缺男丁，偌大家財沒一個接班人，總是憾事。

此時四千金吳家四小姐尚未出閣，娘家父母已雙亡，卻無人繼香火，始終是這位四姑小姐的心病。

日有所思，夜有所夢。那晚四姑小姐做了個夢，夢見一位仙人，給她送上個白白胖胖的男嬰：「這就是你弟弟！」醒來方知南柯一夢。

此時吳家第二代傳人也已雙雙亡

故，哪來的弟弟？

就有那麼巧，次日四姑小姐閒來無事，獨倚在陽台上看街景，猛見到一對船民裝束的窮夫婦，抱著個白白胖胖的小男孩在陽台下走過，只見那小男孩，與自己夢裡見到的一模一樣，當即差人叫住他們。

內中細節如何，今已不得而知。反正，這個命中富貴的窮船民的兒子，就是富甲滬上的顏料大王惟一繼承人吳同文。

吳同文短命，只五十八歲就去世，且屬橫死（自殺身亡）。自有那等嘴碎的，說是因為吳同文本該是窮命（窮船民的兒子），不料日後卻轉了富命，而這「富」，不是由自己經營而得，而是唾手得來，雖不屬不義之財，也屬橫財。於是，折了幾十年陽壽來頂……

吳同文抱來後，一直由四姑小姐撫領，直到她後來出閣。

此壁爐為原物，外壁用意大利腐蝕型大理石砌成，內裡有設計成劈柴型的燈光，似是燃燒的柴，其實只作裝飾，全屋已是中央空調，這在1938年已十分先進。

綠屋底層酒吧室，上世紀三十年代的設計在今日看來仍一點不感「老土」。這裡曾聚集了各路英雄，當年燕京大學校長、美國駐華大使司徒雷登為一睹被譽為「遠東第一豪宅」的鄔達克最新建築，也曾登門拜訪。

吳家四姑小姐嫁入滬上另一公館人家范家——以生產勇字牌熱水袋和勇士牌皮球而聞名的海上實業家。吳同文一直十分尊敬自己的四姊。後來，還將自家的二女兒，也許給范家做媳婦，來個親上加親。

充滿現代感的綠房子內，仍設有一個家堂——那是吳同文堅持要建築師做的，家堂內陳列著吳氏列代祖宗的畫像。或者在吳同文心目中，拜謁的卻是他下落不明的親生父母——一對窮苦的船民夫妻！

身為望族之後，或者是因為遺傳基因的關係，吳同文身上卻有著濃郁的暴發之氣。

他好像沒有怎麼樣的叫得出名的大學學歷，也不知他修讀的是何專業，但他的舞藝和酷愛跳社交舞，在上海灘上人盡皆知，難怪在綠房子底層，他特要求造成有彈簧地板的大廳，日日在這裡笙歌豔舞。雖然他只活了短短的五十八年，但金錢、女人、美食玩樂，可講什麼都沒錯過。

要說他是個單一的playboy，似也不公平。他雖讀書不長進，卻也具有生意頭腦。他繼承家業之後，三十年代中，抗日烽火逼近，國民黨大力擴張軍隊，急需「軍綠」色顏料，這位生來有福氣的大少爺及時抓住機會，推出軍綠顏料，很快在顏料市場坐上第一把交椅，一時發得火「旺」，為家族生意錦上添花。

從此，吳同文視綠色為自己的幸運色。起造這座遠東第一豪宅選綠色，就因為這點「綠色情緣」，連帶他的私家車，也是綠色的「寶馬」。一時，上海灘上也有人稱他為「綠色老闆」。

十九歲之時受媒妁之言，吳同文迎娶了貝家九小姐（貝聿銘的九姑姑）為妻；所謂媒妁之言，裡面包含了太多與愛情不相干的附加條件。後來，他自己選擇了一個女人，那就是他的如夫人，最後還伴他一起共赴黃泉，想來，九泉之下他也不會太寂寞。

上海解放了，在毛主席的對民族資產階級的「利用、限制、改造」的、比較和風細雨的統戰政策下，猶如當年溥儀仍可在紫禁城內保留一個小朝廷，綠房子仍是上海灘的昔日大亨遺老遺少喜歡聚集的地方，猶如契訶夫筆下的《櫻桃園》，伐木聲還是遠遠的。

但伐木聲，總是在漸漸逼近。

一九六六年夏天，一隻紅木凳子飛過來，將當年花了兩百萬煞費心機特地從日本進口的、一排成塊弧形玻璃窗給砸得粉碎（據今日的一位建材建築師講，這樣的玻璃今日無人會製了）。吳同文對五十八年的人生，已不再留戀。那給砸掉的，不止是一塊玻璃，那是他的精神家園！

不等革命對他再有更進一步的行動，他去意已定。

那晚他與姨太太，如往常一樣晚飯後，呷下一杯香濃的咖啡——姨太太煮得一手好咖啡——送下一整瓶的安眠藥，兩人並肩分坐在兩張安樂椅上；他身穿整齊的中山裝（革命當頭，死都不敢穿西裝），雙膝攤著本《紅旗》雜誌，翻在「十六條」上畫滿紅槓槓。

姨太太穿著白底黑牡丹花的印度綢中式收腰窄袖大襟短衫，黑真絲長褲，

1966年5月，綠屋三樓小客廳一角。可以看到在共產黨對民族資本家的「利用、限制和改造」的統一戰線政策下，上海的民族資本家如當年的溥儀仍可在紫禁城裡保留一個小朝廷，在自己的「櫻桃園」裡過著精致快活的生活。可惜一個月後，這座「櫻桃園」坍落了，只留下這張照片。

方口繡花北京鞋。

筆者從沒見過吳同文，但一直聽到太多有關他的會享樂的軼事，完全是不折不扣的一個海上playboy。惟這一幕，他牽著姨太太的手，向生命隆重謝幕的這一幕，覺得他做得十分漂亮，很吻合綠屋主人的貴族氣。

這一晚，或許也是吳同文近幾十年來少有的一晚，可以不用顧及大太太與姨太太之間的平衡，手攜自己所愛的女人，雙雙向生命行最後的禮儀。

次日，獨住的大太太聽聞丈夫攜著小老婆自殺，沒有悲傷，只有惱怒——死，也要兩個人一起死！

吳同文太太不屬貌美，而是雍容高貴，或者正因為太高貴了，如戴安娜不被查爾斯王子欣賞，他反而看中又老又醜的卡蜜拉，在吳同文太太二十六歲時，已遭丈夫冷落。

說到小老婆，多為妖冶的狐狸精、浪蕩的歡場之花、紅牌交際花，似乎明擺著就是「壞女人」，本應與良家婦女勢不兩立。偏偏這位姨太太，入得廚房出得廳堂，一點也不比任何一位公館人家夫人遜色。

吳同文的姨太太筆者從未見過。從她留下的肖像看，不見得如何漂亮。當然，起碼是清秀的，而且並不妖嬈，絕不是舊月份牌上走下來的，那種閃爍著歡場燈紅酒綠殘光餘燼的，帶著股亦邪亦正風騷氣的女人。

據說她原本是揚州人，卻講一口的糯軟嗲的蘇州話，織得一手好毛衣，煮得一手好菜。曾經特別參加當時女青年會辦的，一個由各名太闊婦參加的烹飪班，以便更盡心服侍自己男人。

她臉龐瘦削——都講女人這樣的臉相是薄命之相；想想也是，自小流落歡場之地，人至中年不及享受晚晴之樂，就早早地落下生命之幕。

姨太太十六歲那年跟上吳同文，十六歲之前她的故事始終是個謎，來無影，尋無根；反正一夜之間，她就在綠屋內出現，並且就此落戶安家，與吳同文生了一子一女，並且做了外婆、奶奶。看來，自從踏入綠屋的第一晚起，她已決意一心一意跟著吳同文過日子。

常在揣摩，那一晚，她第一次傍著吳同文，踏上那道直通綠屋二樓正廳的，大招手弧形石台階時，是一步一驚心，還是已心懷大計，決意締造自己綠屋中東宮娘娘的地位。同樣的這樣一道充滿西洋古典風情的弧形大石台階，搬在外國，就會令人聯想到零點敲過後，從皇宮的舞會中匆匆疾步而回，遺落下一隻水晶鞋的灰姑娘，充滿浪漫的童話色彩；但搬到煙花十里的舊上海豪宅之內，卻隱喻著一場持久的、深遠的權力的較量和魅力的競爭。姨太太那纖細的套著高跟鞋的足踝，在一步一級登入綠屋之時，內心再忐忑不安，步子仍是堅定的；她將要面對出身望族的大太太雍容華貴的氣勢的威脅，大太太的已曉事的兒女們蔑視的目光；還有吳同文的playboy風流秉氣，有可能還會有第二個、第三個、第四個女人，像她這樣，踏上這道弧形大階梯進入綠屋，這幢當時的遠東第一大豪宅！她一定不能讓這樣的事發生！

第一次拜會吳同文太太，她是向她行磕頭禮的，並以「太太」稱之，孩子們則稱她為「姨娘」。

漸漸的「太太」不稱了，以「姊姊」相稱，再到後來，索性直呼其名……

名分這回事，男人誤以為不要緊，反正不過一個是先，一個是後，都是自己的女人。但女人不同，女人會窮一生之力爭取「坐正」，誓不罷休。任何女人，都想做自家男人的惟一，特別當她的男人，有能力可以擁有超過一個女人的時候。

有位上海灘老克勒曾半開玩笑半認真地笑言那些娶小老婆的男人，是天字第一號的自找麻煩的傻瓜：娶小老婆是終生制，大鍋飯，從十八歲養到八十一歲；何不學習西方人養情婦，那是合約制，市場經濟制……一笑。

中國男人不同西方男人之處，在中國男人，情之中除了愛外，還有義；當愛淡泊了，但給口飯吃的義，還必須要有的，否則，就有損男子大丈夫的形象，就不是君子。再講，可以在一個屋頂下，將一個以上的女人，擺得煞煞平，也顯示出男人的能力。這種能力包括經濟能力、時間控制能力、花言巧語的能力以及體力，猶如群獅之中那頭威武的雄獅，獅群大小，就是力量和地位的象徵。

其實，男人永遠也擺不平一個以上的女人，廣東話中，一個「嬲字，就是「惱怒」的意思。

當一個以上的女人答應和平共存，共侍一夫，男人滿以為可以安享齊人之福，沾沾自喜，刀切豆腐兩面光之時，女人們的鬥爭，只不過轉向地下而已！

愛情上的輸贏，其意義早已超出情感的範疇，而是個人魅力、能力和手腕的大比拚，難怪女人們，個個都在這場持久戰中鬥志昂揚。

姨太太日常打扮大方正派、略燙鬈的頭髮左面挑開頭路夾在耳後，深色旗袍配一對白珍珠耳環，儼然一派

直通二樓的石台階，是無數上海小姐的夢，只是她們不知道，綠屋女主人吳同文太太，過得並不快樂。

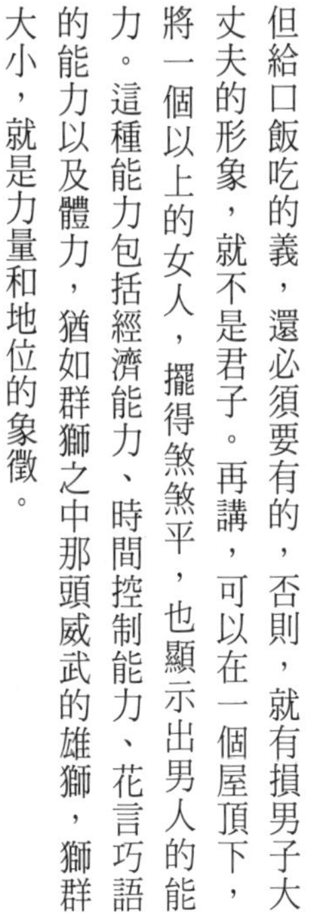

公館太太的風範。

吳同文每周日隔日在夫人和如夫人房裡輪流過夜，直至後來吳同文太太賭氣常住香港，他和姨太太才有影皆雙，出席一應社交。

六十年代初，他和姨太太有了第三代。

每日清晨，他和姨太太在四樓綠屋陽台上做體操，吳同文喜歡玩扯鈴，姨太太則日日勤於健身，都做外婆、奶奶了，仍保有一副風姿綽約的好身材。據言直到一九六六年「文革」自殺前，她仍可做倒立運動，吳同文在邊上還幫她做。

自從她登上這座改變她命運的石台階後，確實，吳同文再也沒有帶進來第二、第三個女人。解放後的工商界政協各項活動，發來的吳同文先生、夫人的請柬，都是姨太太伴他出席的。有工商界與她同學習小組的老人回憶，她發言有趣精闢，一口蘇白娓娓道來，猶如說書，絲絲入耳，一如她的待人接物，人們都不大在意她的身分。

但凡姨太太，都有一套優秀的公關手法。連帶吳同文太太的兒女，憶起這位姨娘，也異口同聲「她會做人」，或者是「處心積慮」。

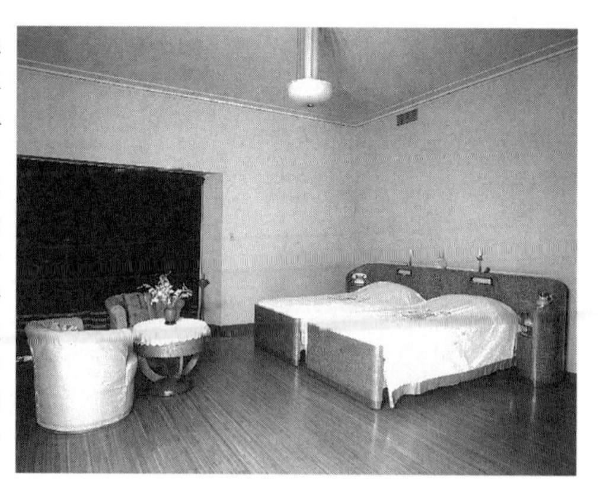

四樓吳同文姨太太的臥室。綠屋的主題為圓弧型，或者是吳同文要取其祥和圓滿之意吧。因此臥室的家具，包括床頭板、沙發、小圓桌，都是在著名法國家具店Arts & Crafts訂做。歡場女子出身的姨太太，總算在這遠東第一豪宅裡找到了一個避風港。多年來，她處心積慮地愛這個家，愛這個將她接入遠東第一豪宅、圓了她的灰姑娘夢的男人。她的歸宿，正是當年上海灘的風塵女子最嚮往的。

綠屋四樓的起居室，為屋主專門接待至愛親朋及自己日常起居的私人小區。起居室直通姨太太與吳同文的臥室，牆上掛著她的照片，右面酒吧檯上陳列著各式酒和咖啡壺，一盞落地燈入夜之時，將一屋柔光灑滿這間布置精雅的起居室，吳同文會與她玩玩兩人橋牌。在沒有應酬的晚上，姨太太會在四樓小廚房內親手煮幾味可口小菜，與吳同文兩人靜靜地在家裡來次兩人晚餐。

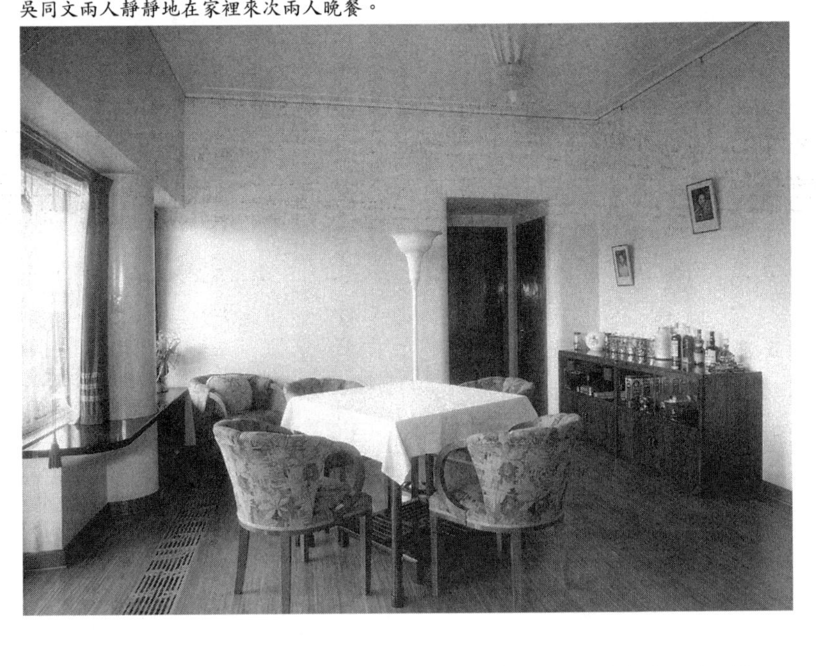

不論如何，當最後她與吳同文一起用咖啡吞下大把安眠藥，雙雙並肩坐在安樂椅上之時，相信他們是相愛的。她處心積慮地要愛這個男人，愛這個家。

在一場愛的持久戰中，她贏了。後來工商聯為吳同文開平反追悼會，關於姨太太的遺照該不該掛出來，綠屋後人中，很引起一番劇烈爭執，爭到後來，因無結果，連追悼會都索性不開了！

姨太太九泉之下定會暗暗好笑：她已經贏了，再也不在乎這個排名先後和名分。

或者，在感情上，是只有選擇，而沒有對和錯的吧！

綠屋皇后吳同文太太雍容高貴，言語風趣幽默，貝吳兩家又是近鄰，想來兩人不算青梅竹馬，也可講是兩小無猜，又兼門當戶對，然這幢遠東第一豪宅卻沒給她帶來幸福。

始終不明白，懂英文、洋派又富有的吳同文太太為什麼不離家出走？三十年代的上海，已可孕育出綠屋這樣超現代的建築創意，應該也完全可以容納一個娜拉式的出走反叛的女人——張愛玲的母親，應是與吳太太屬同一時代的女性。

或者就是因為這「遠東第一豪宅」吧？

原來扼殺女人獨立的，不單是一副「詩禮傳家」的大匾，在一幢超現代的建築內，同樣也會囚禁一個女人的鬥志。

這裡還有一則黑色幽默。

綠屋裡，紅衛兵們開現場批鬥會，列舉吳同文太太的反黨反社會主義罪行。

吳同文太太大聲呼冤：「……我根本熱愛社會主義熱愛共產黨。共產黨不讓討小老婆，我是巴不得共產黨早點來才好，如是這個小老婆也不會進到這綠房子來了！」

吳同文與姨太太在「文革」剛拉開帷幕時就匆匆謝幕。吳同文太太，卻悠悠然地經歷了十年「文革」，迎來改革開放，以九十三歲高齡，走完她生命之路，雖然孤身上路，但她並不寂寞。

「文革」被掃地出門離開綠屋，她被造反派政府分配在與綠屋豪宅一箭之遙的，上海一條小家小戶聚居的新式弄堂房子常德新村一間亭子間裡安居下來（後落實政策，搬入同弄堂朝南正房間）。七十好幾時的她，仍顯白皙豐腴，一頭細如絲的烏髮，毋需電燙，就在後面翻起一個自然的大波紋。人們無不讚她這一頭禁得起時間考驗的美髮，她則自詡：「我乃蒙不白之冤。」言語中仍充滿年輕輕就遭丈夫冷落的冤屈。

常德新村屬那種四十年代初日戰時期偷工減料的建築，號稱新式弄堂房子，即所謂鋼

吳同文太太「文革」中被從綠屋掃地出門後，一直在與綠屋一箭之遙的這條以前小白領聚居的新式弄堂房子內居住。朝南，煤衛獨用，鋼窗蠟地，在六十年代上海，也屬高尚住宅的標準。人稱「好婆」的昔日遠東第一豪宅的皇后吳同文夫人，在這裡悠悠然地過著精致從容的生活，與小兒子、小媳婦、孫子享受著天倫之樂，直至九十三歲仙逝。

窗蠟地，有下水道盥洗設備，前門口有巴掌大一塊所謂花園，單開間三層樓。但與其相鄰的春平坊相比，後者雖為老式石庫門房子且無下水道衛生設備，然那精工細雕的窗檯和扎實的高敞的木質百葉窗，還有臨街的羅密歐朱麗葉式的陽台，與單料淺薄的常德新村相比，還是這種城堡般厚實的老石庫門房子有氣派。

舊時春平坊多殷實人家，二十年代富家女黃慧如與私家包車伕陸根榮的主僕相戀社會大新聞，就發生在春平坊黃宅，相比之下，常德新村只是一般寫字間小白領聚居之地。

成條弄堂的人，都知道她來自綠房子，她的豁達大方和親善，贏得鄰里對她的尊敬，老老少少都稱她為「吳家好婆」。

在掃出綠房子的年月，她靠抄家單位發放的十幾元生活費及海外子女的外匯，與小兒子小媳婦一起過，仍過得精緻悠然自在。惟每日黃昏，必會披著一領自織的大披巾，坐在陽台上寧靜地呷咖啡，一籠氤氳從抄家殘留的英國茶具中升起。這裡與老宅綠屋，只隔一條橫馬路，斜陽下

綠屋夫人吳同文太太的私人化妝室，我們已可見到在1930年，已有中央空調的冷氣（在門上方），熱水汀前（按摩床左面）安著圖案現代的護欄，門上已是最新式的彈子鎖，門下方有控制門開啟幅度的踏梢……這些裝置在今日有的仍在沿用，由此可見鄔達克的超前設計創意。雖然單獨擁有一間化妝間，豪華到香水裝在鏡子上端，只需輕輕一按，香霧就會徐徐散下……但女為悅己者容，沒有人欣賞，沒有人愛戀，這間豪華的化妝間並未給她帶來任何幸福。

的舊宅，這座沒有帶給她愛情的遠東第一豪宅，雖然內裡她單獨擁有一間化妝間，四周嵌滿鏡子，外界傳說，豪華到香水裝在鏡子上端，只需輕輕一按，香霧就會徐徐散下……但也並不幸福，那裡載滿她充滿委屈、強忍陰鬱的過往，難怪，她對綠屋一點也不留戀。即使已到了八九十歲，男女世情早已琢磨透澈，但對這幢舊日家園，她已心灰意冷。

好婆舞藝了得。七十年代末上海掀起跳舞熱潮之時，在常德新村拮据的亭子間內，七十好幾的好婆，欣然為我們示範了標準的舞步，並抱怨著腰骨已硬，舞姿大不如以前。惟獨此時，她才淡淡一提，老宅底樓跳舞廳的彈簧地板。

問她何不堅持要求落實政策，歸回綠房子，起碼可以要還合營後留給他們的三樓、四樓，她卻寧願接受在外分配住房的條件，而且要求不高，只要朝南，煤、衛獨用。

「我這一世什麼沒見過？什麼沒享受過？只求安安樂樂、健健康康度過餘生，就算拿回綠房子，那幾層樓的家具，如何配得齊？配齊了，又要像從前那樣夜夜請客跳舞。這樣的日子，我也過不慣了！」

一切豪華在她，只當是過眼煙雲，並不見有一絲多餘的感嘆。

人說三代出一個貴族，算起來好婆應是四代貴族了。蘇州貝家，是個歷史淵源的望族。蘇州獅子林是好婆度過童年的樂園，曲廊迴院、水榭亭台、錦衣繡袍、風沐月露，然後踏上婚姻的紅地毯，進入綠房子。在他人眼中，她的生活一貫的優閒而精緻，即使後來墮入新式里弄民宅，仍是鋼窗蠟地、煤衛獨用，七十年代上海人高尚住宅的概念，也就只停留在這裡。

除了提起丈夫吳同文，言語之際是辛辣決絕之外，好婆為人，豁達大度。

綠屋裡最小的一位公子，成婚在「文化大革命」白刃化的一九六六年年底，娶的是一位賢淑的平民女孩，好婆對這個小媳婦疼惜如己出，以後一直與她生活在一起，直到她以九十二歲高齡老去。這位望族出身的婆婆對來自南市的媳婦，非但不歧視，反而疼惜超過自己女兒。興致高之時，還會隨兒子、媳婦，回媳婦的既無抽水馬桶、也無煤氣的娘家過春節，與媳婦一家子熱熱鬧鬧、和和融融過幾日再回來。

我常常想，好婆當初如果下個決心，跨出綠房子，一定也能適應綠房子外的生活，只是當時，她缺乏一股促成她出走的動力罷了。

真正能顯示貴族的貴氣，往往是在落難中才顯露：英國皇家空軍的第一代，幾乎全是貴族子弟，在多佛港外與德軍空戰，犧牲無數；法國大革命時代的貴族，連在登上斷頭台時也不忘高雅，歷史上有記載，他們居然有以舞步的姿態登上斷頭台的階梯。

一九九六年，她端坐在常德新村那間朝南房間的藤椅上，說要曬曬太陽。就這樣，在一片燦爛的陽光中，她含笑騎鶴而去。

生前她立下的惟一遺願是：「不要把我與他們葬在一起，讓他倆去要好去。只要將我骨灰倒在黃浦江裡就可以了！」

當然不會將她倒入黃浦江，她長眠在近郊的一個公墓裡。

她也沒有輸。

她贏得街坊鄰里、眾多子孫後輩的尊敬和愛，她還健健康康地活到做太婆抱曾孫的開心日子。

綠屋第二代，共有四位公子、五位小姐，在充滿大家庭各種怨怨艾艾的夾縫中成長，功課挺好，個個大學畢業。回顧在綠屋裡的時光，他們好像並不太眷戀，那個時光，他們似很寂寞。母親出身豪門，習慣他人服侍呵護，雖然生了三個兒子、四個女兒，但自己只顧得上跳舞聽戲，孩子全部交給傭人打理；父親更是playboy一個，自己吃喝玩樂都來不及。聽講倒反而是姨太太，或者自己沒有一個快樂富有的童年，因而對自己的一對子女，十分著緊，管教有加。

反而在掃地出綠屋的日子裡，吳同文太太變成吳家好婆，與兒子兒媳在擠迫的常德新村那段時日，似乎才重拾母子相聚的天倫之樂。

吳同文太太（中）在綠屋外的日子，依然瀟灑淡定。左為吳同文大女兒，攝於1990年，吳同文太太九十歲。

「在綠房子裡，房子太大，人太少，吃飯要打鈴，才在餐桌上聚一下，飯碗放下，又各自回房。那時與姆媽，反而有點疏離隔膜。」綠屋的今年已六十幾歲的小公子如此回憶道。

畢竟時代變了，舊日的綠屋第二代公子千金，不堪綠屋內與外隔絕的生活與前朝豪華的遺風，大公子、二公子去了香港，小公子交大畢業分配至大連（後調回），最漂亮的小千金，上海醫科大學畢業，為追隨被調往烏魯木齊任總工程師的男朋友，果斷地在畢業志願上劃一寫上烏魯木齊；想當年拜倒在她石榴裙下的不知有多少，其中似還有一位著名配音演員，這位綠屋千金卻毫不猶豫作出自己愛的選擇，對生她養她的當年遠東第一豪宅，並不眷戀。

今日，他們雙雙已退休，仍安居在烏魯木齊，財富並不代表幸福，他們最有發言權。

綠房子的設計師，比屋主吳同文多活了三十四年，直到二〇〇〇年謝世。

二〇〇一年八月，上海有關方面接到加拿大維多利亞大學一位高層管理傳來的訊息：一位與上海城市建築淵源很深的世界級建築大師去世了。他就是當今著名的加籍匈牙利設計大師鄔達克；一九二一至一九四五年，他定居上海二十年期間，創立了自己的建築設計院，並以其獨特的藝術風格和當時最先進的建材，完成了近三十餘幢凸現大師級卓越才華的作品。其中最經典的是遠東第一高樓國際飯店，還有上海人熟知的大光明、華東醫院等。另外，就是這幢被譽為遠東第一豪宅的綠房子，這是他設計的最具超現代感的建築。

美國華盛頓大學專門研究鄔達克作品的何露博士認為，鄔達克一生設計作品無數，但他最傑出的作品卻集中在上海，集中在這個當時世界上最開放最活躍的都會之一。

綠房子，建造她的資金來自舊上海華族，締造她的思維來自歐美現代文明，醞釀她的，是上海三十年代的流金歲月，她卻擁有一個猶如上海弄堂裡「大弟」、「小弟」般很市井的稱呼——綠房子。

她是中西文化薈萃的風火爐中千錘百鍊出的一顆金丹，閃耀著海派的華彩。

風風雨雨一個多甲子，當初設計她和享受她的兩個傳奇人物都已老去，這幢建築依舊守在銅仁路三百三十三號。

我的成長地，就在離銅仁路三百三十三號一條馬路外的南京西路陝西北路口，上中學路上，幾乎天天都會走過這幢綠房子。常見在她三樓、四樓的露台上，有衣著洋派時髦的

綠屋的設計師拉斯洛・鄔達克（Ladislaus Hudec，1893~1998），這位出生於當時奧匈帝國的斯拉夫人，竟與遠東第一大都會上海結下不解之緣。鄔達克在上海前後居住了三十年之久（1925~1949），在上海留下達六十餘件作品，涉及公寓住宅、教堂、學校、醫院……可以講，他的設計，絲絲入扣到上海人日常生活中。

男女在俯欄眺望，露台上花卉層層，放著精緻的帆布沙灘椅，雖然已是六十年代，仍有解放前的感覺。

我喜歡特地貼著那綠色的圍牆走，一面用指尖邊走邊掃著牆面，涼颼颼的，滑滑的。只覺得這幢綠屋很神祕，撲朔迷離，惹人猜想。

「文革」開始，夜晚走過綠屋，窗內一片死黑，玻璃破碎，零碎破爛的大字報殘片，在風中一掀一掀，像煞喪家掛滿輓聯的孝堂。那時就聽說有人在裡面自殺，半夜常鬧鬼，這當然是聳人聽聞之說。

一九六七年一次與資產階級狗崽子聚會，見到幾位男青年，依然穿著燙得筆挺的藍布人民裝，在玩一種叫「塔牌」的英國撲克。「塔牌」是舊上海時髦年輕先生們愛玩的一種撲克，解放後一般青年人很少會玩。一問之下，四位都是舊上海望族之後，其中一位，是綠屋的後人，後來，他成為我丈夫。

相信生命密碼中已有了這樣一個數字組合，難怪每每走過銅仁路三百三十三號，總會怦然心動。

之後進過一次綠屋，那時已成某單位辦公樓，但我始終沒能進入吳同文那座櫻桃園。他的那座櫻桃園，早在他吞入安眠藥停止呼吸之一剎那坍落了，一如已膠在琥珀中的史前生命遺體，他將自己和姨太太，永遠膠在自己的櫻桃園中。

多年來，任門口的單位牌子換了又換，牆內草皮被無情的水泥蠶食了再蠶食，銅仁路三百三十三號那抹翠綠雖日漸頹敗，仍人淡如菊地守在那裡，如一座中咒的古保，內中躺著個睡美人，等著一位遠道而來的王子深情的一吻。

（三）

以後仍常走過綠房子，那弧形的窗框上的一排殘缺破碎、只馬馬虎虎貼著馬糞紙的玻璃窗，猶如歲月的眼睛，充滿滄桑，默默向我暗示，曾經在內裡發生過許多難以言說的故事。

往事如一本已經風吹雨淋的老式毛邊賬本，陳年老賬條條款款，都有記載，只是到底誰欠誰的，已模糊不清。

記不清在哪一日，我在稿首寫上「藍屋」兩字，不寫綠屋是怕隱喻太明顯。小說中的主人公，不知為什麼信筆寫上顧傳輝，寫得那樣自然順當，就好像我早已認識了他。而且越寫越相信不論在藍屋（綠屋）彩繡輝煌的日子外，還是綠屋的殘山剩水、花果凋零的日子裡，顧傳輝確確實實穿梭其中，與我一樣，在充滿矛盾的靈與欲的滾滾紅塵中，真實又辛苦地在同一天空下生活著。

為了尋找進一步的感覺，再一次回到綠屋，並說服工作人員讓我進入綠屋內裡。站在一樓原先經常舉行舞會的大客廳，彈簧地板早已撬掉，分明感覺到那一方空間異乎尋常的陳舊。

當一切華麗都已落幕，在大廳裡，似猶依稀聞得到，姨太太常用的夜巴黎香水，還有，掉在悠揚著舞曲的彈簧地板上的大太太一束白蘭胸花，正在時間長廊的那端，癡心地等著一隻呵護的手，將它小心撿拾起來……

二〇〇一年的一天，突然發現綠房子前架起鷹架，到鷹架拆去之後，綠房子猶如破了咒語的甦醒過來的美人，散發出青春和豔麗，門口掛著兩塊牌子，一是充滿現代氣息的「網吧會所」；一是一塊亮晶晶的銅牌：「上海十大名宅」。

吻醒這位睡公主的王子叫顧傳暉，與我《藍屋》中的主人公顧傳輝酷似，今年四十四歲，與書中主人公同年同庚。他姊姊叫顧傳菁，是《藍屋》單行本的責任編輯，天津百花出版社的資深編輯。

當他拿出名片笑瞇瞇地遞向我：「……我是你《藍屋》裡的顧傳輝（暉），我回到藍屋了。」驚愕之餘，我不由得雙手合十道一聲「老天。」

生活，原來竟有如此巧合和戲劇性，給我帶來震撼性的驚訝。從此，我做人行事，更不敢有半點的對上天的不恭。

《藍屋》中的顧傳輝該不該回藍屋，記得當年掀起幾輪激烈的討論，正因為我自己也不知道答案，因此，《藍屋》的結尾沒有作交代。

我太鍾愛筆下的顧傳輝，不知用哪樣的結尾，才會不損害他的形象。問題不在他該不該回藍屋，而是，以哪一種姿態跨入《藍屋》。

現實生活中的顧傳暉以他的行動，給綠房子做了個漂亮的句號，而且另起一行，開始了嶄新的一章。

現實中的顧傳暉，父母都是上海人，父親是飛機機械工程師，一九四八年父母雙雙去台灣公幹兼蜜月就此再也沒有回來過。

一九五八年顧傳暉生於台北。

今天，他成為一位知名的建築師。一九九七年，他到自己的故里上海，並承建了如浦東機場、上海大劇院等上海著名工程的項目。

那日他驅車駛過銅仁路三百三十三號，那座造型別致卻已顯十分頹敗的綠房子，令他怦然心動。職業敏感令他對這幢房子一往情深，常常要驅車去

綠屋後人，吳同文的外孫嚴先生，2001年在全部裝修一新的綠屋二樓原小客廳留影。

以綠屋為藍本的小說《藍屋》單行本的責任編輯顧傳菁（左），她的弟弟、台灣著名建築師、吻醒綠屋睡美人的王子顧傳暉（中）與筆者（右）。

探望她一下。這座三十年代中西文化相戀而派生出的結晶，猶如一位遲暮的美人，楚楚如一株疏於照顧的百合，還明似晦，若柔嫵媚，默默散發著暗香，恰如時光走廊那頭，昔日豪華後，滑落在柚木地板上的那束別在衣襟上的白蘭花，等著一隻呵護的手將它小心拾起。

他認定，這是世界級大師之作，是被稱為「萬國建築之都」的上海灘的一朵奇葩，「一般上海的名建築，都帶有濃厚的殖民色彩：法式、哥德式、西班牙式或歐陸式，惟這幢綠房子是獨特的，是上海能見到的老建築中，絕對屬超現代派的。」他說。

經查閱了大量資料，終於證實，這是大師鄔達克的傑作，他為這個發現興奮不已。花費了想像不到的周折和努力，他終於拿到這幢綠房子的租賃權。

隨後，傳暉斥資七百萬到八百萬人民幣重新打扮這位甦醒後的公主，令綠房子重顯光豔。一樓、二樓他用以開設網吧和會所，三樓、四樓是他的建築事務所和居家之處。

在一個秋陽微曛的周末，綠房子二樓大廳響起沉寂了有半個世紀的華爾茲旋律：〈Begin the Beguine〉，那一縷早夭的旋律在新世紀的綠房子重新響起。我們五十多個新知舊友在這裡畫出新的舞步。

正所謂「閒話南朝往事」，在歷史的迴廊裡，我看見，吳同文倚在大理石壁爐架邊，口銜菸斗，隨著〈Begin the Beguine〉的旋律搖晃著身子，泛起一貫的玩世不恭的playboy式的笑意。在沒有舞會的日子裡，他的遊魂，也很寂寞呢！

樓下e bar完全是年輕人的世界，聲聲「dot、dot」，令這幢甦醒過來的昔日豪宅，與世界連在一起。

〈Begin the Beguine〉，一首著名的上世紀二十年代風行全球的舞曲，意譯或應為〈重新開始〉，綠屋的故事，就在這樣的旋律下，翻開嶄新的一頁。

都會夜的馬蹄聲

香港，某夜總會大堂。

她穿著黑底銀花的香奈兒上衣，一點不袒胸露臂，銀色裙子，銀色公文袋式的手袋，裝束很cyber look。那種很有時代感的E時代時尚，在一片暗燈舞影中，她一雙眼睛烏溜溜的，職業化地四周探望。除了那對不安分的目光，她應屬很靜態，內斂且帶點冷傲，不像她只二十一歲的年紀。

「讀完中學就出來做（夜總會小姐）了。」

一副沙啞的嗓子，淡定得有點蒼涼，給人一種老吃老做，見慣世面的感覺。「做了三四年了。」

「為什麼？朋友拉出來做啦！為錢啦！不為錢為什麼？」

她叫Jenny。

因為場內燈光太暗，她又化了濃妝，因此看不清她的臉面，只覺得很假，假得恰如其分，算不上漂亮但又很周正。

這裡屬高級日式夜總會，單茶費就收八百元，現在經濟不好，已算便宜了，以前要過千。晚舞買鐘外出，收一千五百元。

「講是講千五，但現在經濟不好，千來元也做了。不過熟客就不同，好少熟客照公價給，至少給二千，看同小姐私下交情啦！一月賺多少，看運氣。平均每月四五萬是有的，運氣好的，二三日就可賺到。」她說。

不過，朋友告訴我，這些小姐多會將收入報多點，以持內心平衡。不過，看她那件香奈兒上衣，她一月收入，想來也不菲的。只是，這是吃青春飯，二十來歲一過，已是夕陽無限好了。

養家擔子很重？她搖搖頭說不用，因為父母都有工作。

「現在好少人……是為生活養家出來做的。有人這樣講，是藉口。」她倒說得乾脆。

「入行初時有沒有心理很抗拒？」

「沒有。」她仍答得乾脆不二。

「妳知做這行的……」找來找去，找不到一個合適的用詞。

「當然知。」她倒代我回答了，「電視電影，都拍了不少啦！這也是服務性行業，有需求也有市場，一種公平交易，總之我有付出就有收入，好過乾坐在家裡等政府發公援！」她說得悠悠然然，同時從手袋裡摸出一支修長的女式薄荷菸，陪我採訪的朋友，為她點亮打火機，她優美地探頭去點菸，一面微微瞇起雙眼，絕對高雅的法蘭西式姿勢！

Jenny講，如果好運，再做二三年就可收山了。

那麼，她有些什麼計畫？

「我也沒有。有些姊妹會出來開間時裝店或花店，但現在經濟不好，還是抓仟點現金保險。」

她講她有個嗜好，就是收藏各種金幣。是不是名牌迷？她則講她也不算失理智的，做她這一行，衣服飾品一定多，不過，她不會瘋狂。

「做上這行，會不會影響妳……愛情婚姻？」試探性地、小心翼翼地步向訪問的核心。

「愛情婚姻？就算不做我們這行的，哪個女孩又一定保證可以順風順水？我們有些同行，一心希望在交易中找個有錢人，找張長期飯票。我覺得，這樣反而比做小姐還慘。做小姐，總歸還是自由身，跟上這點歡場客人，不是二奶就是三奶四奶，要做得像何鴻燊的四奶這樣風光，是灰姑娘童話，很少有的。」

「那麼，想過將來嗎？」

「有錢抓在手，什麼都不用擔心。」

「怕……身體……有影響嗎？」

Jenny的臉一沉，人家講歡場小姐的臉，一面毛一面光，說變就變，一點不假。

「做夜總會小姐同做『私鐘』，根本不同！價錢都差好遠！」她力圖向我們解釋兩者的界線。「你以為做夜總會小姐好容易？英文、普通話是最基本的，還要飲得猜得會搞氣氛，唱得跳得還要善於傾聽，不是人人都捧得起這只飯碗的。做夜總會小姐，主要會玩心理遊戲，要摸準客人脾氣或喜好。我們客人中，有不少臉孔熟的，或會在電視、報紙上見過他們，你要裝作木頭一樣無任何反應；他們礙於本身的聲譽，捨得花錢，又不會表現粗魯，但特別敏感，你稍微一點言語口氣，就會得罪他們。所以講，客人和小姐間，其實都在玩一場心理遊戲：客人要減輕舒緩壓力，小姐要提起百分之百的精神賺他們一筆……就是這樣一回事！」

問問答答之下，Jenny已顯不耐煩了，或者，問題已到她能容忍的極限，怕她真的翻臉，忙忙就此打住。

她噴著菸裊裊娜娜地走了。

其實，做夜總會小姐，遠不如她講的那樣瀟灑。當然，未必個個客人都會與小姐去開房間，有些可能純粹想有個女孩子陪他吃吃飯談談話，但現在這樣的客人，十個都不見有一二個；出了這點價錢，誰都想物盡所值甚至物超所值啦！

那種歡場上客人一擲千金捧小姐的故事，只有電視電影中才有，現代人對愛情都已不再執著，更遑論會專一捧一個歡場小姐。而且，報上常見有夜總會小姐隨客人外出遭劫財劫色，謀財害命……畢竟出入歡場夜總會，三教九流都有。

這裡有一個真實的故事。

那是在一九四五年，我們的〈洋盤上海開洋葷〉的老朋友、美國華裔大兵吉米鍾親身經歷的一個故事。那日他駐紮的今國際飯店，熱水供應突然中止，無法洗澡。他是中國人，知道中國有專供洗澡的浴池，想來上海也一定有。信步走在街上，拐到另一處燈光璀璨之處……估計是大世界那一頭，見有豔亮的霓虹燈推出「芬蘭浴室」四字。

芬蘭浴室就是焗桑拿（蒸氣浴）。

他順著燈光拐入一條弄堂，推開一排落地窗，但見客廳垂著一盞古銅大吊燈、一張絲絨沙發、一把紅木矮茶几，空無一人。正在納悶，走出一位半老徐娘，講一口無文法又讓外國人聽得懂的洋涇濱英文。

「我要洗澡。」

女人笑吟吟地摸出一本照相本，全是搔頭弄姿的女孩子的照片。

「你可以挑一個女孩子來服侍你。」

「我只要洗澡！」這位黑頭髮的美國大兵反覆一句話。

女人好脾氣地合上照相本。

「讓一位廣東小姐服侍你吧！」

廣東小姐？也好，上海人阿拉阿拉講不通。

一位穿著陰丹士林中式上衣黑裙子的廣東小姐帶他上樓，她胸前掛著一隻圓形金屬號牌，很有女學生風範。

樓上陳設像旅館，一字開長通道，一間間緊閉的門挨著。

小姐打開其中一間門，內裡小小的，只放一張床，房內有獨立浴室。

小姐關上門不走。

「請走吧，我要沖涼了。」他用廣東話對她講。

「我是來服侍你沖涼的。」他嚇了一跳。自五歲起，他就不用別人服侍沖涼了，連媽媽都不為他沖涼了。

二十年代的上海妓女，好像沒有太濃的脂粉氣。前排左一那位，眉目姣好，只是為什麼她不對著鏡頭看？

小姐急得要哭出來：「我英文不好，拉不到美國兵爺生意，如果連講廣東話的都拉不到，要給老闆罵死了！」

看她樣子，一點也沒有風塵味，何以會落到這個地步？

她原生在上海的小康之家，父親是永安紗廠的職員，她自己在智仁勇女中也讀到初中畢業。後來，日本人來了，紗廠停工，父親貧病而死……好多電影、小說都有這樣的情節。

他被廣東老鄉的不幸感動了，摸出二十元美金給她，二十元美金救不了她，但至少，讓她可以感到，人間尚有好人，給她一點發奮的信心吧！

這位廣東姑娘端出一盆熱水來，蹲在地上對他說：「先生，你這樣好良心，所以打仗也打不死，不少腳不少手地可以回家。讓我服侍你洗下腳吧，算我一點點心意。」

就這樣，姑娘蹲在地上，仔仔細細地拭洗著這個萍水相逢、穿著一身美軍制服的老鄉的雙腳……

六十多年過去了。

不再是亂世，也沒有戰火，卻仍有女孩子，走這條路。

回憶Jenny，同樣一點沒有風塵味，與香港中區那些邁著急促步子的白領麗人，並無區別！

今日香港教育普及，社會物質條件富裕，若Jenny這樣英文好、又會講普通話，做個公司文員綽綽有餘，何必走這條路？

「不少女孩子來夜總會做，初時確是抱住賣笑不賣身，但見其他姊妹很快可以穿名牌、戴鑽戒，便很容易動搖。再講，她們收的錢全部是現金，不用報稅，自然很吸引人。」

說這話，是Peter，現在是四間夜總會的經理。他在夜總會內出出進進，一應男女侍應和小姐見他，無不聲「Peter哥！」就像寫字間白領見到上司聲「boss」一樣，敬畏至極。

Peter穿一身深色西裝——他講他永遠穿黑或深藍黑西裝，以示對客人的尊重——配大紅金色圖案的領帶，指甲修得很整齊，戴著隻皮錶帶的Cartier手錶，而不是那種鑲金鑲鑽的金勞力士，很斯文，就像一般寫字間的高級主管。

舊上海有種白相人，悠悠然然似不務正業，作為娛樂場所主管，舊時上海也一律稱為

「白相人」，只是眼前這位Peter哥，溫文爾雅，戴著副無框銀絲邊眼鏡，頗像「人間四月天」裡那位徐志摩，活脫個寫字間先生。

時代變了，昔日上海的「白相人」形象，來到香港，自然也一洗舊日的江湖草莽之氣，添加幾分洋氣。只不過，吃這行飯的，始終需黑白道「罩住」，今昔如一，問題在善於包裝自我形象。

原來他幹這行已有七年了，最早，他是調酒師出身，在瑞士學過酒店管理。後來，一個瑞士的英國同學在蘭桂坊開了個吧，叫他去幫忙打理，打理得很好，便做大了。幾個朋友合股開夜總會，再請他去管理，就是這樣。

「一般夜總會的小姐，年齡大約十八歲到二十四歲左右，年紀再大點，這裡就做不過人家了，起碼，不能在這樣的日式夜總會做，只好去旺角油麻地那種二三流夜總會。原則上，我們見工時已講過，有話

舊時設在今平安電影院底層的「曼德林俱樂部」（Madrine Club），是上海最高級的不設舞女的夜總會，今已無影可追。

在先：你的工作僅只是在夜總會陪客人，千萬不好跟客人，特別不熟的客人去其他任何地方。如果你同客人在夜總會以外其他任何地方發生任何意外，同公司一律無關！」

雖然有話在先，但照這樣子，小姐們是賺不到快錢的。一般夜總會小姐月薪，公司給一萬五到二萬元，如何夠她們買鑽戒名牌？

「現在出來做小姐的，好多不似電影小說中講的，什麼為養家求學父母醫病……全部只為賺快錢。」他說。

出來做小姐，做二三年就會收山上岸，或是泊了個好碼頭，或是儲足錢出來另闢生機，很少有人做到人老珠黃，而且客觀條件也不允許你做到人老珠黃。

「一般做超過三年的，一定有難隱之苦！」Peter說。

「但剛才Jenny，不是做得很瀟灑嗎？」

「你聽她。這些小姐年輕輕的，做人城府都很深呢！她割脈自殺都割過幾次，手上疤都好幾條！老實講，在夜總會做小姐，有誰真的是做得開心的？」

所謂難隱之苦，各有各苦。比如小姐自己有吸毒嗜好，這是最普遍的。聽Peter講，許多歡場小姐心理壓力好大——想想看，對住一個陌生人要有講有笑、有飲有啖，惟有藉藥物麻醉一下；或者，有的小姐喜歡賭；更有的小姐，或為平衡自己，包一個小白臉……小白臉自然看錢分上，哪有真心的！

古往今來，被稱為銷金窟的歡場上的女子，總似首怨曲，她們不斷被編成各種故事送上銀幕、熒屏，不斷博得聲聲同情和嘆息，但其實，連她們自己都尋不到那心脈中安寧的一角，更遑論嘗試去認識自己理解自己。

不過，Peter這位經理，倒似做得挺開心的。因為對香港「舞照跳，馬照跑」有信心，

所以九七他非但不移民，還在深圳也搞了個夜總會。

「上海也不錯，有朋友約我一起搞。香港現在經濟不好，夜總會生意清了好多。上海可是夜總會的祖家地，現在，香港人、台灣人、外國人都湧到上海去，上海夜總會一定有的做！我今年過舊曆年，就要去上海考察。」

說話期間，一位身穿洋紅旗袍的小姐走過，對他一笑：「Peter哥！」

Peter向我們介紹，她是一位「媽媽桑」。

要請教如何稱呼，媽媽桑只是揮揮手：「稱呼什麼，人人都叫我們媽咪！」

這位媽咪約三十來歲，高高盤起一個髻，白淨秀麗，原來是上海人。

聽說我也是上海人，她很戒備。

她講一口不怎麼樣的廣東話，聲稱上海話已忘記了。我的直感告訴我，她在撒謊。一個上海人，永遠不會忘記上海話。她只是想刻意忘記她那段與上海連在一起的生活吧！

媽媽桑，是一個很特殊的行業。大都會燈紅酒綠中的一朵塑料花，豔得假，嬌得假，卻美輪美奐得完美無缺。

說起來，所謂媽媽桑，舊上海稱為「舞女大班」，只是從前以男性為多。到了五十年代起，或者前輩舞女已出道，再加年紀大了，憑著與舞場關係熟諳，又有老客戶老相好，也就順水推舟，做起媽媽桑，雖然角色變換了，但仍在歡場上飄零找生計。

媽媽桑的出處，有點舞小姐經紀人的意思。或者因為女人之間更易溝通，所以舞女大班今日在港九似已絕跡，代之而起的，就是媽媽桑。

舞女大班也好，媽媽桑也好，是舞客與舞女間的橋樑，其職責也是一種公關手法：某熟客看中A小姐想相邀一舞，但A小姐十分搶手，一時抽不出時間，為了不使客人覺得受冷落，舞女大班（媽媽桑）會上前敷衍：「先生今日好興致，肯過來賞光坐坐。A小姐要過一陣才能陪你，不如試試B小姐啦，B小姐是蘇州小姐（鬼知道她是蘇州小姐還是揚州小姐），嗲得不得了，不妨與她跳一拍試試啦……」

這樣，B小姐也不會坐冷板凳，A小姐也不用心慌得兩頭調不落，舞客也不寂寞。

也或者，夜總會舞場新來幾位小姐，還沒有熟客人，舞女大班（媽媽桑）就會對自己的熟客介紹：「×先生，介紹幾位新小姐給你認識認識，帶帶她們出道哦……」

熟客覺得好有面子。

「過來，小姐。叫啥名呀？從哪裡來的？」

一回生，二回熟，新小姐也有了熟客。

「妳家裡人，知道妳是做這行嗎？」單刀直入地問眼前這位媽媽桑，反正從此不會再見了。

「知！」她將聲音拉得長長的，理直氣壯的，「無所謂的，都是一份工作嘛！」

「妳是如何會做這行的？」明知故問。

「哦，我以前是做餐飲部部長的，熟客多點，公司的小姐又同我相熟，就轉行做媽咪了。」她答得自然。她講的公司，就是夜總會。

在香港，公司的意思，猶如內地說的單位。

「做媽咪很辛苦嗎？日日要天亮才能回家。」

「是呀，難怪我兒子都要不認得我了！」

她還有兒子。不過，這不奇怪，這都是一份工嘛！既然是一份工，月薪有多少？

「如果客路多小姐又多，一個月可以賺十幾萬。但普通像我們這樣，很少，一個月萬來元，有時只七八千。」

「做媽咪有壓力嗎？」

「當然有，競爭好大呢！小姐常會被人挖角，質數好的小姐，也很難覓到。我們做媽咪的，一定要常常有新小姐，否則，來來去去這幾位小姐，客人胃口就倒了——客人就是喜新厭舊，否則，回去看住自己老婆了，還要出來做什麼？」兩片塗得亮閃閃的豔唇，講出話卻尖刻得很。

「妳介意不介意兒子知道妳的工作？」

「都講過了，也是一份工嘛，」她依然笑得如一朵花，卻嗖一下起座走人，「我過那邊去看看，轉頭再回來……」

她當然不會再回來。

這樣的女人，舊上海就稱「白相人嫂嫂」了。

但見她講話神態自若，滴水不漏，心裡早就有一本現成的對白腳本，那種幹練精明、不卑不亢，令我憶起樣板戲裡的阿慶嫂——做地下工作做得這樣，才真正是爐火純青呢！

從《金大班的最後一夜》到《望鄉》，從《風月俏佳人》到《魂斷藍橋》，大都會的歡場女子，給我們留下各樣版本的都市傳奇。不管你喜歡不喜歡她們，我們的城市如果缺少這道流光麗影，這份紅塵囂土，猶如爵士樂中，少了那支如怨如訴的薩克斯風。猶如如果沒有紙醉金迷的百樂門，那麼上海的三十年代流金歲月，會有今日留在我們記憶裡這般神祕瑰麗嗎？會造就出董竹君那傳奇的一個世紀嗎？

從正義到邪惡的此極與彼極之間，原該有很大的空間容納各道風景。

今日滬港兩地，越來越多的女性不用男士付賬不用男士做騎士或護花使者，自己會結

看這照片的年代，應在二十年代初，連上海男人都還是長衫先生，畫面所見穿西裝的只有兩個，看來應是留學歸來的「假洋鬼子」。不過，我們可以看到，上海女人，已早早地加入洋人的夜生活之中，且舉止遠比我們的上海先生們自然老舉，看來，在都會夜生活裡，上海女人比上海先生資格還要老一點。

伴去蒲吧玩夜總會，享受夜生活。今日由男士付賬男人擋駕的時代已過去了，都會夜的探戈，女人也可以主動，帶動男人跟著她的花步走。

早八十年的上海早五十年的香港，哪家小姐不要說去蒲夜總會，就算常常晚歸都會被視為不正經和無家教。不過話說回來，早五十年前的香港和早八十年前的上海，哪有這麼多女總裁女主管女強人呢？

有需要就有市場。既然男人可以在夜總會有自己的溫柔鄉，女人當然也要找到一個自己的減壓場。年過四十的殷先生，一身閃閃珠片魚網黑背心，緊繃著隆起的胸肌肉，一條緊身虎皮紋牛仔褲，成熟而又充滿活力。他是金滔夜總會的駐場歌手，每星期在這裡唱兩晚，每晚一小時，一個月就有兩萬多元收入。不過，對他來講，又要打扮自己又要置裝，區區兩萬元買套衣服都緊緬緬的，惟有經營多元。

夜總會小姐與夜總會先生不同，前者的賣點是青春美貌，後者則是成熟又有活力。來夜總會捧夜總會先生場的女客，大都是成熟型的，太年輕的夜總會先生不相配她們，十七八歲靠二十歲的，好像是拖著個小弟弟甚至兒子了，視覺上也不舒服。

一般夜總會先生，都是過氣的或四五線的電視電影藝員出身。如殷先生，早在一九七八年，已獲得電視台舉辦的社交舞大賽冠軍，後幫過不少紅歌星做伴舞，自己就是始終紅不起來。

衝著得過社交舞大賽冠軍，他曾開了間舞蹈學校，但現今香港誰還會跳這種懷舊社交舞？有時間學跳舞，不如用這時間炒股票。

「一九九二年終於結束了蝕本的舞蹈學校，有兩年工夫沒有工開，連車都賣了。一個月光泊車位就要幾千元，不如賣了改騎摩托車，豈知人家講騎摩托車更合適我！」

他留著山本五六十式的海軍頭，很陽剛。這是必須的，就像做模特兒必須保持良好體型一樣，他每天都要去健身房練身體，舉五十磅啞鈴，四十幾歲還可以做倒立狂打跟鬥。「人家花錢來捧你場，如果你像個麻甩佬（糟老頭）一樣，誰會來？」他講得很實在。

他的客流對象是一班中年以上的女士。

「她們都很寂寞的。有些是失婚，有些老公長期在內地或海外打理生意，晚晚結伴來金滔蒲，聽懷舊歌跳懷舊舞，也是一種內心平衡。你對她們好點，耐心聽她們傾訴，她們會將你當自己男友。」

「有沒有高級女行政人員？」

「金滔的客路不是高級女行政人員，主要是富裕的家庭主婦和中層單身女士，這樣的客路反而好做。像我英文差又不是通古博今，還是在金滔好。高級女行政人員和名太闊太會嫌我們太cheap（俗氣）。」

相比夜總會小姐和媽媽桑，他態度似自然多了，也放開多了。

「雖然只是一個駐場歌手，但不加多點努力留住幾個捧場常客，老闆隨時可以換新人代替。現在大把四五線的藝人喜歡來這裡撈外快。」他說。

所以，對他講，唱歌只需唱一個鐘頭，應酬客人倒要幾個鐘頭。因此，雖然他每晚正式唱歌只有兩個晚上，但他幾乎晚晚在金滔報到，不唱歌的時候，就陪熟客聊天，陪她們跳懷舊舞。

金滔在九龍旺角，如果夜總會也分星級的話，大富豪屬五星級，金滔只能勉強屬二星級。不過，那充滿懷舊情調的五六十年代老歌旋律和半舊的闊落的沙發卡位，色彩有點暗的牆紙及朦朧的燭光，很合適那班中年的落寞的芳心，很有《花樣年華》的格調，那才是她們的時光。太金碧輝煌太華麗的背景，只會更顯出她們殘花敗柳、青春不在的現況。

在半明半暗的燭光裡，她們可以看上去仍風韻猶存，姿色尚在，想像自己是感情落寞的張曼玉。

香港一般有夜總會先生的娛樂場所，檔次都那麼上下，對象都是一班手頭寬裕的中年主婦。說真的，如果真的一班女高級行政主管或闊太，她們想輕鬆一下，根本不屑到這些場所去「尋覓知音」，完全可以帶著心儀的異性（他們可能是藝術家、紅小生、紅歌星、詩人……）出入她們自己的私人會所，如早一年前鬧得滿城風雨的闊名太與紅DJ（節目主持）的傾城之戀……可見儘管今日已男女平等，但夜總會先生要像夜總會小姐那樣，指望有一日可以攀上枝頭做鳳凰，或飛上峭岩做蒼鷹，仍只是可望而不可求。灰姑娘的水晶鞋，只合適女士。而且，他也永遠只能在這樣的市民氣十足的場所混。

夜總會先生的市場價值，不但在要擁有一大批固定女客人來捧場，更重要的是，要會幫老闆應酬留住常客熟客帶起生意。

在沒有登台的時候，隨便往一桌熟客中一坐：

「咦，怎麼沒酒？光飲咖啡沒有癮！難得今日大家高興，開支白蘭地啦！」

然後身先士卒自己要了一杯一乾而淨。

女客也來勁了，又會開幾支白蘭地威士忌，埋單時起碼幾千元，老闆自然笑啦，每次合約滿了都會再續約。

小姐可以對著熟客發嗲撒嬌感情投資，先生就不能來這套，給女客罵一聲「娘娘腔」才有分呢！

殷先生自有他的辦法，他的通訊錄裡除了記有熟客的電話，還有她們的生日。她們生日那日，一早打通電話去，花店送一束包裝漂亮的紅玫瑰去——羊毛出在羊身上，她們會加倍奉謝他。然後一通電話打去：「今晚在金滔幫妳好好熱鬧下！」

女壽星當然喜出望外——老公都未必這樣重視她的生日，當晚殷先生自然做足他的護花使者角色，令女壽星女人虛榮得到極大滿足，最後總有他的好處：老闆開心，客人盡興，他的外快也撈足！

殷先生很健談，或者這也是一種職業習慣，不過，為了他這席話，我們開了兩支白蘭地。

他說他本來不會飲酒——唱歌的最忌飲酒，但對他來講，飲酒也是謀生能力一種。他總是鼓勵客人開白蘭地，如是老闆才會有錢賺呀！

他有女朋友嗎？女朋友在乎他這份職業嗎？

殷先生只是莞爾一笑。

「做我們這行，就要擺出一副孤家寡人的嘴臉，否則，客人們會好無癮的。不過，做這行始終不是長久之計，我計畫籌足錢，就回內地買樓養老，閒時教教唱卡拉ＯＫ或開間健身室解解寂寞，其他也不想了！」

講這番話時，方顯出他的年過四十的那種中年危機：臉頰已有鬆弛的現象，眼袋也顯出了。而且我發現，他化妝時，畫粗了眉目，加濃了鬢腳。

一曲鄧麗君的〈我只在乎你〉開始了，幾個打扮入時氣質俗氣，有點類似上海人講的「老阿姨」之類的中年女人開始向他招手：「阿德，你好了沒有？」

殷先生禮貌地向我們告辭了，推開椅子，魚網閃色黑背心配著健碩的身子，在幽暗的場中很醒目，身材造型也很漂亮。他擁著一個半老徐娘在舞池中搖曳，很溫柔，很多情，很男人，難怪他有這麼多熟客。

據說，這樣的夜總會先生，還可隨時給熟客電召陪吃飯，陪唱卡拉ＯＫ，甚至陪購物逛商場下午茶，但伴舞，一定要在駐場的夜總會。而做這一切歸根結柢，還是要將客人拉到駐場夜總會長蒲長消費。

殷先生說過，他和客人的關係，僅到此為止。不會再進一步。

或者因為夜總會先生和小姐不同。小姐可以讓客人一甩千金共度良宵，而作為夜總會先生，他的客人是群體的，如果他與其中一個熟客特別親熱，很可能會觸怒其他客人就此不來捧場，那才真得不償失！

今日都會，做夜總會先生的，總還是自覺有點無顏面的。殷先生講過，後悔當年急於進娛樂圈，荒廢了學業，讀到中五（相當上海高中畢業）就不讀了。當時有人勸過他，娛樂圈是吃青春飯的，將來年紀大了怎麼辦？

「喏，像謝賢，仍這樣光彩照人！」他當時這樣想。不過，朋友提醒我，他們這種人很會編故事。但還是祝福他早日儲足錢，如意回內地買屋養老！

舞池裡，他懷中又換了個「老阿姨」，難得他仍那麼溫柔多情，絕對有專業精神。他跳舞跳得不怎麼樣，怎麼會得大獎冠軍的？或者，當一個人要為生存而掙扎時，連舞步都會變得奔波和操勞。

都會夜的探戈，狂野放縱的舞步中，夾雜著幾多的無奈和悲情。而這，正是探戈最撩撥人心的韻律。

上海和香港，作為中國兩大都會，締造了富有東方色彩的歡場之地，率先在神祕封閉的古老中國，注入有西方元素的娛樂商業。

說到都會歡場，其實遠非豪客揮金如土這般簡單。

上海是中國爵士樂的故鄉，因而帶動了夜總會和舞廳在上海如雨後春筍，破土而出，而香港都會娛樂文化的起步和普及雖比上海遲，但在五十年代始，南下的上海娛樂業和香港殖民地文化互相融匯，加上珠江三角洲文化本身的豪放，令香港的夜總會業成為東方之珠最炫目的光彩，吸引世界各地遊客蜂擁而至，成為香港旅遊業的強項。

飲客的揮霍，舞小姐的奢華，白蘭地開瓶費之天文數字的貴昂，都成香港小市民飯後茶餘的資料和報紙賴以賣廣告的花邊新聞。

上海的歡場豪宴，獨在香港落地開花，絕不是偶然，那是因為，香港具備這樣的土壤。

中國傳統，女人不應拋頭露面，更遑論外出工作。

但早在一九一〇年，香港西環一帶已開出第一家茶室，是一陳姓母女合開的，可謂中國首間有女性服務員工的服務性行業，可說是創女子走進社會之始。

女子茶室並無色情成分，只是當時到茶樓飲茶的都為男性，異性相吸，因此可以講是很刺激生意的。一下子，女子茶室之風盛行香港，這或者應是最早的中國式夜總會雛形，此時已稱為十里洋場的上海，還未有這樣開化呢，至少女招待未盛行。

據說，上世紀初，香港還專門有種「名媛茶室」，設在半山跑馬地一帶，這種格調高雅的女子茶室，打著「名門遺孀，沒落西關（舊廣州公館人家區域）貴婦」的牌子，很有點近代的沙龍場所的味道。當時最著名的一間香港名媛茶室，名為「潔潔」，是由一位大律師的兩位女兒經營，率先推出在香港茶室供應牛奶紅茶西點，應屬香港休閒業一大創舉。

一九二五年上海爆發「五三十」慘案，香港工會立時響應發動著名省港大罷工，連帶茶樓業（當時為香港最大的服務行業）的工友也紛紛響應，一時無法開門營業。其中一家高升茶樓為維持開門經營，試著招收女侍應，豈知歪打正著，生意反而更好。後來省港大罷工結束，茶樓女招

上海老城隍廟內的戲台。看客似清一色是男人的天下。（圖片選自《上海灘》）

待之風，就此盛行。所以講，服務行業引入女侍應，香港走在上海前面。

茶樓女招待，只是一種服務，並無色情成分，只是一批輕狂文人後生，專門追捧一些貌美的女招待。小市民們，更為她們取了個諢名——茶花，從而展開一場無組織的、完全自發的民間選美，選出幾位漂亮茶花，一時，連英文報紙的洋記者也來湊熱鬧撰文報導。

曾有當時衛道士和遺老遺少要求港英政府禁止餐飲業雇用女招待，然畢竟英政府為西方文化的代表，作風較為開明，故此事並無禁止，反而就此開了全國之先例。

都會，從來與女人關係密切；也不知是女人造就了都會，還是都會造就了女人。然有句話千真萬確：有怎樣的男人，就有怎樣的女人；有怎樣的女人，就有怎樣的城市！

說到滬港兩地的現代夜生活——夜總會，還是上海領先一步。

香港開埠初期並無跳舞廳，一般社交舞會，都是在外國人私宅或會所中舉行，而且，都是英式的宮廷舞，四對或五對男女列隊一起跳，有點類似解放初期的集體舞，男女雙方都保持一定距離，標準的社交式，這種舞稱為「小步舞」。

後來一些香港高等華人為了參加外國人社交，再加上十九世紀末爵士樂在歐美的興起，改變了跳舞只限於上流社會專利，香港華人也開始跳舞。

一九一二至一九三〇年間，香港開始開出專門跳舞學校，教師都是洋人，習舞的自然要精通英文，因此跳舞仍屬高檔消遣。

一九三〇年，電唱機和收音機開始在香港風行，麥克風也開始問世，香港第一間營業性舞廳誕生。聽講是一位華僑開設的，名為「銀月舞院」。舞院的樂隊，是從香港粵曲音樂社的樂手中挑選出來，因此伴舞樂曲除了有西歐樂曲，也有不少廣東音樂。從此，這種中西合璧的伴舞音樂，在好長一段時間內，形成香港舞場的一種特點，也成粵語流行曲的濫床。

至於伴舞小姐，由老闆在舞院開始營業前兩個月登報聘請，由他自己親自授舞。當時香港工業尚未起步，女性就業機會，惟有茶室做女招待。雖是女招待，但至少也有點接觸社會的開放意識，看見招請伴舞小姐，也就去應聘了。因此香港不少舞小姐，都為舊時茶樓女招待出身。

一九三七年七七事變，雖然上海租界暫時未被波及，但不少上海有產者為保險，還是紛紛逃離上海來到英屬香港。精明的商人看準這批上海大好佬需要自己的消遣市場，一批上海夜總會和舞場的經營者，也跟住客人南下香港，來香港開設夜總會舞廳。當時上海已有了「百樂門」、「仙樂斯」、「維也納」等設備十分完善先進的舞廳，特別「百樂門」，二層舞池一流樂隊，成了上海舞林中第一塊金字牌子，在遠東也可數數了。這些上海夜總會經營者的參與，令香港舞廳增添了很多「海派」色彩。而且，上海的爵士音樂，比香港要發展得成熟和普及，大批的上海樂手在香港舞場演奏，豐富了香港的舞廳音樂。

初期香港舞廳燈光只有一種白光，很光亮，沒有幻曼的燈色變化，海派人士將多變的舞池燈光帶來香港，令香港的舞場也開始流光亮麗。

一九四七年，上海籍的有「香港杜月笙」之稱的李裁法，在有「小上海」之稱的北角七姊妹道海旁，開了間海派味十足的麗池夜總會，創香港夜總會之最。「麗池」白天是碧波粼粼的游泳池，晚上，就是燈紅酒綠的夜總會，客路多為南下的上海大亨，故而舞小姐，也以「阿拉阿拉」上海人為多。

到了一九四九年，大批上海人南下香港，令香港的夜總會舞廳，更顯繁榮。今在上海東方台主持「懷舊金曲」而在上海懷舊歌迷中馳名的香港上海人卻利林，在上海时是個標

「百樂門舞廳」大廳舊時狀況，大廳長一百二十尺、寬六十二尺、高二十六尺，當中無一根立柱，廳內地板採用上海少見的彈簧地板。1933年12月14日「百樂門」開張，給紙醉金迷的上海夜生活，輸入一股新鮮的血液，並在現代建築業和裝潢術上，為上海灘留下頗為壯觀的一筆。（此圖出自《海上剪影》）

準的playboy，業餘以喜歡與友人夾樂隊客串玩爵士樂而聞名上海灘一班樂迷中，他在五十年代也南下香港，憑著那一手玩樂隊的一技之長，在沙田新都會夜總會樂隊彈鋼琴，還是做兼職；白天西裝筆挺坐寫字間做白領，晚上寓工作於樂，在夜總會白相樂隊，如是一個月也有千元收入，這在五十年代屬高收入。

夜總會，是都會特有的夜生活娛樂。

香港自一九三五年始有夜總會。

夜總會與舞廳不同，舞廳因沒有酒牌，不能賣酒，夜總會，有酒餐供應。

香港夜總會發展得比上海成熟，上海夜總會雖然淵源較早，但五十年代至八十年代，絕跡了有整整幾十年，而在這三十年中，香港的都市化不斷拓展了夜總會文化。

香港夜總會主要分中式夜總會和西式夜總會。

中式夜總會，除了有豐盛酒席，還有聽歌和豔舞表演，並設有寬敞的舞池供客人自娛。典型的如港片《我和春天有個約會》，就很反映了

上海的夜總會在三十年代發展到頂峰。「百樂門」以建築大膽創新而在上海娛樂業脫穎而出，從而博得「遠東第一樂府」的地位。（選自《海上剪影》）

舞廳正門

舞廳門廳

舞廳二樓玻璃小舞池

舞廳酒吧間

這種中式港式夜總會。

在七十年代，香港經濟騰飛，當時一般工廠以計件結薪，是香港製造業的黃金時代。一個手腳活絡勤快的青年工人，一個月拿二三千元不出奇。於是，下班後打扮得姿姿整整的男女去夜總會聽歌跳舞，在當時為挺時髦的消遣。針對這班有實力的年輕消費者，香港的中式夜總會在七十年代，可謂最燦爛之時。為了迎合這批工廠仔工廠妹的趣味，中式夜總會以粵語流行曲為主，選擇當時電視、電影中家喻戶曉的插曲，還有街頭巷尾那種反映香港人的心態意識的流行小調。

在一定程度上，香港的中式夜總會，也推動了香港最有本土色彩的流行文化——粵語流行曲的普及。

被譽為「粵語流行曲之父」的粵語流行曲作曲填詞人周聰，本身就是夜總會樂隊領班出身。

西式夜總會，一般都設在五星級酒店的ball場內，對象是西方遊客及外國商務客人。比較帶有濃厚的歐陸沙龍文化氣息，講究禮儀，拘謹典雅。跳舞是比較正宗的社交舞：華爾滋、布魯斯和探戈。

一九七〇年，加拿大籍猶太人盛智文來到香港，發現外國人，特別西方人在香港的夜生活太正式太單一：一是灣仔一帶水手出入的下三流酒吧；一是五星級的酒店酒廊，那裡要求領帶西裝禮服，太正式、太過危坐正襟的，非但無法消遣，反而更累。

他看中了中環一條破破爛爛的小巷，那裡貼近中區海外旗艦店集中之處，但卻只有零零落落幾間小酒鋪。於是，盛智文開始著意包裝這條小巷，就像為女人化妝扮靚；很快的，這條小巷開發成一片集餐飲、歌舞、休閒於一體的夜生活區，他給它一個充滿陽光的名字——加利福尼亞。從此以後每逢周末及西俗節日，好像全香港的時髦人，都湧到這裡來消遣；同是夜總會，這裡的夜總會氣氛輕鬆、年輕、親民：這裡不需領帶禮服不需繁文縟節，拎一瓶啤酒坐在街沿上，就可以彈琴唱歌。

這就是聞名的香港蘭桂坊。

它的青春和親民，大大地改革了保守傳統的西式夜總會，今天，這樣風格的夜總會文化，已在上海落地生根：新天地、Park 97，衡山路、茂名路上的咖啡館酒吧，都可以講是循行著蘭桂坊的氛圍而形成的，與三十年代的風花雪月、紙醉金迷，已有很大的不同。

至於日式夜總會，那就很有色情成分了。

坐落在香港灣仔一帶的夜總會，如灣仔的春園街，因這裡靠近碼頭，外國水手就近在這裡尋歡作樂，甫成有名的紅燈區。

二次大戰後，特別朝鮮戰爭爆發時，香港成為美軍度假勝地，灣仔夜總會一時發展蓬

二十年代末的上海電影攝影棚。都會夜生活的掀起，帶動了電影業的勃蓬發展。一般不諳英語的上海小市民、小知識分子、小白領，與女朋友看場夜場電影，是最經濟實惠的夜生活。

勃，由一九四八年只有四間酒吧，到六十年代平地崛起至一百多間；對那些有幾分姿色英文又可以的女孩子，平白提供「就業」機會，也演繹了無數《草帽歌》和《西貢小姐》、《蝴蝶夫人》這樣的東西方怨女癡男的傳奇情史。六十年代一齣好萊塢紅片《蘇絲黃的世界》，講的就是一個香港吧女與英國青年畫家一段纏綿的異國情史。此片一度在香港帶起了直髮短裙的蘇絲黃經典裝束，在女孩中很風行了一時。

都會夜生活，似幻還真，難怪越來越多的城市題材的小說電影，都以夜總會生活作背景。

印象最深刻的一部香港電影，是四十一年前的黑白舊片《野玫瑰之戀》，由葛蘭主演，我看的是影帶，雖然很殘舊，不過仍然好看。

《野》片其實是把卡門故事改為香

港夜總會做背景，把比才歌劇那首名曲改為國語時代曲，聽似不倫不類，但拍得好，演得好。後來王家衛拍過一部《旺角卡門》，只覺得女主角沒有葛蘭演得好，因此變得只有旺角，不見卡門。那種煙視媚行的風情味，活脫勾現了這種都市的夜行動物——歡場女子。

近年，蔡明亮的台灣世紀末電影《洞》也是以夜總會為背景。

導演巴茲魯曼今年拍的《紅磨坊》，還是以夜總會女郎作主角。

在銀幕上小說中的夜總會女郎，都似有一條不成文的公式：卡門、小蝴蝶夫人，而真實生活中的歡場女人，其構造成分，似複雜得多。只是現代的夜總會女郎，似更決絕更瀟灑。

當然，夜總會歌舞女郎與歡場女子，還是有所不同的。

不理如何，香港夜總會，曾是富豪的花錢勝地，也是生意人的一種身分象徵，七八十年代，香港一班城中富豪，一星期在夜總會蒲足三晚，以示身價。

在八十年代初至九十年代初，豪客一晚消費十萬八萬，屬小兒科，光給小費都是幾千幾千的。

時至今日二十一世紀，新的城市菁英開始主宰都會的消費市場，醉生夢死的消遣方式已過去，時尚推崇精而簡的消遣文化，連帶夜總會文化，也如前文所述，以精緻氣氛優雅為主流，最經典的莫過於香港的蘭桂坊和上海的新天地及西區舊租界的吧。但東方人根深柢固的那種效仿王者風範的心態，仍難根除。這就是為什麼，連西方的不甘寂寞的尋芳人，都會特地組團到東京香港來消遣，或者就是為了追求這種濃郁的東方豪情吧！

因此，儘管時代已進入了高科技的E時代，但曾令一代富豪迷醉的回憶不盡的香港城中四大日式夜總會（被港人稱為四大名旦）——大富豪、中國城、新杜老志和富都會，仍為一致公認的城中四大銷金窩。講排場講豪氣講名人坐鎮，比不少五星級酒店更叫人炫目。

日式夜總會，賣的就是「豪華」，因此排場裝修，極盡豪華。侍應英文流利——因為要款待天下之客，而且椅桌設計都特別矮，侍應服務時要蹲下，務求令客人有高人一等的感覺，所謂俯首帖耳吧！

香港富商汪裕祖坦認，男人上夜總會，似好像有點染上毒癮，到時候就想去蒲一下……八十年代後期，很興去夜總會談生意。有女人在場，談生意也會輕鬆點，不那麼火藥味。女人的角色，猶如談生意的橋樑，很微妙的。

他回憶八十年代末那陣，每晚夜總會消費，包括開幾支白蘭地和威士忌酒，埋單起碼也要兩三萬；給媽媽桑和坐檯小姐的小費，少則幾千，多則萬來元，約占埋單總數的二〇%。

給多少小費，主要視乎小姐質數，服侍得好不好，幫不幫到手。他曾試過有次同十幾個西方生意人一起去蒲，開了十幾支酒，叫了十幾個小姐坐檯子，埋單十萬元。在八十年代，十萬元是很大一筆數。但他簽到了一宗幾千萬的生意回來。相比之下，十萬元算什麼？難怪他打賞小姐的小費，都每人兩三萬了。

要講香港的四大名旦夜總會，名氣最響、最肯落本錢的，當數位於灣仔的大富豪夜總會。它在一九八三年開張，是香港第一家設有卡拉OK的夜總會。

大富豪很有昔日滬上海派之風，其豪華與五十年代的香港上海白相人李裁法的麗池夜總會，可謂異曲同工，卻更顯心機，更顯豪華。

一九八四年開張時大富豪的裝修費逾一億，場內還放了一部可載客人繞場一周的勞斯

香港「大富豪」夜總會全景。1983年開張的「大富豪」與1933年上海的「百樂門」相比，不見得相差有多大。可見上海夜總會文化淵源之深。

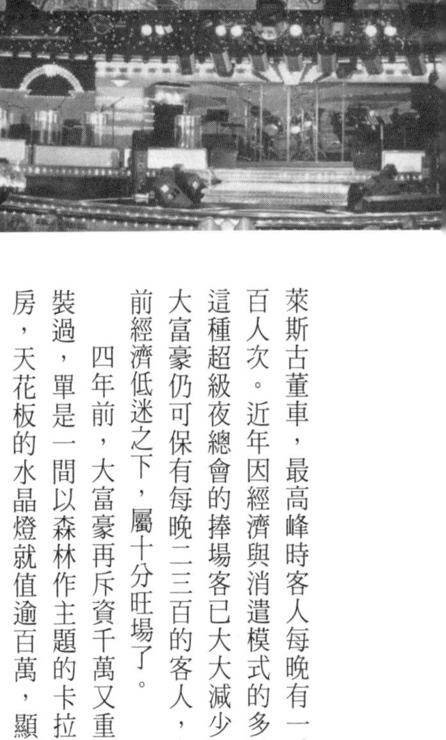

萊斯古董車，最高峰時客人每晚有一千五百人次。近年因經濟與消遣模式的多元，這種超級夜總會的捧場客已大大減少，但大富豪仍可保有每晚二三百的客人，在當前經濟低迷之下，屬十分旺場了。

四年前，大富豪再斥資千萬又重新包裝過，單是一間以森林作主題的卡拉OK房，天花板的水晶燈就值逾百萬，顯盡金碧輝煌。

要令每個客人進來，都像進入一個紙醉金迷的花花世界，是夜總會的宗旨。須知，成人，也夢想有一個成人版的童話世界。而打豪華牌，更是「大富豪」的王牌。

「你不落重本去包裝，客人就消費得不開心了！」當年在大富豪當侍應，現在已是夜總會經理的Roman說。他目睹過大富豪的全盛時期，一九八八年的一個豪客一晚消費一百萬！「當晚他給我的小費是一千元，當時我一個月薪水只有三千元！」

他喜孜孜地「想當年」。

劉嘉玲也在大富豪登場演唱過。

大富豪有海派之風，除了因為香港夜總會多多少少沾了南下上海夜總會文化情緒外，更可能因為它的老闆之一陳香桃，與上海源淵深遠。

陳香桃是上海人熟知的美籍華人陳香梅的妹妹，難怪場內不乏吳儂軟言的上海籍香港大亨。

名言「九七舞照跳」第一次在香港傳出，就是在一九八四年「大富豪」開張之日，由當時到賀的新華社副社長李儲文說出，「一國兩制」的深奧政治內涵即時就通俗易懂了。

由於名氣夠響，「大富豪」夜總會，是最為內地遊客所知的香港夜總會，成為內地豪客遊香港的熱門旅遊點。

Roman說：「在高峰期間，旅行社一晚就『車』四五百個內地遊客來，我們小姐都不夠派。」

夜總會的經營者一定要摸熟客人心理，才能在競爭中長青不倒。

如果說「大富豪」以豪華出名，那麼「中國城」的賣點，就在力做全港第一！

「中國城」面積六千平方米，是全港九第一大的歡場之地。

它也是全港九第一間設有卡拉ＯＫ的夜總會。

一九八三年開幕時，經營者扣準「中國」兩字作宣傳。他們特別摸準殖民地中國人那徘徊在民族和崇洋間的複雜心理，特地請了個黃頭髮高鼻子的外國人——不是紅頭阿三或菲律賓人黑人，是如假包換的白種人——在洗手間當侍應服侍客人，這無疑是一抹涼絲絲的萬金油；只要向外國人扔下幾個小費，外國人也會將中國人當大爺般伺候。真是大快人

心，精神一爽！

或者因為香港的國際大都會性質，決定夜總會也走國際路線，以滿足全球各地遊客需要：這裡的夜總會小姐可講來自五湖四海，樂隊也來自南非、巴西、立陶宛等地，連帶夜總會經理，可拼成一個聯合國。相信遠東再沒有一個都會的夜生活，如香港這樣燦爛繽紛，完全是現代版的酒池肉林。

梅豔芳、張國榮、王菲等紅星，都當過四大名旦夜總會的駐場歌手，歌酬高達五十萬一場！

今日的都會夜生活，少了傳統的道德枷鎖和偏見，多了品味和競爭，重精不重闊。

今日都會夜生活，不再是男人的專利，但永遠是女孩子嚮往的灰姑娘的舞會。哪怕，dot、dot的電子波，都喚不醒她們。

夜生活，亦正亦邪，是都會的夜的媚目，充滿誘惑和浪漫，曖昧又令人亢奮。

都會之夜，最會撩動人的綺思夢想；高壓下的都會人，偷得浮生半日閒，藉著夜的面紗，進入一個人工精心雕砌的夢魅之境，來一次玩票式的放蕩，做一次短短的自我放逐；沒有上司沒有下屬，沒有責任也毋需義務，一切只要揮出金錢就可擔當……暫別因習慣已厭膩的公務甚至家人，做一次不是自己的自己，或另一個可能比自己更真實的自己。

夜生活可能是一場春夢，只待半夜十二點鐘一響，赫然驚覺，一切回復如常，獨留下一對水晶鞋，做下次放逐的理由……

也或可能，夜生活製造了一次豔遇，使一次匆促的相遇，登臨了生命的頂峰。此後再也無法超越……成全一段如《遠山的呼喚》或《麥迪遜之橋》這樣十分純情的都會版傳奇。

春城何處不飛花？天涯何處無芳草！

不過，精於計算的都會人，寧可不要傳奇，只要現場。製造傳奇，是一場最划不來的生意。

因此，今日都會人，個個都如沙蟹（梭哈）檯上的豪客——悄悄揭開底牌，贏了面色不變，輸了仍談笑從容，那是因為，大家明白只是參與一場遊戲，因為內心已有一道止蝕的底線，自然可以玩得這樣瀟灑。

哪一位詩人如是寫過：「我達達的馬蹄聲，是美麗的錯誤；我不是歸人，只是個過客。」

都會夜的浪漫，就鑲嵌在那起起落落的馬蹄聲裡。

上海街情話

九龍旺角的上海街，徒有個「上海」的虛名，但見兩邊人行道上，水果檔夾著廉價時裝店，茶餐廳傍著香燭錫箔店，雜亂喧囂，令眾多有心想來尋覓上海昔日風華的遊客高興而來，掃興而歸。

其實不然，華燈初上之時的上海街，曖昧迷濛的霓虹燈光下，映著下班的人流車流，互相糾纏著，人聲鼎沸地在十字街頭滔滔流過，自有一番紅塵火浪之景，生生猛猛的，與那七點一過雖然燈火通明，卻已是水靜河飛的中環大馬路相比，此時的上海街，確實十分上海，很有點如孤島時期的租界地的二流馬路——如同孚路（今石門二路）北四川路；市井豔俗，小毛師傅看入眼中，是有這番感受的。

叫是叫小毛師傅，其實也七十開外了！當初搬入這裡——上海街興發樓時倒是「的刮」的小毛師傅。

那時興發樓剛剛造好，鏤花鋼窗五彩地磚，一梯兩伙，在五十年代的香港九龍區，也算體體面面的中產一族的住房；就是到六十年代也算ＯＫ的，那時正好霍英東首創「分層出售，分期付款」的供樓法開始普遍採用，小毛預付百分之十，購了一個鋪面和二樓一個單位。

講到地段，還是差一點，但小毛師傅當年看中這裡，也就是因為這條路名為「上海街」。

小毛師傅在上海街也是發過的。六十年代的他，還是三十幾四十不到，一套西裝穿上身走在街上微微腆起肚子，蠻有點老闆相。小毛師傅浦東人，老家專出紅幫裁縫，他九歲就開始跟師傅學生意，師傅是赫赫有名的金鴻翔的師兄，後來金鴻翔發達了開了「鴻翔時裝公司」，師傅就幫他做大師傅。

師傅有一手絕招：做旗袍腰身不靠打折襇，而全靠手指的軟硬功夫在衣料上扯出來，這手絕活也只有小毛師傅得到真傳。就是憑這手絕招，小毛師傅十六歲年紀輕輕，已在靜安寺路上那專做女洋裝的「綠屋夫人時裝沙龍」做當家小生啦！話說回來，在小毛師傅這年代，十六歲已很知生活的艱難，不像現在十六歲還是翻漫畫書打遊戲機的大男孩！

十六歲時的小毛，個頭瘦小——長個頭時日日幾根蘿蔔乾下飯不夠營養——相貌平平，卻已大受女人歡迎：

「小毛師傅，胸口綳得太緊太惡形惡狀哦？」

「小毛師傅，腳饅頭也露出來了太武腔哦？」

「小毛師傅，這只玫紅太趣點哦？老天真啦……」

當小毛含著滿嘴大頭針手拎皮尺在她們高聳的胸前、神祕的胯間、纖巧的足踝間游移時，他簡直成了她們的上帝。說來不信，或者因為小毛年輕輕的已在脂粉堆裡打滾，從早到晚埋首在花團錦簇的旗袍堆中，一直以來，小毛對女人的概念，只是一截包著各色料作的各種造型：葫蘆型生梨型排門板型……他最喜歡那種老式的可口可樂玻璃瓶，就像一個最完美的女人的身子，裁縫師傅碰到這種女人最開心，隨便怎樣做出來的旗袍穿在她們身上都有樣有型。

阿英就擁有這樣一款可口可樂瓶樣的身材，也是在小毛客戶中少有的一個擁有這樣身材的，所以她一向對小毛的工藝不挑剔，什麼都是「蠻好蠻好」的。

九七回歸熱令時裝界颳起中國風，香港因此掀起一股旗袍風，中環「上海灘」訂做一件旗袍要七千多元港幣，發癡一樣！連閣麟街這種冒牌上海師傅一件旗袍的開價，也動輒三四千。

有相熟的街坊半真不假地對小毛說：「小毛師傅，現在旗袍又時興了，你的『興發祥』又可鹹魚翻身了！」

上面是皮草大衣，下面是縷孔高跟鞋，上海女人就是什麼都敢穿，穿出風情，穿出個性。

五六十年代上海街上的「興發祥」，可謂上海美女川流不息，也是出了名的。什麼「轆死老鼠」（勞斯萊斯）、奧斯汀等自備車常見泊在他鋪口。

小毛的客戶，都是五六十年代南下的那批上海時髦女人，她們相約好似地爭先恐後來到香港。人來了心還屬上海；吃飯要去「上海總會」、「雪園」、「留園」這些上海館，做頭髮專揀門口有白藍紅三色燈轉的上海師傅開的店，看戲愛聽紹興戲滬劇評彈，惟獨不大願意上這條「上海街」——與十里洋場上海差太遠！

「唷，小毛師傅，你做啥不將鋪頭開在中環銅鑼灣？喏，像那幾家上海老店『茂昌』眼鏡店和『高和』皮鞋店，人家都開在中環德輔道上，去去也便當……」

「哎呀，小毛師傅呀，這條上海街齷齪來，到你這裡來試一次樣子，我的高跟鞋都像給砂皮紙砂過！」

誰都想將店開到中環銅鑼灣，不過小毛師傅學徒出身，省儉慣保守慣，哪捨得花錢啃這塊老虎肉？當年是有個人想將銅鑼灣百德新街一間鋪面五萬多元賣給他，要那時咬咬牙要下來，小毛現在發達了！銅鑼灣巴掌大一家果汁鋪月租，都要幾十萬呢！

那批上海時髦太太嘴巴上是抱怨著，腳往上海街還是走得好勤的，六十年代中生意最旺時，小毛請了五個夥計幫手都來不及呢！

突然的，就像那則外國童話講的，夜半十二點鐘一敲，公主不見了，馬車變回南瓜，馬伕變成老鼠……舊時乘著自備汽車來幫襯小毛的女人們，一下子好像人間蒸發了。如果真的有隻水晶鞋留下，就是他那間清冷了幾十年的「興發祥」鋪面。

七十年代開始，集團性世界名牌成衣大批量洪水樣氾濫香港，迷你裙喇叭褲席捲全港。小毛師傅憑一把皮尺一隻洋機，如何鬥得過他們？就這樣，舊客戶移民的移民，老的老死的死，年輕一代香港女人除了酒店侍應，沒有人再穿旗袍。就是有人特別訂做旗袍，也大多是外國太太和城中闊太名太，旗袍被張曼玉炒得再熱，也輪不上帶旺他小毛。

想想有時也蠻心酸的，偶爾在中環北角街頭，還會認出幾件自己手下的旗袍，那完全是一種感應，遠遠的他在電車上，穿的人在人行道上，他就會「看」到了。只是穿的人，大多已是蹣跚而行，對衣著已顧不上的老婦，隨便在箱底翻幾件老貨出來將就一下——如他上次見到的舊日報業大王戚大亨的遺孀，就是穿著不合身的鬆鬆垮垮的昔日華服獨自踽踽而行，無論是衣還是人，都成這幅會流動畫面中一個十分格格不入的鏡頭。遇到這樣的情況，他總感慘不忍睹。

近二十年來生意是沒有了，但小毛一早起身仍開了鐵門守住他那鋪面。有人勸他，不如將這鋪面賣了回上海老家，都講上海現在日子好過，像小毛這樣回去再討個老婆也討得著——自四十幾年前小毛留在上海的老婆與他離婚後，小毛一直獨自一個人過。

「守住這間空鋪做什麼？一隻腳已經伸進棺材了。還想守到衣錦還鄉？」有人問他。

「衣錦還鄉？」在上海人前這四個字，談也甭談！「文革」前上海那班有鈔票的人，在社會主義上海照樣住洋房、吃國際飯店！儂香港人又哪能？算老幾？

上海人真有這點本事：就是淪陷時期外頭和日本人打得你死我活，上海照樣燈紅酒綠，上海女人仍舊打扮得山青水秀；那種中日飛機在上面格鬥，下面車水馬龍的大馬路上，行人抬頭看熱鬧的場面，全世界也只有上海灘才有！

解放了，上海有銅鈿人只要管好自己一張嘴巴不亂講話，外出換上一套人民裝仍然可以過愜愜意意的日腳。你要他們讚你一句衣錦還鄉，談也甭談。

衣錦還鄉？除非是今朝的貝聿銘、董建華，上海人才會眼皮翻一翻呢！講起貝聿銘，他的九娘娘貝家九小姐，在上海時就是小毛的老主顧。貝家在南陽路的老宅，那種氣派，就是今日李嘉誠看到，怕也要感慨一番呢！

在上海人面前，「衣錦還鄉」好難呢！

旗袍雖然密實，卻是最性感的。這種原先寬牙大腰的旗人之裝塞外夷族之裝，經上海十里洋場的西風吹拂，上海師傅在這裡收一點，那裡放一點，就成為中華第一經典女裝。

小毛在香港還賺得動時，回上海都還沒有「衣錦還鄉」之感，更何況現在「人老珠黃」！

七十年代小毛的師傅去世前，他回過一次上海。他去看望了幾個老客戶，「綠屋」早變成一家糖果店，是在「文革」中七十年代那班上海舊時大亨觸楣頭時，也仍是一副「曾經滄海難為水」的架勢呢！連那幾位舊時師兄師弟，一月拿幾十塊人民幣一家大小縮亭子間的，對他這位「香港人」也不怎麼「眼熱」。

「我們是國家做老闆，保一世。儂自己做老闆，辛苦啦！手停口停呢！」

這就是上海人！話是這麼講，小毛還真有點為上海人驕傲呢！做人就是要這樣：寵辱不驚！

現在的上海人？更不談啦！

說真的，老婆已走路改嫁幾十年，他還守什麼呢？守待東山再起？不想囉！

現在都進入新經濟時代，度身裁剪都講究什麼立體裁剪、電子量體。再講旗袍，早已淘汰了。就憑張曼玉一個人，再也掀不起大浪。

守什麼呢？

小毛伏在抹得一塵不染的櫃台上，幾十年來第一次顯得有點失落。本來，他從來不會如此多愁善感的，攪得小毛心裡紛亂至極。

說真的，他還守什麼？還守得了多久？

梁朝偉對著一只樹洞可以講上一大堆祕密最後用泥草封住，他陸小毛其實也有一腔閒話要講，只是何從講起！

樓上的上海佬亨利下樓飲下午茶去，走過他鋪面按例先來一套新聞報告：「呃，你曉得哦？那個上海大亨唐滕死了，剛剛電台廣播呢！」

五十年代上海人來香港做大亨的多得是，從包玉剛到唐翔千，安子介到董浩然，排排年紀也都七老八十，死了也不出奇。

「馬上要輪到你我上場啦！」小毛說。

「這個唐滕原來是我聖芳濟同學，後來考進杭州筧橋空軍學校，參加陳納德的十四航空隊……」

亨利是隻百搭，但凡上海灘有名有姓的頭面人物，他都搭得上關係。聽講他是哈同的過房兒子的兒子，反正死無對證，也無遺產可爭，也由得他去吹。

亨利好像也很不如意，五十年代做金子生意破了產，一個人從半山大宅搬到上海街興發樓，打通一房一廳，開了個授舞班專教社交舞。現今社交舞也與旗袍樣已近式微，亨利仍日日戴著 Ball Tie 穿著那種寬條紋的老式尖角西裝去飲茶跳舞泡女人，聽講自有一批上海老女人吃得他要死呢！

「咦，這陣南西好像長遠不見來了？」亨利說。

南西就是阿英，小毛不喜歡她外國名，一叫就生分了。

噢，阿英回上海去了。算算日子這幾天也應出來了，她阿姊娶孫媳婦，她回去吃喜酒了。小毛一想，倒真應打通電話問問阿英回香港了哦？她回上海前剛來鋪裡找過他，帶來件紫紅幛絨旗袍叫小毛換一副鈕襻——時間長了，原來的紐襻有點脆了。

「聽講上海又興穿旗袍，我費事再去做。箱子裡翻出這件穿穿，正好一身。就是鈕襻有點脆，四十幾年啦，你還記得嗎？」

七十來歲的阿英穿上這件幛絨旗袍，仍可顯出那可口可樂瓶樣的美好身材，這就是阿英！

這幾十年來，小毛的老客戶，那批舊日香港名媛名太，老的老，胖的胖，病的病，癱的癱，不變的，惟有阿英那可口可樂瓶樣的身材和永遠的一尺九寸腰身！

旗袍剛從樟木箱中翻出來，帶著濃烈的樟木箱味，很上海的。真的，在小毛，上海的味道，就是樟木箱味。一種古老又富態的氣味。

記得四十幾年前的一個下午，他照例含著滿口大頭針忙得滿頭大汗，冷不丁一個轉身，看見阿英捧著一塊幛絨站在他跟前。她一聲：「唷，小毛師傅！」恍如隔世。「聽我的女朋友介紹，旺角上海街有個上海師傅做旗袍一流，我就想到不會是你吧！」

上海解放前夕，阿英是約過小毛一起去香港的，她倒不是逃共產黨，而是當時與男朋友約好在香港碰頭的。她男朋友是飛機師，抗戰勝利後的飛機師，其威勢不亞於現今的太空人。男朋友已開著飛機去台灣，約好在香港相聚。

小毛當時裁縫師傅一個，硬碰硬的勞動人民，走什麼走？

「哎唷小毛師傅，你不走，我衣裳沒人做了！」

這句話一點也不是吃豆腐，是阿英真心話。

沒料到幾年後會在香港重逢，當小毛再次用皮尺量阿英的身材時，也同樣一種隔世之感。從上海到香港，從做旗袍到人民裝兩用衫再回到做旗袍，真的是天翻地覆，不變的，仍是阿英的十九寸的腰身。

小毛天生與旗袍有緣，離開了旗袍，或者說，不見了那種可以顯示女人可口可樂瓶樣玲瓏身子的裝束，小毛總覺得那只是「做生活」，為餬口而已，一點意思也沒有。

解放了，「綠屋」關了，小毛心疼地看到不少他精心製作的旗袍，被用來改成小孩子的棉襖和只好在家裡穿的方領衫。

那種指尖擦過涼颼颼的橡皮緞、南京緞、印度綢的感覺，和木乎乎的藍卡其勞動布的感覺完全不同！

花團錦簇包著的女人可口可樂瓶樣的身子在落地鏡前旋轉的感覺，與那千篇一律的藍、灰、黑得像只麵粉袋樣套住的兩用衫感覺完全不同！小毛真的無法忍受。

仗著一位舊時大客戶太太的法道，小毛在一九五七年，也南來香港。

與阿英可以重逢客地，小毛想也不敢想。

小毛與阿英的交情，淵源長著呢！

阿英是小毛的師傅的鄰居，那日拿著一段陰丹士林布料怯怯地來到房門口，要求做一件旗袍。師傅做慣平錦幛絨的，哪會將陰丹士林放入眼中？礙於是鄰居不好意思回掉，就叫過當時還在吃蘿蔔乾飯的小毛。

這是小毛第一次從度身到剪裁一手落的活計。

他自覺好幸運，第一個活計，就是一位衣架好的客人；在小毛，女人沒有身材只有衣架！

試樣之日，個個讚好，阿英更是顧影自憐，捨不得離開鏡，對著小毛橫謝豎謝。

「你自己衣架好，像隻可口可樂瓶，穿什麼都不會落樣子的。」小毛說。那年他還不滿十五歲。

阿英趕著做這件陰丹士林旗袍，為的是去應聘永安公司的售貨小姐。或許因為這件陰丹士林旗袍帶給她一股濃濃的書卷氣，她給派在文具櫃台，而她的可口可樂瓶樣的身材又給她添上風情萬斛，吸引無數狂蜂浪蝶，一些無聊小報還特別封她為「鋼筆西施」，一時出過點小鋒頭。

從此，她每件旗袍，都出自小毛的手。

香港重逢後，阿英就死盯住他。

「小毛師傅，你再搬場，一定要告訴我的！」

「你阿英在一日，我就一日不搬。」

「鬼才信你！哪日你中了六合彩發大財，肯定店門一關享清福去了。」

「阿英我對天發誓哦，你阿英在一日，我興發祥就開一日……」

事實上小毛是遵循自己諾言的，雖然他沒有中六合彩，但生意最旺火那時，他手下有五個夥計，惟獨阿英的旗袍，從量尺寸到縫鈕扣，必是小毛親自一手做的。

阿英也是忠誠的，與那位城中名女人利孝和夫人一樣，不理你時裝界颳的是華麗風還是簡約風，她只是一身出於小毛之手的旗袍，只是她沒有利孝和夫人出名不是公眾人物，

眾人不得而知罷了。

阿英一直住在當年有「小上海」之稱的北角。五六十年代的北角簡直是老上海的袖珍版，舊時如雷貫耳的上海大亨，如紡織界的黃老闆、《大滬日報》的關老闆、永泰保險的林老闆，都聚在北角，縮縮縮地盤在那些豆腐乾般割成的號稱二房一廳或三房二廳的小單位裡——只怕他們舊時在大上海公館的後房，也威過這裡。惟有他們的女人們仍是穿得花蝴蝶樣飛出飛進，帶旺了小毛的生意。

阿英初來香港後仍在永安公司做，廣東話不會講就專門招呼上海大亨。

她的飛機師男朋友也不聽提起，來來往往仍是單吊，做起旗袍來一做五件六件的，也不像是一位公司小姐所能負擔得起。

有一陣，每每小毛用一件新旗袍包裝好她的可口可樂身體後，總會湧起一陣莫名的悲哀。記得他後生時讀過一則伊索寓言：一個木匠發現一截木頭將它雕刻成一個美女，一個裁縫又為她做了一套漂亮的衣服，後來來了個小夥子為她唱情歌，美女活了，跟著小夥子走了。

不過這只是短短一段時光。後來年紀大了點，主要活計也太忙一點，也無暇想雜事。

他一直沒有再娶太太，有需要時寧可去日式夜總會混混發洩一下。他裁縫師傅一個，但對女人的儀態衣架，卻要求高高。他容不得一個俗裡俗氣、橫闊豎大或瘦骨嶙峋的女人成日晃在眼前——裁縫師傅的老婆，通常都是這樣俗氣，層次擺煞的。現在當然不同，裁縫師傅稱為時裝設計師，其實不就是那回事！

平心而論，香港真是塊風水寶地，吃力是吃力點，銅鈿也是好賺的。要不多久，當年那批縮縮縮擠在北角的上海舊大亨又重新抖起來了，紛紛從北角遷到半山，連他小毛也自己有了只門面自做老闆。惟阿英還住在北角。

時過境遷，今日北角已成福建人天下，而在七十年代顯赫一時的摩天式大樓住宅，如阿英所住的英皇大廈也顯殘舊頹敗，阿英仍單身一人住在那裡。

那日，與阿英隨便聊起將來養老之事。小毛建議她將英皇大廈的單位賣掉回上海養老，阿英回他一句：

「你自己為啥不把這間鋪子賣了回上海養老？」

是的，每人心中自有一方綠土，窮一生精力死守著這塊綠土。小毛文化不高，悟不出這樣深的道理，但他明白阿英死守著英皇大廈，自有她的道理；一如他死守著那間「興發祥」鋪面！

眼睛一眨，自己老了，阿英到底也老了。不老的是，阿英永遠不變的一尺九寸的腰身，還有，他和阿英那份即使在亂世，仍不離不棄的交情。這在當今已成絕版！

他撥響了阿英家的電話，沒人接，還沒回香港吧？這幾日要回來了。

她講過，要從上海帶點絲綿出來讓小毛幫她做件絲綿旗袍。時交十二月，香港寒潮說來就來，又冷又濕的，阿英也七十來歲的老人，冷不起的。

忽然小毛心裡「咯登」一下，他死死守住這只鋪面，不就是為了讓阿英安樂，心裡踏實，有求必應？

冬日的夜，來得很早，才五點來鐘，天就灰了。小毛也不急著下鐵門，伏在櫃台上看野眼，看著香港人如何為三餐一宿腳步匆匆，自己雖不富有，但好壞年輕發達時有點積蓄，也老懷頗釋。

一句話，他陸小毛已曲終人散落幕下台，現在是看人家粉墨登場。

十九世紀末年，上海小姐的旗袍。雖然還有顯著的旗裝痕跡，如高高的衣領、寬大的裙襬，但已可以看出收腰窄袖這些顯示女性曲線美的時裝元素。

等一等，小毛在熙熙人叢中，看到了阿英，穿著件立領寶藍呢長大衣，下面配雙白皮鞋——冬日香港也有穿白皮鞋的，但白配寶藍色，很有點……孝堂裡的味道。嗨，別多事，人家剛剛吃了喜酒回來呢！

阿英拿出一件黑塔夫綢旗袍。

「小毛，這件旗袍可以改一改嗎？我趕著要穿的。」

這件旗袍，還是當年為參加紅星林黛的葬禮，小毛連夜為她趕出來的。那種塔夫綢，在六十年代屬十分矜貴，餘下的料作捨不得浪費掉，就為她盤了個漂亮的四喜扣，扣在當胸。那種料作多好，三十多年了，一點都不脆。

阿英踱到鏡前張開雙臂讓他量尺寸。

還用量啥尺寸？她這筆賬他一早已記在心：一尺九寸腰、胸圍是……

「胸圍要收緊一點，還有，那時流行短旗袍，現在年紀大了，穿短旗袍不好看。」

小毛本想問她吃喜酒吃得開心哦，看她今日情緒低悶，也就不出聲了。阿英頭一扭，小毛看見她的假髮套上別著一朵白花！

阿英是老了。那對裸露在旗袍下襬下的雙腿，瘦骨嶙峋、包在絲襪裡仍顯鬆垮。

小毛清楚記得第一次觸到阿英那對渾圓的如琢出的雙腿，還是那年她夾著塊陰丹士林布怯怯地來找他師傅之時，那時的阿英，頂多十五六歲。

小毛被這雙美腿鎮住了！他狠狠心，自說自話將旗袍下襬提升了五分。有這樣漂亮的腿，樂得讓它們秀一秀！

幾十年啦！阿英孤身一人，到底是如何走過來的？

小毛心疼地隔著皮尺，用指尖愛惜地在她腿上撫摸了一下。

阿英還是感到了，回了他一句：「我老了！」

「我們都老了。」小毛說。

店鋪的鐵門已放下，鋪內亮著一暈柔和的燈，阿英捧著杯香片茶，坐在店堂裡惟一一把沙發上看周刊等他；小毛則小心地就著老花眼鏡，用把繡花剪刀一點一點將旗袍下襬放出來。

屋裡很靜，安詳溫暖，就像舊時上海冬日，一家圍著只靜靜燃燒著的煤餅爐，上面再擱著把烙斗；說來是呀，那種闔家在燈下爐邊各做各事，又是心心相照的日子，小毛師傅差點已記不起了。就像今日今時，他和阿英在這裡，很有點老夫老妻的感覺！

小毛是老實人，腦子一動到這裡，就覺得不應該，心一震，針將指尖血也刺出來。忙忙搭訕著將掛在牆架上的電視打開，讓屋裡有點聲音。

晚上八點半，正是城中新聞專欄「城市大追擊」之時，好像又一位城中隱姓富豪去世了，香港奇出怪樣人都有，什麼天台富豪、隱姓善長……有錢人就怕出名被人綁票。

「唐滕先生飛行員出身，早期送往美國鳳凰城集訓，抗戰期間編入陳納德十四航空隊，參加保衛黃河大橋戰役多次……」

小毛只是一心對著阿英那件旗袍。

「……唐滕先生一生感情生活多姿多采，香港小姐×××，五十年代紅星××，都為唐先生紅顏知己……傳聞唐先生尚有一位祕密情人，連唐太太都不知該女士廬山真面目……不過，近二十年來隨著唐先生移民南美，唐先生與這位祕密情人早已了斷……唐太太出身香港望族之後，與何鴻燊先生是表親族……」

終於放下那條下襬，卻因為折縫時日太久，露出一條十分顯著的痕跡。

小毛失望地嘆息一下。

「怎麼了？」阿英的聲音有點傷風般的咽啞。

「你冷了哦？要不要開只電暖爐？沒有事的，等我來想想辦法。可以用一道鑲邊將折縫遮起來的……」小毛專情對著那折疊痕。

小毛師傅打開他的八寶箱翻騰著，裡面放滿各個年代的滾條、鑲邊、鈕扣等，找出一條黑珠片滾邊。

「好極！」小毛開心地一拍桌子。

「小毛師傅，你一點也沒變，和當年在上海『綠屋』時一樣，做事頂真又肯動腦筋。」

阿英望著他，幽幽地說。

「做人嘛，一生那麼幾十年，應該負責點的。」

「剛剛電視上講，唐滕死了。」

「香港地日日都死人的。」

「小毛，我今日戴著孝，你發現嗎？你為什麼不問，為誰戴孝？」

小毛飛快地縫著那條貼邊，眼皮也不抬：「這有什麼可問？幾十年老朋友了，如果妳想講給我聽，自然會講，不想講，我逼著問，就是不識相呢！」

「記得一九四六年春天，有位先生陪我來『綠屋』做大衣嗎？」

小毛當然記得，那是位全式美軍裝備的飛行員；抗戰勝利後，上海街頭，滿是這班神氣活現穿美式軍裝的飛行員：dirty pink（上海人叫成「齷齪粉紅」）的制服配灰色領帶，有什麼好看？娘娘腔。那時上海的女大學生寫字間小姐，不少以軋上個空軍飛行員為傲，阿英就是其中之一。飛行員，人高大神氣，鈔票又多，「飛機一飛，黃金萬兩！」就講的他們。

那個空軍先生，刷刷地數出幾張綠油油的美金神氣活現地遞給小毛。

綠鈔票什麼稀奇？陸小毛賺的也是綠油油的美金。只不過，他是飛行員，他是個裁縫。

小毛心裡，即時再次酸溜溜地記起那則伊索寓言：木匠、裁縫和青年爭奪不休，這位姑娘到底應該屬於誰？鬧到法官那裡。法官判：木匠製造了木頭姑娘，裁縫裝飾了木頭姑娘，但青年用歌聲賦予她生命，因此，姑娘應該屬於青年……

「喏，就是他。」

阿英指指電視，正在介紹唐滕生平，畫面上是青年時英氣勃發的唐滕的照片，就是穿著那身在小毛看來，再娘娘腔不過的空軍制服。原來，他在香港，做了財主佬。但太太不是阿英。這件事，電影拍得多啦！

小毛冷冷望了一眼，繼續飛針走線對那條鑲邊。

「那年林黛葬禮，他看見我就穿著這套塔夫綢黑旗袍，說我穿得很漂亮。他當時說，有一日我參加他葬禮時，也要穿這套旗袍。我罵他十三點，講這種晦氣話。他講他比我大十一歲，肯定先我死……他講，如果我能穿上這身旗袍去參加他的喪禮，那才值得恭喜，這說明我身材一直保持得很苗條！」

那五十年不變的一尺九寸腰身，原來還是為這個唐革履留的！

小毛咬斷線腳，將改好的旗袍遞給阿英。

「他也讚你的做工好，幾次要我給他你的地址，我不肯。你是我的，我不想她的太太女兒和其他女朋友，來你這兒做衣裳。擋掉你不少生意呢！」說著，阿英禁不住笑了出來。

小毛卻一點兒也笑不出。

原來，阿英一直這樣在乎他！這個世界上，還沒有一個女人，如阿英這樣在乎他！一輩子在乎他！

「小毛，有件事求下你。」

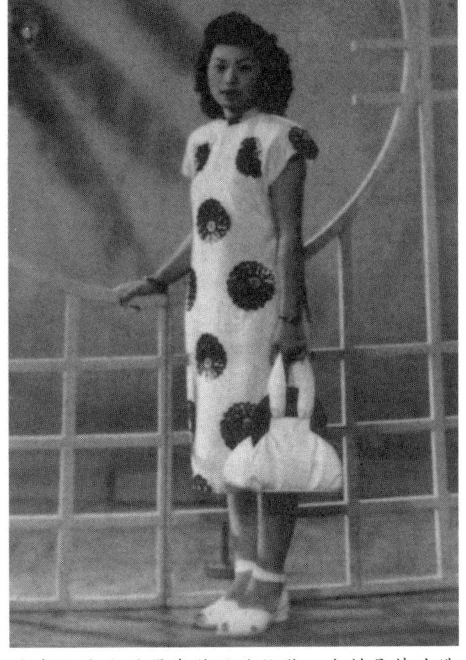

當年上海名媛張惠芳的旗袍裝。衣料是特地織的，圖案是另外手工繡上去的，一塊衣料就做獨一無二一件旗袍。

小毛嚇了一跳，與阿英相識多年，還是第一次聽她開口相求。

「禮拜六是他葬禮，你能陪我去嗎？我當然不會進去，只會在殯儀館附近遠遠送送他。到今天，想找個男partner，也只有你！」

阿英瞟了他一眼。

小毛喉嚨口一熱。

「他一直在照顧你嗎？」

對這個唐滕，小毛是憤怒的。好像一個不負責的裁縫，好好的一塊料作到了手裡卻漫不經心，一刀下去裁壞了，再要改，總歸是味道缺缺！

「可以講有過。當年我在香港找到他時，他已結婚，幫岳父打理生意。他要我給他點時間，我就耐心等……那時他每禮拜來兩個晚上，但不過夜……後來，被他太太發現了，他講暫時不能來，等事態緩和一點……我就耐心等他，一等等二十幾年，連搬場也不能搬……最初時只等到他按時存入我銀行戶頭的銅鈿，後來，連銅鈿也等不到，更毋庸等人……看今日報導，才知他全家一早已移民南美洲……」

又是那種粵語殘片中用爛了橋頭、夏夢石慧常常扮演的角色，不料阿英也會撞上。

「一直以來，我就等著『明天』，『明天』，他一定會來找我……從小姆媽就教我，男人不好逼的，越逼他，他就走得越快，頭也不會回。我不逼他，只是耐心等他，但他還是沒有回來。我好傻的！」

小毛抓抓頭：「也不好這樣講！人活在世上，總該有個盼頭，我也日日在盼著『明日』，明日或者會來筆大生意，或者利孝和夫人、陳方安生碰巧會走過我店鋪進來望一下……至少，妳總歸常常會來的，妳今日不來，我就等『明天』，『明天』還有『明天』，比如妳這次回上海去了兩個禮拜，我就一個『明天』一個『明天』地等……」小毛突然煞住了口。

「知道他死了，我倒一輕鬆。姊姊一早叫我回上海養老，她孫子在上海發財了，特為買了一套房子給祖母住。我英皇大廈那單位還可以賣二百多萬……上海現在真好，樣樣有……」

小毛看著她，無師自通衝出一句很有哲理的話：「你這是，先死而後生！」

「阿要一起回上海看看？」

「儂還要做多少衣裳呀！」小毛雙手一插，開始搭起架子。過一歇，多少有點酸溜溜地加上一句：「妳還替他戴孝，還給他送葬……」

「講出來你也不信……我是為自己的癡心戴孝……人家早就不要妳了，我還癡癡地等他回頭……畢竟，他死了，我還可以送他，贏的還是我，是嗎？」

「當然，當然！」小毛連連點著頭，環四周而言他，一心要引開她這個傷心的話題。

「明天一早，我就將這套塔夫綢旗袍往對面乾洗店一送，乾洗後保證與新的一樣，一點都看不出是改過的……這種四喜盤香扣，只怕上海灘的師傅看都看不懂……」

那日一早，上海街「興發祥」難得地下了大門，貼著「店東有事，休息一日」告示。

小毛西裝筆挺地在街邊招的士。

「哇，小毛，你做啥，穿得這樣隆重，好像要去參加『四個婚禮，一個葬禮』似的！」亨利在街邊與他打了個照面，嚇了一跳。

他又準備過深圳去消費了；香港人去深圳，多少可以取得內心平衡。

「過日我帶位太太來給你看，你知她是誰？就是唐滕那個祕密情人呢！她講唐滕留下大筆錢給她……這位太太，吃我吃得死脫！喏，今晚東華三院一場慈善餐舞會，一定要我做她的男伴……」亨利還在絮絮講著，都年紀一把，賣相倒挺像個紳士，卻一直講話不托牢下巴，成日靠吃拖鞋飯（吃軟飯）過日子，算算他也坐七望八了，這碗飯還能吃多久？

看到街角一只花攤，小毛抱回一大束白玫瑰，這是送給阿英不是送給那死人的。

講來也很感慨，阿英十六歲時他就認得她了，直到她七十餘歲才第一次與她約會——雖然去的是殯儀館，總歸也是約會。阿英總歸還是女人，女人，總喜歡花的。

不覺，又到中秋，月圓天心。

上海街上的小店小鋪，或許因為地段關係，既沒被大型超市淘汰，也逃過了地產商的圍剿，現在又淡定冷漠地面對咄咄逼人的電子商貿的攻勢，幾十年我行我素，仍保留著傳統的許多生活方式，比如中秋掛燈籠。

中秋之夜，但見沿馬路家家店鋪門前都掛起一盞燈籠，一路望過映著五光十色的霓虹燈，搖曳生姿。

燈籠與霓虹燈自然不能相比，霓虹燈豔麗但呆滯，人工而且理性；燈籠的光，朦朦朧朧，令人牽動無限的上窮碧落下黃泉的遐想。

惟小毛那間「興發祥」下著鐵閂，貼著「出租」的字樣。門前失了一盞每年都有的燈籠，看在老街坊亨利眼中，如嘴巴裡少了一隻門牙，形成一個深深的黑洞。

小毛回上海，聽講被時裝店高薪請去做師傅，其實上海一路有人請他回去，只是南西不回去，所以他也不回去……

小毛給他守到了！

多少年來，午後時分，他常和小毛一起坐在「興發祥」的櫃台後，打量著門前匆匆而過的人群，講點上海老話，談談日後老了的路向。鋪前散碎的陽光溫柔而歡悅，啟悟了大家繃緊的心弦——成也罷，敗也罷，人生就是這麼一場戲！

歲月荏苒，同代上海老友大半零落，也只有小毛可以聽聽他亨利牛皮吹吹、大話講講而不拆穿……

看來，人是要守的。小毛守到了。

他亨利也就失敗在不會守！

亨利去對馬路一家香燭店，買了一盞金紙的彩兔燈，插在「興發祥」的鐵門上。

〔阿拉上海人〕

上海人無論在地球哪個角落，無時無刻都會有意無意地提醒眾人對他們的籍貫的認同。一聲「阿拉上海人！」鏗鏘火是含一股不可被輕蔑、被忽略的傲氣。

中國開放前，上海物質短缺訊息閉塞，上海人惟只能眼巴巴看著過往他們根本看不入眼的台灣香港爬頭上去。然一聲「阿拉上海人！」與巴黎人對著洋基佬的一聲「我來自巴黎！」頗有異曲同工之處，很有種「我是見過大世面」的自負與自強。今日時過境遷，一聲「阿拉上海人」簡直可以地動山搖、氣貫長虹。

要給「上海人」下定義實在不易，所謂千人千臉，難以歸納。

上海的市民結構頗有點像鎮江的千層油糕層次分布細緻嚴密、層層疊疊的既各自自成一體，又能承上啟下，層次之間銜接融和圓滑，套用一句上海話為「交關靈光」。難怪齊聲一句「阿拉上海人」，全世界都要刮目相待！

上海人有個通病，就是「老茄」（自以為是）。

上海人確實也有「老茄」的本錢，因為上海人通常都很「靈光」。

上海人稱「好」為「靈光」，其實「靈光」比「好」含義更廣，更包括對其外表到質裡到動態到功能效益的一種整體上的讚美。

「靈」為靈活多變多元多能，一如撲克牌中那張百搭路路通；「光」則為碌碌順順有顏有面，一如上海話的「溜光的滑」，無過無節。

上海人的靈光，全國都是有口皆碑的。

清末民初，洋風將西餐帶入上海灘。一些落難白俄、來上海碰運氣找機會的法國人英國人美國人，在法租界公共租界紛紛開出諸如Marcel、Bianchi、沙里文等正宗法式德式或俄式西餐，其市場定位原先大約是只為在上海的洋人的，因此一洋到底。而上海人向來喜歡趕潮流學洋派，其實也很躍躍欲試開了洋單，但濃油瀰醬的海派菜肴與偏清淡的正宗西餐相距甚遠，上海人不習慣那洋口味；再則洋人開的西餐館洋規矩多得一籮籮，連菜單也是洋文，上海人死要面子也是出了名的，只怕花了錢還要出洋相。因此上世紀初出入西餐廳的上海人除買辦和早期留學生外，仍屬一

在上海這樣一個商業競爭激烈的城市，上海人不靈活變通多元多能，是無法在這個城市立足的。

行曲高和寡的生意。

有頭腦靈光的一徐姓上海人，始終認定西餐在上海會大紅大旺，問題在不要將一個「洋」字嚇跑客人，而成吸引客人的磁鐵。

他即時在今漢口路（舊時為三馬路）鬧市開出名為「一品香」的番菜館。這個十分地道的中國店名一下子就拉近了上海市民與西餐的距離，「一品香」易記易讀易流傳，好過那些繞口的洋名字。稱番菜是有別西餐，即將正宗法式俄式西餐按上海人口味重新調整過，且菜單用中文印出如：「火腿腌列」、「金必都湯」、「拿破崙蛋糕」等中文譯音，便於市民點菜。據說「一品香」番菜館店堂布局通俗親民，跑堂也不穿黑禮服戴白手套，開口不是ＡＢＣ而是地道上海話；上海人進餐喜歡鬧鬧猛猛，在「一品香」一樣可談笑風生，沒那種正宗西餐館條條框框的進餐的洋規矩！

「一品香」實行薄利多銷，價鈿公道，一時，「一品香」吃番菜成上海中下層市民最時尚的指定全家歡節目或情侶組的重頭戲，連一些前朝遺老也不例外。上海坊間稱之為「吃大菜」，以區別日常的「小菜」。

「一品香」生意旺火，競爭者學樣又開出「一枝香」，幫襯的客人從四馬路的「長三堂子」（風月場所）到公館人家的千金閨秀都有。雖然後來到三十年代初，上海西風已成氣候，一代受西方教育催谷而生的中產階層已日漸成熟，他們追求一種原汁原味的西方生活方式，而一些如「吉美」、「紅房子」這樣的正宗的西餐館也越開越多，「一品香」這樣的市井氣較濃的番菜館開始日漸式微。到抗戰前夕，「一品香」、「一枝香」都完成其歷史使命，據說徐老闆的鈔票早已賺得兜兜滿。

同樣的原因，旗袍在未經過上海師傅的巧手改革之前，只能屬一件大褂。頭腦靈光的上海師傅將西式女裝的收腰、打襉等洋元素注入其中，與傳統的嵌、切、盤等工藝融會一體，大褂就變成中國時裝經典——旗袍。如是風風雨雨旗袍的下襬由長變短，由短變長，旗袍之風興了又過，過了又興，可謂命運多舛。然野火燒不盡，春風吹又生，百歲年來，旗袍之花，從沒今天那樣鮮豔動人，「上海師傅」，始終是中國旗袍的靈魂和賣點，上海人的靈光，在此又可見一斑。

歷史有驚人的重複，也或者因遺傳基因的功能，今日上海人的靈光一點也不遜他們的父老。

開放後的上海市場，成效最快的當屬餐飲業。一時杭州菜館揚州菜館潮州菜館開得成行成市，現時最火紅之一當屬「席家花園」。其旗艦店為舊時蘇州洞庭東山席家後代私宅。據說起店名時經營者也頗費過一番心思，後來靈機一動，乾脆將席家概念賣到盡，取其在太湖邊的私家園庭「席家花園」為名，又豪氣又易記又獨特。其實，該餐館從投資者到大廚，與「席家」渾身上下一點不搭界，然一個「席家花園」名氣，照亮了餐館每一家分店每一個座位。

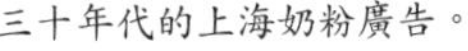
三十年代的上海奶粉廣告。

筆者非美食家，「席家花園」的本幫菜是否一定好過其他也不敢妄加評述，飯店服務也無特別過人之處，但大部分上海人吃飯其實不單為滿口腹之欲，更是吃牌子吃排場。「席家花園」坐地舊時歐陸洋房，夠氣派夠排場，一聲「席家花園請吃飯」，東主都自感顏面光彩；關鍵是「席家花園」是花園洋房的高檔次弄堂房子的中等價位，人均消費不過百來元，正中上海人面子也要，夾裡（裡子）也要的消費心理，難怪分店開了一家又一家，客人排著隊替它送鈔票來。

上海人面子也要夾裡也要，通常更要面子，不論經濟實力如何，上海人外表都盡力打理得光光鮮鮮的。總覺得上海人有著與生俱來的雅痞之風，這或許就是所謂大都會市民的風範吧！一如張愛玲筆下無心展示的，一個外國人家做女傭的，都會穿上綠兔呢大衣打扮如一女學生，老虎灶送水的苦力也有禮有儀「多謝」連聲，連帶南貨店小學徒都會咬文嚼字：愛字要有個「心」，因為要從心裡發出……

早在三十年代初，阿拉上海人已顯示出快捷靈敏的城市生活節奏。看時日應是炎炎夏日，但見街頭行人，仍是一領筆挺的紡綢長衫、頭頂巴拿馬帽，絲毫不失君子之風。上海人有著與生俱來的優皮之風，這或者就是所謂大都會子民的風範。圖中惟一的女性，看她一頭爽朗整齊的短髮和剪裁大方的旗袍，扎實的半高跟鞋，看來是上海職業婦女的先驅——應該屬張愛玲姑姑的那一代早期職業婦女。

二十年代上海，已頗有都會雄風。

百多年前上海人，已深明「先敬羅衫後敬人」的炎涼世態，特別那些洋行洋老闆，對員工衣著要求苛刻嚴格，舊時傳統商號四季一身灰布長衫即可現身的老套頭已不合時。再者，樹要皮人要面，上海人尤其。人人都想獲得社會承認，要在經濟上、事業上做出成就令人刮目相待畢竟非朝夕之事，但將自己身上打理得光鮮登樣點令人眼前一亮，還是容易辦到的。

聽前輩老上海回憶，在三四十年代，一兩黃金約可做二至三套上好英國呢三件套西裝，價錢不菲，但街頭的上海先生，西裝革履的比比皆是。說來也是，舊時除非是做粗活的或實在落魄潦倒如孔乙己，一般上海的寫字間先生不論好壞，起碼有一套西裝裝身。哪怕亭子間打地鋪的小文員，隔夜總也記得將一件上裝高高掛起，西裝褲褲管折齊壓在枕頭下，以保持兩道褲縫筆直。今日上海西裝二三百元就有交易，上海人的目光，早向世界名牌看齊，西裝算什麼？不過成上班服的代名詞。

即若在全國上下一片灰暗的黑和藍的年月，一簇不安分的上海人，仍會在社會常規容忍的極限之內，努力穿出上海的時尚。靈光的上海人只需要在領口上、袖口上等細節變變小花樣，已足以令成套衣服登時生輝。難怪有這麼一句順口溜：北京人什麼都敢說，廣東人什麼都敢吃，上海人什麼都敢穿！

六七十年代上海市郊農民有種自織的土布很接近牛仔布，那些腦子活絡又有海外訊息管道的愛趕時髦的上海人，用這種土布製成酷似牛仔裝的衣褲在南京路上招搖過市。工農兵領導橫看豎看不是味，左看右看又看不懂，時髦上海人卻虛張聲勢扯下衣料，半真不假地說：「貧下中農織的布，還會有錯？」

上海人就是這樣擅長打擦邊球，看著險乎乎的卻多半不會豁邊出界。

以為上海人滑頭其實是種錯覺，上海人在關鍵時刻其實最守本分。十年「文革」外省市不少市政交通已近癱瘓，惟上海一直維持正常市政運作，從沒有停電斷水交通中止，就因為上海人仍堅守本崗。同時也抓住這難得的毋需嚴格遵守規章的時機，濫竽充數喊幾句革命口號之餘，早早回家做自己私事；從談戀愛到生孩子，修房子到自製沙發自製音響喇叭箱，還有學木工學繡花到學英文，鬼才會死心塌地搞「文化大革命」呢！

說到學英文，上海人與ABC又似天生有不解之緣。早年十里洋場連黃包車伕和小販苦力都會講幾句洋涇濱英語，尤記得有這樣一首學洋涇濱的順口溜：「來叫come，去叫go，是是yes，不是no，一塊洋鈿one dollar，生髮油買來賣去（thank you very much）常掛口……」

解放後上海中學有百分之七十規定要施教俄語，但俄語始終沒有在上海氾濫成風。倒是ＡＢＣ，上海人從來沒有放棄過，即使在美帝國主義貶為紙老虎的年月，沒有英文教材沒有英國文學讀物，多少上海人就是憑著一套英文版《毛澤東選集》，硬是練出一口好英文。難怪一開放，上海即時掀起一片英語熱，市民自發組成的「英語角」如雨後春筍開得鋪天蓋地，上海同時也成全國留學熱的火車頭。

上海雖有冒險家樂園之稱，但真正肯冒險的極少是上海人，大多為外來人；一般上海人都很現實，講究實惠但求小康平穩，一般不大肯做「衝頭」。尤記得兒時弄堂小朋友跳橡皮筋時唱的一首兒歌：「……淘米淘好了，夜飯燒好了，電燈開開勒，麻將拿出勒，搓搓小麻將呀呀，來來白相相呀呀……」這首幾代上海女孩子都哼過的兒歌，已很少有人記得其完整版本，但仍很反映出上海小市民對小康生活的知足和嚮往：只要三餐有著落又有閒錢搓搓小麻將，已很可以「呀呀」得意！這種知足常樂心態舊上海如此，在計畫經濟一刀切之勢下也不變，今日開放後一部分上海人先富起來了，汽車

三十年代上海街頭，已很有美國華爾街的氣勢。土洋結合，傳統與現代並存，華洋交雜，很形象地顯示了上海的胸懷。

豪宅都該（有）起來了，一般上海老市民仍知足常樂，心態平衡。

每日上午六點半至八點，在上海展覽館（原哈同花園）前空地上，有個市民自發組織的跳舞沙龍，已有十年歷史。一只簡陋的喇叭箱在馬路邊一放，一群中老年舞迷隨之翩翩起舞，當中一位穿著老式尖角領西裝，美人扣中還插著枝康乃馨的，腳蹬保存完好的黃白香檳皮鞋的過氣上海紳士，看來他在這個沙龍中最為吃香，一溜女士們都爭著要與他跳舞。但見他的香檳皮鞋在粗糙的人行道街面上優雅地旋轉著，引起駐足觀看的行人陣陣掌聲。三十年代的上海紳士旋轉在二十一世紀的上海街頭，這種時光錯位也只有在上海才會見識到。

他頗為津津樂道地向筆者介紹舊時的威勢：「……舊時法國總會的跳舞彈簧地板，上海一流，好的跳舞地板是桃木地板，地板蠟打得薄、勻，腳一踏上去，就覺得順……」

當年他又是何方神仙？

「不談了，不談了。英雄不提當年勇！」

「十年來你天天在此跳舞？」

「嘿，這叫窮開心！」

「窮開心」，也是一句上海俚語，意思為「交關開心」；「窮」在上海俚語中有雙關意思，既解釋為「資源短缺」的窮，又可作形容詞為「非常」、「去到盡」的意思，如「窮靈」、「窮好」、

金嗓子周璇一曲〈天涯覓知音〉，唱醉了阿拉上海人的心，伴著整整一代上海人成長。

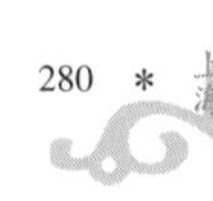

「窮凶極惡」……

「窮開心」，也一語雙關，既可解釋十分盡興，又可解釋苦中作樂。

上海人的豁達善於自我調侃，在此可見一斑。

這種露天跳舞沙龍，每人每月出三塊錢用以支付放音樂需要的電費，除此毋需任何費用。

「在五星級酒店夜總會也是跳舞，這裡也是跳舞，鈔票樂得省的。」他們樂呵呵地說。這批舞客大都為退休職工，早上買好小菜走過這裡小菜一放，跑步晨運走過，騎車上班途中來鬆鬆筋骨……

有說如果巴黎上空落下一塊磚頭，必砸到一位藝術家；那麼上海街頭，很容易在一簇人中邂逅一位前朝名仕。

曾見跳舞者之中一位身材頎長、丰采出眾的老先生，聽講已八十八歲，看上去仍腰背筆挺華髮濃密還略帶鬈曲，頂多六十來歲，看得出當年乃一翩翩美少年。原來這位張承權先生為一九三二年第二屆亞運會田徑賽為中國奪銀牌的選手。

問他健康長壽之道，他則嘿嘿一笑：「想得穿，窮開心！」

話可以講得如此瀟灑，要真正做到實在也要點實力。

一位原紗廠老闆對我講，「文革」中他大大小小共被批鬥了百來次：「他們瘋了，難道你也不可以裝裝瘋？何必與他們認真？」於是他漸漸學會人在場心離竅，那些紡織女工圍住他揪鬥，他就暗裡一隻隻面孔比較，哪隻面孔最漂亮。她們的批判言詞一句也聽不進，只見她們張張嘴如魚嘴樣開了閉了，「其實她們也是鬧著過了場，巴不得早點交差回家煮夜飯，啥人當此認真去跳黃浦才是天字第一號傻瓜呢！」這位如今美國上海兩面跑

都市的嬗變歷程，從來刻印著現實生活的足跡。今日上海人比舊時老上海，要多幾分鬥氣和出位的勇氣，不如舊日父老有種隨遇而安的悠然。

跑，日子過得悠然自在的舊日老闆篤悠悠地說。

都市人的嬗變歷程，從來刻印著現實生活的足跡，今日上海人比舊時老上海，要多幾分鬥氣和出位的勇氣，不如舊日父老有種隨遇而安的悠然，今日上海人要多一點焦慮和煩躁。

新生代上海人，越來越開始香港化、美國化、日本化，一句話，國際化。從衣著到思維，他們身上傳統的上海人特性正在減少，隨著世界日趨全球化。「上海人」這個頗具地域文化特色的族群，在二十一世紀其人文特色還能延續多久？再過二十年四十年，上海人、香港人、台灣人，除方言不同外，大約已無分別了吧？

或者，今日上海人不能再太老茄，津津樂道於昔日的靈光聰明，阿拉上海人，或者要以一個地球人的新定位來要求自己。

上海先生

上海新生代已越來越不似「上海人」，這批由可樂和電視機養大的一代，日益西化和港化。「上海人」這個特殊族群，相信到二十一世紀，或會與其他中國區域人沒有分別。

歷史就是這樣走過去的。我們無可奈何。

三十年代是海派特色的流金歲月，到兩次大戰勝利後美式文化鋪天蓋地湧入之時，仍不足以動搖歲月層層的積澱。這時期的上海人族群，不但在中國人中別樹一幟，甚至在世界華人中和國際上，也以顯著的上海特色備受注目。這樣的特殊上海人族群，可能只延至一九六六年止。

「文化」其實不是游離狀的，它也是一種實體，它絕對是依附在個體身上生存下來，然後或者一點點消失殆盡，或者昇華為經典永存永在。

「文化」是我們前人生活的印記，是精神與物質互動互為的結晶，是我們做人捨取的原則。

今天，當我們欲重新發掘海派文化和上海三十年代歷史之時，我驚恐地發現，通過西方人的獵奇心態和現代市場經濟角度再現的上海舊日風情，只是一種觀光客眼中的上海：上海女人扭動著水蛇腰旗袍衩開到大腿根，周旋在大亨老闆之間；上海男人一是頭髮當中挑開蠟得溜光鋥亮只知進出百樂門「蓬嚓嚓」，一是翻手為雲覆手為雨的黑白道大亨……男男女女都像直接從香菸牌子和舊月份牌上走下來，好像撒滿賀年片上的那種誇張的閃閃金粉，營造出一種虛假的奢華和豔麗。

要復述歷史總是十分困難，除非你身歷其境。我們惟有去尋覓歷史留下的印記。

西郊虹橋路某號一幢有著粉黃外牆和紅頂的西式二樓住宅，如一個玩串珠子的孩子不慎跌落的一顆小珠子，嵌在成簇的摩天樓群的隙縫中。在此類老花園洋房已屬折多建少的上海，顯得十分醒目又神祕，以致路人走過，總會不禁回頭對它多望幾眼。

小樓前面，是一片剪修得十分講究的草地，一座淩空飛過的高架公路正對著寧謐的小樓，高架上忙碌頻密的車流，輻射出灼熱囂繁的都市氣息。小樓只是氣定神閒地定駐在那裡，面對著都市的日益現代化，底氣十足地顯示著一個過去時代的鼎盛的象徵。

房子和人一樣，有著屬於它自己的個性、品味和流轉人生，歲月滄桑留下的記憶……它們只是不會開口講話，但我們可以用心去感覺。

修葺一新的小樓，大門兩側各一盞球形的燈盞，散發著暖黃的光暈，與內裡燈光流瀉的窗口，一起交織出一個與咫尺之外的世界完全不同的另一個上海，但卻是十分真實的上海。雅致矜貴之中，醞釀著一種摸不到底的感覺……或許這裡可以套用兩個現今十分時髦的用詞：積澱和氛圍。然而有一點是顯然的，這房子看得出，是受盡呵護的。如男主人陳德業，英文名Bill，與電腦奇才比爾・蓋茨同名。只是今年已九十歲的老Bill，足可做這個小Bill的祖父。

陳德業中等個子，白淨的江南人特有的皮膚，稀疏的銀髮梳得有條不紊，穿著象牙白的英國名牌積架雞心羊絨衫，同色白西裝褲，配著大紅底領帶，身上淡淡散發著香奈兒古龍水之味。用得上一句上海俚語：十分「克拉」。克拉——class，水準的意思。上海連俚語都滲透著幾分洋味，也是海派特色的一種反映。

很難給海派下一個定義，更難為上海人定位。

人，本來就難歸類，惟一可分的，只是男人和女人。

但我們又從來慣說山東大漢、東北小妞，上海先生、上海小姐，這內中是否暗喻著一種下意識的界別呢？

反正陳德業是一位如假包換的上海先生！

稱為先生，肯定知書識禮。九十歲的陳德業先生，從來沒有在外國長期定居過，但至今他仍習慣用一連串英文來表達一個中文詞彙。這就是典型的海派。

上海先生，講究儀態，哪怕環境再捉襟見肘，隔夜一條西裝褲必在枕頭下壓出兩道縫，更遑論如陳德業那樣的高薪專業人士。

上海先生溫文爾雅，即使競爭，也絕對遵守遊戲規則，推崇「費爾潑萊」——fair play。

他們生活在都市狹窄的縫隙內，依然滋油淡定，講究品味。他們絕對是物質的，但不俗氣；他們難免都市人的通病——市井，但堅守著自己做人的底線；他們談不上時代弄潮兒，但絕對是上海現代化的先驅，海派文化的參與者！

上海先生抽下自己的一根肋骨，做成風情萬斛的上海小姐。

上海先生和上海小姐，合力建造一個溫馨的家，家居並不豪華，但每一個細節，都浸透著他們縝密的心思：孩子們必要學英文學鋼琴或習芭蕾；家具不用「水明昌」的大路貨而是美國的 Arts & Crafts（原址在現今南京西路凱歌西餐店附近，現在香港中環仍有其門市）；上海先生的太太們置裝從來不屑在鴻翔公司而是在「綠屋夫人時裝沙龍」……上海先生們雖然生得白淨儒雅，但他們周末仍會去西郊租馬騎，講究得連馬具騎裝都自備，他們坐在沙蟹台上如指點江山的君王。他們看似靜不能文，動不能武，卻自有專長，在紅塵亂世中，為家人撐起一片澄藍的天空。

有人說上海人精明而不聰明，至少，上海先生不屬此類。

上海先生不同英國紳士。電影《太陽帝國》中那位英國紳士，脖子上吊著一對高爾夫球鞋傲氣十足地跨入集中營，但最後，仍不堪野蠻暴行，鬱鬱而終。英國紳士執著強硬地恪守著大英帝國日不落的種種清規戒律，充滿「前朝遺民」心態；上海先生，卻可以瀟灑地將藍布人民裝燙得筆挺，各在衣領和袖口露出一截雪白的襯衣，全中國也惟有上海先生，可以將一身藍布人民裝穿得有型有款，用穿西裝的風格來演繹人民裝。

任憑風吹雨打，上海先生緊緊守住自己的嘴巴，多聽少講，日日在單位呈現出一張平靜安泰的臉孔；他們不會傳播小道新聞他人隱私，只是用自己制定的人生哲學「認認真真做事、清清白白做人」為經，「子女成才」為緯，如絲般編出條紋清晰單一的安全網，保護全家……

陳德業，前英資「綸昌洋行」（洋行今為集團之意）的總工程師、聖約翰大學化學系一九三四年畢業生，就是這樣一位標準的上海先生。

上海灘但凡六十五歲以上的女性，不分白領還是藍領，應該都要感謝他。是他首創不褪色的免燙的「綸昌麻紗」，造福了兩代上海女性。猶如在五十年代後期「的確涼」的問世一樣，綸昌麻紗在當時的紡織界，確屬一項革命性的發明。我媽媽回憶，她十八歲時的一件生日禮物，就是一段白底紅圓點的綸昌麻紗旗袍料。這在當年，不亞於今日收到一份名牌衣物作禮物。

上海聖約翰大學被譽為「中國紳士的搖籃」，雖然早已於半個多世紀前消失，但聖約翰所提倡的文明優雅的紳士精神，凝聚了歷屆約大校友，令一年一度的聖約翰校友會成為上海老紳士們的聚會，這批白髮蒼蒼的上海先生的審美觀和生活態度，越來越成為今天新一代上海白領先生仿效和追隨的對象。

陳繼業先生為該校友會年資最高的三位老學長之一。

難怪陳先生這句話老不離口：「我這一輩子，都在為女士們服務！鞠躬盡瘁！」

園牆內花園很大，沿著小徑植著一排矮冬青，還有一棵二樓高的大雪松。

陳先生步下兩級台階迎上來，牽著我的手領我進屋，一點沒有那種應酬的虛禮。

哇，客廳裡生著壁爐！那種真正的用劈柴生起的熊熊爐火。倚著爐火，是一架三角大鋼琴，靠窗，一長兩短的一套沙發，罩著陰丹士林藍的沙發套，牆角一張精緻的竹節邊造型的紅木茶几上，一簇紅玫瑰，正在郁郁吐露。

歷史肯定不可能重現，時光也絕不會倒流，但它們可以仿製。

我身在其中，依稀覺得似回到五六十年代上海抄家之前的居家生活，而那簇溫暖的爐火，更令我回到四十年代我混沌未開時：在老宅的客廳裡，也是這樣一簇爐火前，太祖母抱著我，四代二十餘人一張闔家歡，也是我們家族惟一的一張，人到得最齊的闔家歡。話扯遠了，我們還是回到虹橋路某號、回到那個爐火燒得融融的客廳，聽一下陳先生的故事吧！下面，是這位上海先生的故事。

一、房子的故事

我父親在大生藥廠當藥劑師，我生在紹興城昌門外馬山鎮陳家橫，祖父克勤克儉在泉州做鹽商，又到台灣辦廠，把陳氏族裡從前因抵債抵給外姓的房子全部贖回來，振興了家族。這從小給我很大的激勵——將來一定也要大有作為，對得起祖宗。

我的舅舅徐錫麟，是國民革命的烈士，秋瑾——用現在時髦話說，是她的婚外戀情人。我在十二歲就讀育才公學（今育才中學）時，為表示支持五三十大罷工，而在學校發動同學罷課，最後被育才公學開除，我想，其中有烈士的遺傳基因在影響我。那年我十二歲，已懂得憂國憂民；現在的十二歲孩子，只知道打遊戲機吃漢堡包。當時被育才公學開除後，我另一個舅父對我大失信心，「這小鬼，只可以去學小木匠。」他沒料到，我日後，也算有一番作為。

後來我轉入聖約翰中學，再直升聖約翰大學化學系。一九三二年，我正在聖約翰大學化學系二年級就讀，冬季，傳來了日本人占領東三省的消息。當時大學生中流傳著這樣一句話：中國之大，已安不下一張平穩的書桌。然而所謂「商女不知亡國恨」，聖約翰自有一班麻木不仁的公子哥兒，東三省淪落當晚，他們仍照舊在交誼大廳開舞會。我和幾個同學就在化驗室自製蒸餾催淚液，正當樂隊吹得最響、眾人舞興正濃之時，我們衝入去一面散催淚液，一面高呼口號：「打倒日本！」「還我東三省！」……那些不知亡國將至的傢伙，逃的逃、叫的叫，事後，舞場留下一大堆的高跟皮鞋和漆皮舞鞋。次日上海各大報紙均用大字標題報導此事，也是一快。

此事完全是我們自發的，沒有共產黨領導。

後來，美國校長將我們化學系同學逐個叫去三堂會審，我自然也是其中之一。

當我被「提審」時，我就對自己說：秋瑾一個弱女子，都能不畏強暴，視死如歸，何況我乃堂堂鬚眉之輩；舅舅徐錫麟不思個人生活安樂，為民族英勇反清，甚至犧牲了自己的生命……我不能玷污他的名譽……反正我打定主意，問什麼都一百個不知道。這就是青春的可貴，真有一股天不怕地不怕的凜然正氣。現在回想當時，我都好佩服那個叫陳德業的大學生。後來漸漸進入社會，想養家，想賺多點錢，過得舒服點，那股青年人的純真之氣，便漸漸被世俗磨滅了！

為此，我真的很佩服當時的地下共產黨員。我岳父母的乾兒子徐壽雄，是交通大學學生，進步人士。以他個人講，本來就有著大好前途。他生父是國軍軍醫，戰死在抗戰沙場，由此激發了他的愛國熱忱，投身革命，甚至不顧個人安危。

如果當時有地下黨來聯絡我發展我，我想我也會積極投入的。不過，我這個人太專注業務，太想賺多點錢，條件不夠，所以沒有人來發展我。不過愛國，我是一貫的。

一九三四年我大學畢業了，想去英商印染廠做事，因我選讀的是染料化學，自忖自己英文了得，在外國公司做，工資可以高一點。

面試那日，我西裝筆挺乘小火輪去浦東白蓮涇綸昌印染廠見工。這在當年屬十分落鄉的地方。英國廠長親自面試我，當場要我寫出鹽基性綠色的化學合成，我花了十分鐘就寫出來交給他。他讓另一位廠長帶我去調色車間，車間主任不明就裡，見我西裝筆挺地進來，問我來做啥？我說來做事。他講那就動手呀！我當即脫掉西裝只剩下背心短褲，做得滿頭大汗，就這樣被聘用了。當時每天七時上班，中午休息一個小時，下午六時下班。試用三個月期間，月薪七十五元；試用期滿後，每月一百元，再每月加二十五元工資。當時外面大學畢業生一般工資不過五六十元，因此我的工資算很高的。

我搬出學校，和另外兩位大學生合租我們廠對面一幢一上一下的房子，房租每月八元三個人平攤。一日三餐，就包給附近一家小飯店，每月十二元。

公司常會給表現好的人發獎金，一次我一直連做了四個月的夜班，發給我一千元獎金，令我喜出望外。

英國人強調凡事從基層做起。我在漂染、印花、雕刻等各車間都做了一輪，被公司提升為全能工程師（相當現今的總工程師），工資也大幅度提高。我就一人獨住那一樓一底的房子。

一九三八年我結婚了，就在中山公園附近的兆豐別墅一個白俄那裡租了底層一大一小兩個房間。只是離工廠遠了，我每天六點正就要出門，從中山公園乘公共汽車去外灘，再坐廠船去白蓮涇上班。我結婚第二天照樣去上班，不過蜜月，風格夠共產黨員了吧！

後來因為路太遠，再加上我的職務提高了，廠裡撥給我和另外一位工程師一間套浴室的房間，這是專供外國職工住的單人宿舍，我在廠裡住四天，周五、六、日回家住。

一九四一年珍珠港事件爆發，日軍占領了英資的綸昌廠及印染廠，所有的英籍職員和高層，都送入集中營。為了不願在日本人控制的廠裡做，我寧可辭職失業，在家吃老米飯。為節約開支，我們從兆豐別墅搬出來，我的一位連襟是紙業大王的兒子，他父親在今長樂路有一幢四開間三層樓的大洋房，當下就半送半租地租了底層朝西的一間房間。房間很大，一家三口住得很寬暢，也幫了我大忙。

一九四五年抗戰勝利了。我又回到綸昌廠，生活安定了，想住得更舒服一點。

當時上海房子租金十分昂貴，高級的公寓（如今錦江飯店沿茂名路的公寓）和畢卡笛（今衡山賓館），三房一廳的光頂費就要三萬美金。我岳父是當年上海灘首屈一指的著名建築師，老上海提起建築師馬藍舫，沒有人不知道的。他建議，三萬美元，自己都可以造一座小洋房了。我們就請他替我們打樣。

當時看上西郊虹橋路，就是因為覺得這裡地域高尚，多外國人居住——我承認我這個人有點崇洋；你不得不承認，當年西方科技文化和人文，確是比中國先進。與外國人做鄰居，自我感覺上了一個層次。

選擇居住地，除了考慮交通和地段外，你的鄰居，絕對也是一個重要的考慮因素。否則，孟母何以要三遷？

我便在現在的這座房子現址，買了一塊一畝七分多地皮，於一九四七年開始設計建築，一九四八年秋季完工，終於，我有了自己的房子。（說著，陳先生就帶我上上下下參觀他的房子。對了，那日，他穿著象牙白的尖心領羊毛衫，同色象牙白西裝褲，外面是一件彩色小格西裝，配著大紅領帶。他十分紳士，十分歐洲，畢竟在英國企業泡了那麼久。為了領路，他走在我面前，還轉頭向我表示對不起。每層房子兩間朝南，一間朝北。壁櫥裡都嵌著樟木板防潮防蛀，可惜原先的家具已被洗劫一空，實為美中不足。）

「上海現今，獨家獨戶住一幢小洋房的，確實不多了。但畢竟，這只是我們塵世寄居之處，只是暫時的。我九十歲了。你不用安慰我，我這個人很達觀的！」他豁達地說。

「人生是一種旅途，我們每每住過的房子，只是我們的驛站。所以，我認為，房子，要緊的是，住得舒服，不必太豪華。我看現今不少人，將家設計得像賓館似的，出出進進要換鞋子，客人也要逼著換鞋子，反而將自己弄得負擔重重，何苦呢？回家就只要放鬆自己，做啥還要逼自己受範重重規矩？」他又說。

「我仿照外國人，花園設計得盡量大，住宅樓每層朝南三間，朝北二間。每間臥室都有壁櫥，內嵌有防蛀的樟木板。家具全部是Arts & Crafts的。它的設計是法國古典式，色彩多為奶白或粉紫或粉紅，雕工精巧。以淺色調為其風格，連皮沙發都是象牙白色的，以示矜貴。白色很難服侍，但太太喜歡。」

（他又接下去講他的故事。）

花園裡玫瑰、臘梅、太陽花，十分絢麗。我太太喜歡花，家裡一年四季鮮花不絕。

「文革」中，所有家具被洗劫一空。

我這個人脾氣是，寧缺不濫。所以你看，我屋裡家具很少。但你不會覺得空蕩蕩的。這間客廳，我就只做一長兩短一套沙發，一架三角大鋼琴，配著這只劫後餘生的紅木竹節邊矮茶几，不是很好麼！什麼電視機音響我都不要放在客廳，客廳是與友人促膝談心的地方，有人建議我去買什麼豪華型皮沙發大班式寫字檯水晶式大吊燈……這不成了家具店的櫥窗了！

不過，鮮花，我每日不斷。所以，你仍覺得客廳十分充實。

房子，要緊的是，住得舒服。現今不少人，以賓館的規格來設計家居，這定位定錯了！

你講這面穿衣鏡漂亮？有眼光！這是餘下來惟一的一件Arts & Crafts。你看，車邊的鏡面，這雕刻工藝多精緻！都講法國人十分傲慢，我覺得並非他們生性傲慢，他們只是出於對自己文化的鍾愛與自豪。這種傲慢是很可愛的。而且他們有理由傲慢：你看連一面鏡子身上，工匠都肯這樣下工夫！說老實話，每個法國人都可充當文化大使的角色。

法國人對自己的歷史文化的珍愛令人感動，法國人最明白：文化不只是在骨髓裡，而是在咖啡中、紅酒中、音樂中、家具中、生活中……如果真有來世，倒想下一世做下法國人嘗嘗味道。

當時看著年輕輕的紅衛兵們用皮帶扣敲這些家具，粗手粗腳地將它們裝上車運走，我十分心疼，不是因為經濟損失，而是可憐沒人善待它們。

曾經滄海，今日我早已十分豁達。何必再去戀棧往昔，生活中有太多可以做的事，往日的燦爛，不是今日眷戀徘徊的理由。聽來有點絕情，但生命本身是一個動態的歷程，走過了一個階段就走過了，只有戇大才會對著歷程的某個階段癡癡呆想，希望它完美永恆，不離不棄。

人生只是一個旅程，我們住的房子，只是我們的驛站，塵世寄居之處而已。

我太太？她去年去世了。

知道這首詩嗎？「誠知此恨人人有，恩愛夫妻不到頭。」前一句是古詩，後一句是我寫的。我每每看見人家兩夫婦吵架，我總會勸他們，每一天夫婦相聚的日子，都是上天賜給我們的，時間不是可以任我們揮霍不盡的，是有限的，很快的，眼睛一眨就過去了。要珍惜！

太太去世了，我一度很難過。但是我想，我們分開只是暫時的，今日她先走一步，我過幾年，也會離開這裡，在她身邊躺下，永遠不再分離。永遠。

而這裡，虹橋路某號，我的後人將會長大，成家；或者有一日，會有一個像妳這樣的專門喜歡聽老話的人，來打這裡的門，「呃，你這座房子好特別，能給我們講講它的故事嗎？」也或者，這幢房子有一日，會與其他的老房子一樣，被夷成平地，另一幢摩天樓，會在這裡豎起……活在這個世界上，什麼樣的事，都有可能發生，我無所謂。講到底，這只是一個塵世寄居的小窩。

誰說過這樣一句話？艾森豪威爾總統，還將這作為他的墓誌。「活過、愛過、思考過……」要緊的是這句，妳講對嗎？

房子只是一個軀殼，住在裡面的人，是房子的靈魂：住的人高尚快樂，再破的房子，也是一座歡樂的房子；住的人品格低下，連房子都會哭泣的。

「文革」那陣，我們全家被趕在汽車間裡。房子成為造反派的司令部，牆上刷滿大幅標

語，半夜常常傳來逼供的號叫，聽了令人毛骨悚然。那時，連草皮都會枯掉，樹都會死掉。草木通情，一點不假。當時整個花園都荒蕪了，晚風吹過，枯枝發出乾乎乎的沙沙聲，我們在汽車間裡聽到，都說，像是我們的房子在哭泣。

二、女主人馬淅生

我們那個年代，即如我這樣自小在外國教會學校讀書的，思想上十分洋派。但在男女之事上，我們都是十分嚴肅認真的。

我們將婚姻看得十分神聖，童貞一定要奉送給自己的至愛和生活伴侶。現在頗流行的什麼第三者第四者，「小蜜」或情人，在我們那一代，統統被視為品格低俗之輩；如果我們聽說有哪個同學或朋友在玩舞女或娶姨太太——我們這種年齡的，已很少有人娶小老婆——我們一定會就此疏遠他。

一九三五年我生日那天，與一班朋友去揚子飯店跳舞，其中一位朋友帶來一位小姐，又漂亮又大方，是復旦大學經濟系的學生，講得一口漂亮的英文。我們年輕時，很在乎一個人的英文水準。英文好，修養一定也好，這話放在今天未必合適；但在當時小市民氣息和封建餘孽仍十分濃厚的上海，一個英文好的人，思想必是比較現代化和開放型的。

這位小姐就是馬淅生，給我印象十分深刻。我想多與她在一起，就在舞後請全體朋友去虹口虬江路「新雅」吃飯，晚飯後，叫了輛雲飛汽車送她回家。

她住在梧州路。她很客氣地請我在她家客廳坐了一息，我便鼓起勇氣約會她，下星期日再一起跳舞。她欣然同意。

好容易挨到下周日，我如約去接她。起初她穿著家常的士林布旗袍，後來再去換了衣服，是一件彩格的薄呢及膝旗袍，奶白的半高跟皮鞋，大方清純。現在許多電視電影拍三十年代的故事，裡面的女演員都穿著又高又細的高跟皮鞋，旗袍衩開到大腿，這是舞女和交際花打扮，不是大家閨秀的衣著。

那日我請她去國際飯店跳茶舞，再吃大餐，當時我工錮已頗高，篤定可請她在各種高尚場合出入。就這樣，用上海俗話：我開始軋女朋友了。一世也惟一這個女朋友。

浙生的父親馬藍舫，是英商卜內門洋行的建築主任，對我這個毛腳女婿十分看得中，我們交談得很投機。

因為來自這樣一個西式開放的家庭，浙生生性十分活潑，在復旦有校花之譽，追求她的人自然也多，且大都是有來頭的：國民黨財政部長的兒子、杭州百年名店高義泰的小開、上海警備司令的兒子……我十分自信，相信我是他們中最好的！

（如果陳德業先生是一個九十年代的青年，在外資企業做總工程師，工作認真搏命，為人幽默又歡喜跳舞交際，想來我們不少女讀者都會捨部長司令之子，而挑選他這樣一個有真才實學的丈夫吧？如果我是生活在他那個年代，如果有機會遇到他，我想我也會挑選他的。我將此話向他直言，他即從此幽默地稱我為「my sweet heart」——我的心上人。）

妳問我，當時是不是還有許多女孩子歡喜我？這個我不知道。那時不興女孩子主動追求男方的，或有人暗戀我，我不知道呢！妳看看我年輕時的照片，不錯的。

（我回答，主要是你的人品，真不錯。他得意地問我何以見得，我回答道：「是你的故事。」）

（右圖）陳先生剛剛大學畢業，在綸昌洋行任職時才二十三歲，月入已有七百大洋，在1934年算很豐厚的收入。十二年之後的1946年，他已進入汽車階層，有了一輛奧斯汀車，並在高尚住宅區虹橋擁有一幢獨立花園洋房，居住至今。

（左圖）今年九十歲的陳先生，畢業於聖約翰大學化學系，為紡織界大革命「不皺綸昌麻紗」發明人之一。陳先生舞得玩得食得，日日堅持游泳。

和所有的女孩子一樣，浙生也會向我耍下小姐脾氣，每次約會會故意遲到十分鐘一刻鐘，也會和其他男性朋友去聽音樂、跳舞。我從來不吃醋，吃醋是最最蠢的行為，說明你不自信！公平競爭嘛，她一日未和我結婚，一日有權利接受他人的追求。就是吃醋，也要吃在心裡，表面上一點也不要流露出來，這是我的經驗之談。

我照舊約會她，有時直接去復旦接她。她也很大方，早在三十年代，就實行女方付賬了。她請我在復旦附近的小西菜社吃西菜，那時只要四角錢就可以吃一客公司大菜，味道不錯；多半是因為她陪我吃吧，秀色可餐嘛！還有小飯店的辣醬麪，一塊洋鈿可以吃十一碗。

一年後她從復旦大學經濟系畢業了，在德國洋行做出納，月薪一百八十元，比市面上一般大學生高三倍。

我仍鍥而不捨地追求她。不過我之所以如此信心十足，是因為覺得，她實在也歡喜我。

那日我們約會後我送她回家，是晚上十點半，走上她家門口不知怎麼大家都沒想到開燈，我一時衝動就擁吻了她，這是我們第一次接吻。

從此，我們關係就確定下來了。

交往兩年後，我當時已有相當積蓄，我們便訂婚了。我買了一只二克拉多的鑽戒作訂婚戒指；並在北四川路新亞酒店訂了二十桌，每桌二十元，這在當時，是十分昂貴的一流酒席。

訂婚典禮那日，我穿「踢死兔」禮服，浙生穿法國白緞旗袍，高跟皮鞋，豔光四溢，眾賓客驚為天人。

後來有老友半認真半玩笑問我，你既非名門之後，又不是有錢的小開，憑什麼娶得這樣的太太？我想，就是因為我的自信和鍥而不捨。

自從結婚後，浙生就做了半個多世紀的全職家庭主婦。以一個大學生而做主婦，有人以為是一種浪費，我則認為是必需的。世上沒有一項專業，比母親和妻子更高尚；家庭是社會的細胞，一個高水準的主婦，是社會安定因素的保障。

太太一輩子支持我。

上海淪陷時，我寧可失業也不在日本人控制的工廠做。為貼補家用，浙生將我送的訂婚鑽戒也賣了。我當時向她許下諾言：將來一定買個雙倍的鑽戒還她！

這個諾言在一九四八年兌現。我買了一只四克拉鑽戒，作為我們結婚十周年的禮物給太太。

浙生是一個模範太太。她擅長烹飪，一道香酥鴨尤其拿手。我常常請我們綸昌公司的

高層和普通同事來我家吃飯，她招呼得很好。因為她的能幹，也有利我在公司的形象。西方從來有「夫人外交」和「餐桌外交」，不要以為只有總統或大老闆才需要夫人外交，我們每個社會人，都要與社會協調，與他人協調；有一個好的太太，就會幫你一起努力，與你共進退。

以前女中有家政學，實在十分需要。因為女孩子，將來都要做妻子和母親的，直接影響國民的素質。

現在上海許多女人，給丈夫寵得太離譜，丈夫做買汏燒、太太十指不沾陽春水，這不對的。我們男人結婚，需要一個生活伴侶，而不是要替自己找一個小妹妹或長不大的女兒！

浙生是我的好伴侶，是名副其實的「同志」。在生命中每一次患難之時，她總是站在我邊上。一九四〇年我在研究創造不褪色的綸昌麻紗，需要不少數據，還要畫草圖，這都是浙生代我畫的。

解放後，因為我們住的虹橋四周多農民，她就積極參加掃盲班，熱心社會公益。「文革」後，我們苦盡甘來，先後多次把手共遊台灣、美國和香港，也算過了幾次老蜜月。

有人說，八〇%以上的人，對自己的婚姻是後悔的，如果真的是這樣，那我很幸運地是屬於二〇%的婚姻幸福的人。不過以我經驗，幸福的婚姻，是需要培育和栽培，在生活中一點點釀造的。

我生平有兩次喝醉酒，醉得不能回家：一次讓朋友送回家；一次只好在華僑飯店開房間過夜，連累浙生趕來服侍我。她只是默默服侍我，一句都沒罵我。從此，我再不飲醉酒了。

有些女人以為，對丈夫凶一點，就可收服丈夫，這大錯特錯了。男人的心理，十分複雜，外界誘惑又那麼多，一個聰明的女人，永遠要像家中一個閃著燈光的窗口，讓男人日日縈繞心頭。一個閃著燈光的窗口，意味著等待、溫馨、歸屬和思戀。男人有時像一個長不大的頑童，難免喜歡在外面玩得胡天野地；但天一黑，就會趕向家裡那個閃光的窗口。

一九九一年浙生不慎跌了一跤，臥床三月，從此健康每況愈下，最後患了老年性癡呆症。這段日子，我盡心悉意照顧她。雖然她的青春美貌和智慧已隨著時光消逝了，在我心目中，她永遠是當年復旦大學一朵小花。

一九九七年二月，她離我而去。將來，我們會再在天國會合。

她去世後，我十分悲痛，但我沒有消沉。因為我知道，她在等我。晚上，我常會一個人坐在花園裡，仰望著頭頂的星空，那最大最亮的一顆，就是我太太點著燈等我的窗口。

三、我們當年的休閒樂趣

現在很時興講休閒；休閒，其實是專業人士——即所謂白領一族，所創造的一種有益身心健康的業餘活動。我們這代知識分子，業餘不會搓麻將，更不會泡舞女大吃大喝。我們尊重家庭，工餘一定與家人在一起，稱為家庭日。

一九四六年，綸昌廠業務很快恢復了，我家經濟比以前更寬裕了。我買了一輛奧斯汀汽車，雇了司機。

虹橋近郊區，星期日，我們帶著大女兒到大西路（今延安西路）的陳記馬房租馬騎，我們備有專門的馬褲馬靴，每次騎馬約一小時左右。既可鍛鍊身體，又可吸收郊區新鮮空氣。

另外，周日我們常去廠內的游泳池游泳。當時我大女兒十歲二女兒五歲，游畢，我們就在廠裡西餐部喝下午茶，一個周日下午過得很開心。外國人營造企業文化，確有一套。他們很重視員工的歸屬感，所以綸昌公司員工，一做都是幾十年，很少有跳槽，皆因對企業有歸屬感。

因為全家熱愛音樂，一九四六年，我特地用二十兩（十六兩制）黃金向上海琴行買到一隻英國「謀得利」五呎半的三角鋼琴。「文革」後此琴被抄走，輾轉經上海市廣播局、上海電視台等多家單位為用，無一不讚其音色漂亮。一九八五年經江澤民市長關心，現在方得歸回。喏，就是這架。它是我們全家天倫之樂的見證。

四、九十歲不服老

我在一九七二年退休。

我這個人是天生猢猻屁股坐不牢。退休後在家裡何以坐得住？我就幫里委做點義務工作，早上七點至十二點做傳呼電話。這樣做了兩年，浙江廠請我做高級技術顧問，如無錫印染廠進口了六百萬元的美、德等的印染機械，需人翻譯技術資料，我就一面翻譯，一面協助該廠裝配機器，做了兩年半。

一般來講，外國專家都很禮貌，但也有傲慢的。比如一次，某廠請來一位德國工程師，傲慢不堪，動輒發脾氣，還會粗暴地推搡工人老師傅，用扳頭擲工人。而且還十分難服侍，給他飲咖啡他講是大麥茶，給他吃麵包他嫌麵包太甜。

這種人在自己國家不過一個普通工程師，憑什麼到中國來耀武揚威？羅馬蠟燭不點不亮，得好好修理他一下。

我趕去，先用英語對他客套一下。他也十分客氣，讚我英語講得十分好，問在倫敦住了多久？我冷冷地回答：「倫敦是哪裡？我不知道，要去地圖查一查。我只知道，這裡是中國，是我的祖國。我們歡迎為我們發展四個現代化而幫助我們的專家，但是你知道嗎，這個國家是啥人領導的？」

他支支吾吾回答不出。

我說：「是工人階級領導的。你不尊重工人，他們一發怒，廠長和我都沒有辦法，到時你要倒楣了！」

他聽得臉孔像放五彩電影，紅一陣青一陣白一陣的。

接著，我又故意學他平時大聲呵斥那樣，對他嚷得全車間都聽見：「你口口聲聲講我們師傅機器裝得不好，原因查出來了，這是你們的責任，是你們給我們的油槽漏油……」

當天他即向工人握手道歉，次日來上班，還主動向工人說「早安」。

但他已經遲了。誰叫他看不起中國人？我當即用英文將他在廠裡工作情況，寫了一份備忘錄交給他的德國公司；同時再打電話去他公司，表示我廠不歡迎他。炒了他魷魚。

他太渾賬了，活該！我們做了你們廠生意，出了錢讓你來這裡逞老大嗎？

別看外國人西裝筆挺，彬彬有禮，有時做起生意來，像流氓一樣不要臉孔！

有一次，廠裡向德國買了一部蒸氣洗布機，因其基礎圖有錯誤，廠方向他們提出賠償。德方特地派人來南京談判，廠方就讓我去與他們談判。我們一到，經理就拿出兩包禮物欲送給我們，我即時對廠長說：這是毒藥，萬萬不能收。德方又提出方便時邀我們去德國考察，我們婉言謝絕表示沒有空。

他們見我專業熟諳，英文流利，知道碰到「老舉」，十分緊張。他們同意賠償一萬八千馬克，但用零件作價。我不同意。最後達成，在買價中扣除一萬八千馬克。廠局領導十分讚揚我。

八十年代起上海颳起英語熱，很多專業人士能讀能看英文，但開不了口。其實上海作為舊日十里洋場，英文基礎很好的。以前我家裡的司機和保姆，因為在外國人家裡做，都會講一口英語；發音準不準是另一回事，但至少能和外國人一般溝通。

一九八三年起我在家裡辦起英文角，一、三、五晚七點到八點半，不收學費，但進門不准講中文，教材由我編，遲到兩次開除。我收了八位大學生，學了一年，基本上口語過關，他們出國後有的拿到博士學位，有的考上西醫執照，我心裡十分安慰。

上海紡織大學當時也聘請我向各局、廠的技術骨幹和出國人員輔導英語口語。

我一個親戚的小輩，他是上海紡織大學講師，一次來探我無意中說起：聽講學校裡請來一位英語專家，日日洋裝筆挺來上班，英語了得，鎮住全校……

我得意洋洋地說：「這個人就是我……」

英語中，old既可解釋「年老」，也可解釋為「殘舊」。人總會老的，這是不可違抗的自然規律；但人不能殘舊，要永遠跟上時代。

呃，給妳看張照片，這位太太漂亮嗎？

（這是一位端莊秀麗的太太。穿著孔雀藍的旗袍，外披白羊毛衫，耳側一對白珠環。每個年齡層次都有它的美女。這位太太七十來歲，身材保養得很好，窕窈有致，氣質高雅，神韻清秀。）

她是我早年聖約翰的低班同學太太，丈夫去世好幾年了。今年我喪妻後去西雅圖探親，與她邂逅，舊友重遇，大家又都經歷了人世不少沉浮，自然擦出火花。

妳會笑我嗎？七老八十歲的人，還要談什麼戀愛？我還能談戀愛，說明我的人還不殘舊。

坦白講，現在還有大把女人追求我，年輕輕的都有。但我腦子十分拎得清。年輕漂亮固然好，但我不再年輕，我需要的是，與我生活成長在同一個年代的人，需要她的理解和共鳴。

她叫露茜，今年八十二歲。我和露茜有許多共同話題：八年抗戰的艱難、聖約翰早年的花旗風、解放前夕的彷徨和捨取、子女的成長煩惱……這些，年輕女人能給我嗎？

性愛的範疇是廣漠的，而它的基礎必定是首先建立在理解上，有理解才會有愛，有愛才能昇華至性愛。

我每隔兩天寫封信給她。我的信寫得很好的。我們每個禮拜通一次電話，主要聽聽她的聲音、她的呼吸、她的笑聲，講話內容已不是主要的了。明年春天，我會接她來上海相聚一下；我也會每年一次去美國看她。

妳問我們會結婚嗎？

不會了。各人都有一頭家，不必了。

我這一世，只會有一個太太，她只會有一個丈夫；太太和丈夫，不是那麼容易替代的。但我們會是一對要好的旅伴，會互相攙扶，互相關照，走完餘下的旅途。我所希冀的，不僅僅是愛，而是對生活的皈依，永遠不要對生活失去信心。

我太太在天之靈，會感激她，會為我欣慰。她會放心了，知道我不再寂寞。

喂，我這樣的普通人的故事，平淡如水，登出來會有人看？流水賬一篇。

五、上海的人——城市的靈魂

陳先生客廳壁爐的火光，深邃安寧。

現今很少有人用這種用劈柴的壁爐。熊熊爐火，令人有時光倒流五十年的感覺。窗外是一片闌珊的燈火，映投在花園一角的葡萄架上，浪漫又深沉。

高架橋上的車燈，結連成一道道川流不斷的流星，從天籟深處行來，又劃向城市的另一個深處，彷彿是一截光潔炫目的生命之光。

在摩天樓的包圍之下，這幢小樓有點孤寂，有點格格不入。

我感覺到，一個我自小耳濡目染的世界，正在徐徐走遠；我感受著這種似喜似悲的蛻變。我是如此留戀我從小在其中長大的世界；每一條熟悉街道的消失，每一幢我置身過的花園住宅的拆除，我都會有種失落；而當在原址升起一座全新的建築時，失落中我又嗅到來自一個全新世界的甘美清新的氣息，這種感覺會一寸寸地伸展。

這是一種十分複雜又奇異的感覺，令我無從剖析也沒想到要剖析，惟有隨之任之。或許正因為如此，我才得以從最平凡的生活中，捕捉和品味潛在的脈搏。

如果上海沒有陳德業先生和他這幢小樓的故事，上海一定不是上海。

上海，庸庸碌碌，浮華囂鬧，我喜歡的，也正是這些。對這個我有幸出生並且必須作為籍貫的城市，如果沒有小人物惘惘的背景，如果沒有上海人各自的滄桑，上海盛世昌平的景象便成為虛假，上海的建築，便喪失了靈魂。

做一個上海人，是一種福分。

深耕文學與生活

劃撥帳號：19000691　成陽出版股份有限公司　掛號另加20元
本書目所列定價如與版權頁有異，以各書版權頁定價為準

文學叢書

1.	吹薩克斯風的革命者	楊　照著	260元
2.	魔術時刻	蘇偉貞著	220元
3.	尋找上海	王安憶著	220元
4.	蟬	林懷民著	220元
5.	鳥人一族	張國立著	200元
6.	蘑菇七種	張　煒著	240元
7.	鞍與筆的影子	張承志著	280元
8.	悠悠家園	韓・黃晳暎著／陳寧寧譯	450元
9.	想我眷村的兄弟們	朱天心著	220元
10.	古都	朱天心著	240元
11.	藤纏樹	藍博洲著	460元
12.	龔鵬程四十自述	龔鵬程著	300元
13.	魚和牠的自行車	陳丹燕著	220元
14.	椿哥	平　路著	150元
15.	何日君再來	平　路著	240元
16.	唐諾推理小說導讀選 I	唐　諾著	240元
17.	唐諾推理小說導讀選 II	唐　諾著	260元
18.	我的N種生活	葛紅兵著	240元
19.	普世戀歌	宋澤萊著	260元
20.	紐約眼	劉大任著	260元
21.	小說家的13堂課	王安憶著	280元
22.	憂鬱的田園	曹文軒著	200元
23.	工考	童偉格著	200元
24.	藍眼睛	林文義著	280元
25.	遠河遠山	張　煒著	200元
26.	迷蝶	廖咸浩著	260元
27.	美麗新世紀	廖咸浩著	220元
28.	台灣原住民族漢語文學選集—詩歌卷	孫大川主編	220元
29.	台灣原住民族漢語文學選集—散文卷(上)	孫大川主編	200元

30.	台灣原住民族漢語文學選集—散文卷(下)	孫大川主編	200元
31.	台灣原住民族漢語文學選集—小說卷(上)	孫大川主編	300元
32.	台灣原住民族漢語文學選集—小說卷(下)	孫大川主編	300元
33.	台灣原住民族漢語文學選集—評論卷(上)	孫大川主編	300元
34.	台灣原住民族漢語文學選集—評論卷(下)	孫大川主編	300元
35.	長袍春秋—李敖的文字世界	曾遊娜、吳創合著	280元
36.	天機	履　彊著	220元
37.	究極無賴	成英姝著	200元
38.	遠方	駱以軍著	290元
39.	學飛的盟盟	朱天心著	240元
40.	加羅林魚木花開	沈花末著	200元
41.	最後文告	郭　箏著	180元
42.	好個翹課天	郭　箏著	200元
43.	空望	劉大任著	260元
44.	醜行或浪漫	張　煒著	300元
45.	出走	施逢雨著	400元
46.	夜夜夜麻一二	紀蔚然著	180元
47.	桃之夭夭	王安憶著	200元
48.	蒙面叢林	吳音寧、馬訶士著	280元
49.	甕中人	伊格言著	230元
50.	橋上的孩子	陳　雪著	200元
51.	獵人們	朱天心著	即將出版
52.	異議分子	龔鵬程著	380元
53.	布衣生活	劉靜娟著	230元
54.	玫瑰阿修羅	林俊穎著	200元
55.	一人漂流	阮慶岳著	220元
56.	彼岸	王孝廉著	230元
57.	一個青年小說家的誕生	藍博洲著	200元
58	浮生閒情	韓良露著	220元
59.	可臨視堡的風鈴	夏　菁著	280元
60.	比我老的老頭	黃永玉著	280元
61.	海風野火花	楊佳嫻著	230元
62.	家住聖・安哈塔村	丘彥明著	240元
63.	海神家族	陳玉慧著	320元
64.	慢船去中國——范妮	陳丹燕著	300元
65.	慢船去中國——簡妮	陳丹燕著	240元

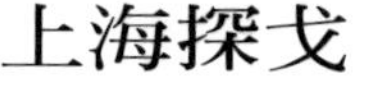

上海探戈

作　　者　程乃珊
總 編 輯　初安民
責任編輯　陳思妤
美術編輯　張薰方
校　　對　余淑宜　陳思妤

發 行 人　張書銘
出　　版　INK印刻出版有限公司
台北縣中和市中正路800號13樓之3
電話：02-22281626
傳真：02-22281598
e-mail:ink.book@msa.hinet.net
法律顧問　林春金律師

總 經 銷　成陽出版股份有限公司
訂購電話：03-3589000
訂購傳真：03-3581688
http://www.sudu.cc
郵政劃撥　19000691 成陽出版股份有限公司
門市地址　106台北市新生南路三段96-4號1樓
門市電話　02-23631407
印　　刷　海王印刷事業股份有限公司

出版日期　2005年9月 初版
ISBN 986-7420-74-8
定價　300元

國家圖書館出版品預行編目資料

上海探戈／程乃珊 著.－－初版，
－－臺北縣中和市：INK印刻，
2005〔民94〕面；　公分（文學叢書；94）

ISBN 986-7420-74-8（平裝）

855　　94010289